Auf Sand gebaut

Von Christoph Bisewski &
Torsten Pickert

Über die Autoren:

Christoph Bisewski, Jahrgang 1963, hat über viele Jahre im Marketing-Bereich großer Unternehmen gearbeitet. Doch dann wollte er sich beruflich verändern und „in ruhigeres Fahrwasser" wechseln. Er übernahm die Leitung der Marketing-Abteilung der Organisation, in der auch Torsten Pickert beschäftigt war. Mittlerweile hat er sich wieder neu orientiert.

Torsten Pickert, Jahrgang 1978, ist seit seiner Geburt körperbehindert. Nach Abschluss seines Studiums der Politikwissenschaften und der Anglistik arbeitete er seit 2009 in der Presse - und Öffentlichkeitsarbeit einer lokalen Behindertenorganisation. Mittlerweile ist er Erwerbsminderungsrentner.

Auf Sand gebaut

von Christoph Bisewski &
Torsten Pickert

Kapitel 1 - Freitag

Als Torge Assmussen an diesem Freitagmorgen das Haus verließ, deutete vieles auf einen perfekten Tag hin. Die Sonne strahlte vom Himmel und die Wettervorhersage verhieß kein Ende der Hitzewelle, die seit Anfang August die Einwohner von Verden an der Aller, einer Kleinstadt in der Nähe von Bremen, schwitzen ließ. Schon um 8:30 Uhr war das Thermometer auf über zwanzig Grad geklettert. Da passte es Torge, dass kurz vor dem Wochenende nur noch angenehme Aufgaben zu erledigen waren. So dachte er. Nun saß er aber schon fast zwei geschlagene Stunden an einem Zeitungsartikel ‚Inklusion im Alltag', den er spätestens Montag Abend abgeben musste.

Eigentlich doch keine übermäßig schwere Aufgabe, ging es ihm durch den Kopf.

Torge, studierter Soziologe und Anglist, war selbst körperlich erheblich eingeschränkt. Er kam in Folge einer Frühgeburt mit weitreichender Bewegungseinschränkung zur Welt und war im Alltag rund um die Uhr auf eine Assistenz angewiesen. Dennoch rang er jetzt um jedes

Wort, ohne überhaupt eines zu finden. Woran lag es? An Torges selbstauferlegtem hohem Anspruch? Daran, dass er, nicht zuletzt wegen seiner eigenen Betroffenheit, auf keinen Fall zu emotional werden wollte? Oder doch an der Tatsache, dass inzwischen wieder Temperaturen von über dreißig Grad herrschten und es im Büro unerträglich stickig wurde?

Sven Magnussen, Torges Büro-Kollege und der Abteilungsleiter der Öffentlichkeitsarbeit der Lebenshilfe Verden, schaute von seinem PC zu Torge auf.
«Was ist denn los?», fragte Sven.
«Ich habe echt eine Schreibblockade», antwortete Torge leicht niedergeschlagen.
«Komm, mach Feierabend für heute. Ist eh viel zu heiß. Der Artikel hat ja noch ein wenig Zeit.»
So ganz stimmte das zwar nicht, aber Sven wollte Torge erlösen. Auch Torge kam das heute ausnahmsweise mal ganz recht, weswegen er sich dann auch direkt mit den Worten aus dem Büro verabschiedete:

«Ich bin mir sicher, Montag fällt mir das
Schreiben wieder leichter, aber bei der Hitze
macht das hier heute echt keinen Sinn».
Weil Aufgeben definitiv nicht Torges Art war,
nervte ihn der vorgezogene Feierabend dennoch.
Um trotzdem mit positiven Gedanken in das
Wochenende zu gehen, beschloss er, einen seiner
Lieblingsplätze aufzusuchen.
Knapp einhundertfünfzig Meter von seinem Büro
entfernt gab es eine Bank. Von dort aus hatte man
einen wunderbaren Blick auf die Aller-Wiesen,
eine Aue, die zwischen den beiden Flussarmen
der Aller vor Verden lag. Häufig grasten dort
Pferde. Torge liebte Pferde. Sie zu beobachten,
ließ ihn seine Gedanken ordnen und Ruhe finden.

An besagter Bank stellte er seinen Rollstuhl so
ab, dass ihm eine Pappel sein zunehmend lichter
werdendes Haar beschattete. Der warme
Sommerwind in den Pappelblättern klang beinahe
wie ein erlösender Regenschauer und hinterließ
bei Torge die akustische Täuschung einer
Abkühlung. Augenblicklich fielen die Schwere
und Nachdenklichkeit der letzten Stunden von
seinen Schultern. Ein großer Teil einer

Pferdeherde hatte sich genau gegenüber eingefunden, um zu trinken oder im Schatten der Brücke, die die Stadt mit dem platten norddeutschen Hinterland verband, Schutz vor der Hitze zu suchen. Bei dem fantastischen Blick über das Wasser, die Auen und die Pferde konnte Torge herrlich entspannen. Die Szenerie war fast ein wenig kitschig. Um jetzt dem Ganzen auch noch die Krone aufzusetzen, schipperte genau in diesem Moment die «Bremen», ein Fahrgastschiff der «Flotte Weser», an ihm vorbei. Das Oberdeck war gut gefüllt, unzählige Hände winkten ihm zu und das Lachen vieler Menschen hallte zu ihm herüber. Offenbar war er nicht der Einzige, der sich in diesem besonderen Moment entspannt und unbeschwert fühlte. Der Rollstuhlfahrer wollte gerade den Blick wieder den Pferden zuwenden, da tauchte in der Heckwelle der „Bremen" für einen kurzen Moment etwas auf, was Torge zu erkennen glaubte.

«Das kann nicht sein», murmelte er gedankenverloren vor sich hin, worauf seine Arbeitsassistenz verwirrt fragte:

«Was kann nicht sein?»

Torges Blick war kurzzeitig irritiert, denn er hatte
die Anwesenheit seiner Assistenz fast vergessen.
«Ich glaube, ich sollte etwas trinken», entgegnete
Torge. «Ich hatte gerade die Vision, dass aus dem
Wasser der Joystick eines Elektrorollstuhls
aufgetaucht wäre.»
Seine Arbeitsassistentin Sarah, die ihn schon
mehrere Jahre im Büro begleitete, um Torge bei
den Dingen zu unterstützen, die er nicht allein
konnte, scherzte:
«Ich glaube, Dir ist die Hitze zu Kopf gestiegen,
da ist nichts. Vielleicht solltest du zum
Einschlafen mal weniger Horrorgeschichten
hören!»
Torge lachte.
«Vermutlich hast du recht, vielleicht bin ich
tatsächlich ein wenig dehydriert. Ich hole mir
wohl besser gleich bei Herbies Kiosk da vorne
eine Cola. »

«Hömma, wat iss denn mit Dir passiert? Bist ja
ganz blass. Hasse wieder anne Batterie
jelutscht?», fragte Herbert Lehmann, der
Kioskbesitzer, als Torge und Sarah vor seinen
Tresen rollten. Alle nannten ihn nur Herbie, da er

stadtbekannt für seinen altersschwachen und in
den Vereinsfarben seines Lieblingsvereins
Weitmar 09 blau-weiß lackierten Käfer war.
Herbie fuhr täglich mit dem nicht gerade
unauffälligen Oldtimer quer durch die Stadt zur
Arbeit, um ihn dann rechtswidrig direkt neben
seinem Kiosk im Allerpark zu parken. Sein
daraus entstandener Kleinkrieg mit den
Ordnungshütern war legendär. Herbie war als
gebürtiger Ruhrpöttler ebenso liebenswert wie
stur. Ganz Verden hatte sich inzwischen in der
«Park-Frage», wie sie die Zeitung einmal
doppeldeutig bezeichnet hatte, mit Herbie
solidarisiert, was bei den Ordnungshütern zu
einem Grundsatzproblem führte.
«Ich glaube, ich habe schon Halluzinationen, aber
vermutlich nur zu wenig getrunken!», antwortete
Torge gedankenverloren.
«Gibst Du mir eine richtig kühle Cola?»
«Gern! Geht auf's Haus!»
Torge trank gierig den ersten großen Schluck, an
dem er sich prompt verschluckte, sodass er zu
husten begann.
«Immer schön langsam!», hörte er den Kiosker
von hinten rufen.

Wie Herbie mit seinem Laden je auf einen grünen Zweig kommen wollte, blieb für Torge ein Rätsel. Schließlich war es nicht das erste Mal, dass Herbie seine Ware verschenkte. Herbie hatte einfach ein zu großes Herz. Normalerweise reagierte Torge auf Einladungen dieser Art allergisch, weil er es hasste, wenn man ihm mit Behindertenbonus oder gar Mitleid kam. Bei Herbie wusste er, dass er es bei jedem so gemacht hätte, er konnte nicht anders. Und deswegen liebten ihn die Menschen in Verden. Nicht zuletzt aus diesem Grund hatte die «Park-Frage» ein ungeahntes Ausmaß angenommen: Herbie und die Bürger Verdens gegen städtische Bürokratie. «Alles in Ordnung!», riefen der Rollstuhlfahrer und seine Assistentin wie aus einem Mund zurück und nach einem weiteren kühlen Zug, der diesmal problemlos den Weg durch Torges Kehle fand, bat er Sarah, die leere Flasche auf den Tresen zu stellen, um nun den Heimweg anzutreten.

Etwa zehn Minuten später erreichten Sarah und Torge sein neues Zuhause, das er vor kurzem bezogen hatte, eine 82 Quadratmeter große

Penthouse-Wohnung mit unverbaubarem Blick auf die Aller und die Verdener Altstadt. Das Haus besaß einen Fahrstuhl und alle Wohneinheiten waren barrierefrei. Die Wohnung des Rollstuhlfahrers verfügte zum ersten Mal in Torges Leben über eine große Küche und ein geräumiges Bad. In dieser Kombination etwas Seltenes. Oft stehen Menschen, die sich rollend durchs Leben bewegen, vor der Entscheidung, ob sie lieber Platz zum Kochen hätten oder ein mit dem Rollstuhl befahrbares Bad. Eine Entscheidung, die bei Torge wegen des Rollstuhls keine war. Aber jetzt Torge hatte dieses Dilemma nicht mehr und war darüber mehr als glücklich. Diesen neuen Luxus wollte er alsbald mit einem Festessen für seine Freunde feiern.

Schon allein die Vorstellung dieses Abends erzeugte in Torges Kopf angenehme Bilder. Leider hinderte ihn seine körperliche Einschränkung daran, selbst zu kochen. Er war ein «Brain-Sternekoch», wie seine Freunde gerne liebevoll scherzten. Im Kopf hatte er die feinsten Rezepte parat, umsetzen mussten sie dann aber andere für ihn. Am meisten Spaß hatte Torge daran, sich die Kombination von Zutaten und Gewürzen in Gedanken vorzustellen. Oft glaubte er anschließend sogar, den Geschmack schon auf der Zunge zu haben. Diese Theorie musste dann dank der Hilfe von Torges Assistenzkräften meist direkt in die Praxis umgesetzt werden. Diese Lust am Essen sah man Torge ein wenig an. Sein «Feinkostgewölbe», wie er seinen Bauchansatz liebevoll nannte, war deutlich sichtbar. Schon jetzt gingen ihm die ersten Gedanken durch den Kopf, was es an dem geselligen Abend mit seinen Freunden geben sollte.

Um die Speisenfolge für dieses spontan ersonnene Essen könnte er sich später Gedanken machen, ermahnte er sich selbst, als wie aus dem Nichts wieder das Bild des Steuerpults im Wasser auftauchte. Erstmal würde er sich jetzt einen Kaffee zubereiten lassen. Koffein war so etwas wie Torges «Gedankenbenzin». Nachdem Sarah ihm den Latte macchiato zubereitet und alle weiteren Vorbereitungen getroffen hatte, um Torge für einige Zeit allein lassen zu können, verabschiedete sie sich bis zur nächsten Woche.

Nachdem Sarah gegangen war und er den letzten Schluck Kaffee durch den Strohhalm genüsslich eingesogen hatte, rollte Torge an das Panoramafenster im Schlafzimmer, von dem er einen wunderbaren Blick über Verdens Altstadt hatte. Er liebte es, wenn in den einzelnen Fenstern nach und nach die Lichter eingeschaltet wurden und sich die Hektik des Tages langsam legte. Jedes Licht bedeutete für Torge ein Schicksal, jedes Licht erzählte für ihn eine eigene Geschichte. Jedes Licht stand für Glück, Leid, Hoffnung, Enttäuschung oder einen anderen Teil des menschlichen Lebens. Torge fühlte sich mittendrin, wenn er von oben auf das Geschehen blicken konnte. Plötzlich tauchte wieder diese Vision von der Rollstuhlsteuerung in der Aller vor seinem geistigen Auge auf. Verdammt, ich brauche endlich andere Bilder im Kopf, dachte er.

Torge beschloss, sich für heute Abend einmal richtig zu berauschen. Auch das ging bei Torge, wie so vieles andere, eher geistig als körperlich. Alkohol vertrug er nicht und von härterem Zeug hatte er besser gleich die Finger gelassen. Torge war ein reiner Kopfmensch, selbst beim Wunsch nach Rauschzuständen. Heute brauchte er die volle Dröhnung. Die Platte von Bob Marleys Auftritt im Rainbow Theatre in London hatte er schon ewig nicht mehr gehört. Er besaß zwar eine Vinyl-Pressung, doch wer sollte das Auflegen ohne Assistenz übernehmen? Zum Glück fand er sie auch in einem der großen Musik-Streamingdienste und konnte sie so ohne fremde Hilfe starten. Das Live-Konzert verfehlte seine Wirkung nicht und für den Rest des Abends dachte Torge nicht mehr an unheilvoll aus dem Wasser auftauchende Gegenstände. Stattdessen waren seine Gedanken zu weißen Sandstränden und Bikini-Schönheiten abgedriftet, bis ihn das Klingeln der nächsten Assistenzkraft an der Haustür in die Realität zurückholte. Die Nachtschicht war gekommen.

Kapitel 2 – Sonntag

Ein viel zu lautes Geräusch weckte Kriminalhauptkommissar Falk Hendrik Osmers aus einem unruhigen Schlaf. Er brauchte ein paar Sekunden, bis er realisierte, dass es sich dabei um sein Smartphone handelte. Gerade noch rechtzeitig unterdrückte er den Fluch, der ihm auf der Zunge lag. Schließlich lag seine Freundin Marie-Kristin neben ihm. Seufzend setzte er sich auf. Die Uhr im Display des klingelnden Störenfrieds zeigte 04:27 Uhr. Am Sonntagmorgen!
Wehe, wenn das jetzt nicht wichtig ist, dachte Falk und stieß sich zu allem Überfluss beim Aufstehen den großen Zeh am Nachtschrank. Seinen nicht vollständig unterdrückten Schmerzenslaut beantwortete seine Freundin mit einem leicht genervten Stöhnen. Als Falk die Tür zum Schlafzimmer schloss, atmete er mit hochrotem Kopf tief durch und nahm ab.
«Osmers», meldete er sich noch immer leicht schlaftrunken.

«Herr Hauptkommissar?»

Falk wollte schon: Wer sonst? in den Hörer fragen, biss sich aber auf die Zunge. Stattdessen ratterte die Stimme am anderen Ende jetzt derart schnell und aufgeregt los, dass der Hauptkommissar Mühe hatte zu folgen.

«Hier spricht Kommissarsanwärterin Müller. Entschuldigen Sie, dass ich um die Zeit störe, aber wir – also Sie haben eine Leiche.»

«Eine was?», rutschte es Falk heraus.

«Ja, Kollege Brinkmann ist schon vor Ort zur Fundortabsicherung.»

«Wo?», fragte Falk, der mit allen Mitteln versuchte, einen klaren Kopf zu bekommen.

«Im Hafen des Wasser- und Schifffahrtsamtes in Verden», hörte er die Antwort der Kommissarsanwärterin.

«Okay, ich komme sofort!», sagte Falk und legte auf.

Um wenigstens etwas menschlich auszusehen und ein bisschen wach zu werden, huschte Falk schnell ins Bad und spritzte sich mit den Händen Wasser ins Gesicht.

Schließlich war dieses Wochenende so gänzlich anders verlaufen, als Marie und Falk es sich vorgestellt hatten. Am Freitag hatte Marie Falk angerufen und ihm gesagt, dass sie es geschafft hätte, sich für das Wochenende an der Klinik in Bielefeld, wo sie seit drei Jahren arbeitete, freizuschaufeln. Außerdem habe sie eine besondere Überraschung für ihn. Als Falk nach diesem Satz schwieg, fügte sie lachend an: «Nein, keine Sorge! Ich bin noch nicht schwanger.»

Für Falk war das eine gute Nachricht, obwohl dieses eine Wörtchen „noch" schon seit geraumer Zeit ihre Beziehung belastete. Falk mochte Kinder, wollte auch – irgendwann einmal – welche haben. Nur eben mit Sicherheit nicht jetzt. Wenn er ganz ehrlich zu sich selbst war, fehlte ihm auch die Gewissheit, dass er sie mit Marie-Kristin wollte. Sie hingegen schien es kaum erwarten zu können, endlich Mutter zu werden. Doch dieser Gedanke beschäftigte Falk nur kurz. Er freute sich auf ein langes gemeinsames Wochenende mit Marie. Ein Luxus, der aufgrund der Berufswahl des Paares und der Entfernung der beiden Arbeitsplätze höchst selten war. Es wäre etwas ganz Besonderes zu feiern sagte Marie und so hatte sie für den gestrigen

Abend einen Tisch beim angeblich besten
Italiener der Region reserviert. Falk war schon
skeptisch, da dieser Italiener in Syke war. Wie
gerne wäre er zu seinem Lieblingsitaliener nach
Achim gefahren. So kam es, wie es kommen
musste: Der Seeteufel im Hauptgang war
versalzen und die Trüffel-Gnocchi zu kalt. Falk
hatte versucht, die Enttäuschung während des
Essens mit einem 2018er Roagna Langhe Bianco
herunterzuspülen. Dass es diesen edlen Tropfen
überhaupt hier gab, war für Falk ein Wunder. So
servierte der Kellner die zweite Flasche Wein
noch vor dem Tiramisu, das eindeutig aus der
Packung stammte, grinste schmierig, was bei dem
Preis auch kein Wunder war, als endlich Marie
ihm die versprochene Überraschung präsentierte:
«Ich werde nächsten Monat eine neue Stelle bei
den Aller-Weser-Kliniken antreten, in der
Anästhesie. Meine erste Vollzeitstelle und
natürlich besser bezahlt. Ich werde zunächst
zwischen den Häusern in Achim und Verden
pendeln, so kann ich endlich viel näher bei dir
sein. Freust du dich?»
Leider stimmte der alte Satz «in Vino Veritas»
auch an diesem Abend. Falk konnte sein

spontanes Entsetzen nicht ganz verbergen. Sie hatte nie angedeutet, dass sie sich in der Region beworben hatte. Theoretisch freute er sich für sie. Allerdings nahm mit dieser Entwicklung eine von Marie erhoffte und von Falk in weite Ferne verschobene gemeinsame Zukunft plötzlich eindeutig sehr konkrete Formen an. Er wusste, er hatte falsch reagiert und dafür hasste er sich. Er wusste, er hatte damit Marie verletzt und dafür hasste er sich noch mehr. Marie hatte es – wie immer – klaglos überspielt, anstatt ihm mal richtig die Meinung zu geigen. Und das machte ihn schier rasend. Viel lieber hätte er sich mit ihr gestritten, aber das ließ Marie nicht zu. Falk bestellte zur Beruhigung sicherheitshalber schon einmal die dritte Flasche Roagna, was dem Kellner ein noch fetteres Grinsen ins Gesicht zauberte.

Trotz Falks Fehlreaktion war dann der Rest des Abends doch harmonisch verlaufen. Beide gaben sich alle Mühe, den Vorfall zu überspielen: Falk, weil er sich um Wiedergutmachung bemühte, und Marie, weil sie gar nicht anders konnte. Am Ende hatten sie sich zärtlich und leidenschaftlich geliebt. Es war schöner und lustvoller Sex. Als

jetzt Falks Handy klingelte, hatten sie noch keine
drei Stunden geschlafen.

Angesichts der Uhrzeit würde der
Hauptkommissar ausnahmsweise den
Dienstwagen nehmen, obwohl er sonst lieber mit
dem Rad fuhr. Zumal sein Rad nicht irgendein
Rad war, sondern ein Bugatti aus Regensburg.
Sein alter silbergrauer Dienst-Passat war aber
obendrein auch keine Augenweide mehr und
hatte inzwischen die eine oder andere Macke.
Beispielsweise fielen regelmäßig am Wagen
irgendwelche Lampen aus, sobald das Wetter
feuchter wurde und den quietschenden
Keilriemen bekam die Werkstatt auch nicht in den
Griff. Er schrieb nur noch eine schnelle Notiz für
Marie.

«Einsatz. Musste weg», kritzelte er derart schnell
und unleserlich auf einen Zettel, dass Falk
ernsthafte Zweifel hatte, ob Marie in der Lage
sein würde, es zu lesen. Dann stieg er ins Auto
und setzte das mobile Aufsatzblaulicht aufs Dach,
um bloß nicht in eine Verkehrskontrolle zu
geraten, denn fahren hätte er in seinem Zustand
definitiv nicht dürfen. Nach gut zwanzig Minuten
näherte er sich der Fundstelle. Als er auf der

schnurgeraden und sehr langen Bremer Straße
unterwegs war, passierte es. Sein linker
Scheinwerfer wechselte von Fahrt- unvermittelt
auf Standlicht. Na toll, ausgerechnet, wenn
Brinkmann am Tatort auf ihn wartet.
Polizeihauptmeister Brinkmann war eigentlich
ganz okay, nur mit seiner peniblen
„Oberkorrektheit" übertrieb er es manchmal. Falk
wusste aus Gesprächen in der Kaffeeküche, dass
er nicht der Einzige war, der sich fragte, ob
Brinkmann je lachen oder «fünfe gerade sein
lassen» konnte. Wenige Minuten später bog Falk
am Fundort ein und Brinkmann schien ihn bereits
zu erwarten. Es wirkte, als würde er
strammstehen wollen.
Fehlt nur noch, dass er gleich salutiert, dachte
Falk im Stillen, öffnete die Wagentür und stieg
aus.

Der befürchtete Salut blieb zwar aus, dafür nahm
Brinkmann pflichtschuldig die Mütze vom Kopf.
«Was haben wir hier?», fragte Falk und
versuchte, einen geschäftsmäßigen,
professionellen Ton anzuschlagen.

«Abgesehen vom defekten Frontscheinwerfer und dem schleifenden Keilriemen Ihres eigentlich in diesem Zustand nicht vollständig verkehrstauglichen Dienstfahrzeugs?»

Was vermutlich als Eisbrecher zwischen den beiden gedacht war, geriet angesichts der gestelzten Wortwahl eher zu einer Peinlichkeit. So was Dämliches kann auch nur Brinkmann einfallen, ging es Falk durch den Kopf.

«Ich wurde wegen eines Toten hierher gerufen!» Falks Ton wurde ungewollt eine Spur lauter und gereizter.

«Selbstverständlich!», gab Brinkmann kleinlaut zurück und setzte sich die Mütze wieder auf den Kopf. «Da vorne! Ich habe schon Licht kommenlassen, damit man mehr sieht.»

Knapp fünfzig Meter weiter standen am Rand des Hafenbeckens drei große Scheinwerfer, die das Morgengrauen des anbrechenden Tages vertrieben und viel zu hell wirkten. Als Falk näher herantrat, erkannte er auf den ersten Blick, wer da lag. Das war Hasso Blattner, eine echt große Nummer im deutschen Baugewerbe und eine Verdener Berühmtheit. Bis vor ein paar Jahren, als zur Überraschung vieler die jüngere

Tochter anstelle des erstgeborenen Sohnes die Firma übernommen hatte, stand Blattner fast täglich in einer der beiden Ortszeitungen. Eben jene Tochter hatte ihren Vater auch vor nicht ganz vier Tagen als vermisst gemeldet. Falk erinnerte sich trotz seines Schlafmangels und der beginnenden Kopfschmerzen an die Meldung im System. Die Tochter hatte bei den Kollegen ausgesagt, dass sie sich große Sorgen um ihren Vater mache, weil er – so wie sie es formulierte – «immer wieder eine seiner dunkleren Phasen hätte.» Seit zehn Jahren kämpfe er nun schon gegen seine inneren Dämonen. Angefangen habe alles mit einem Bootsunfall in Frankreich, bei dem Blattner seine Frau, ihre Mutter, verloren hatte und in dessen Folge er im Rollstuhl gelandet sei. Irmgard, so der Name der Ehefrau und Mutter, war Hasso Blattners große Liebe und seit dem Unfall sei er zunehmend schrulliger und ungenießbarer geworden.

Weitere Details müsste er sich im Präsidium in der Akte zum Vermisstenfall anschauen. So wie Falk die Sache einschätzte, würde das hier eher die notwendige Routine bei Selbstmord sein. Er

fing an, sich zu ärgern, dass die Leiche nicht noch
für ein paar Stunden, oder besser noch, bis
Montag unentdeckt geblieben war. Falk wandte
den Blick nach links und sah sich bestätigt. Die
weiße Yacht, die dort lag, trug den Namen
»Irmchen«. Die Verkleinerungsform des Namens
wirkte angesichts der Größe der Yacht allerdings
eher unpassend.
Falk fragte Brinkmann:
«Wer hat ihn gefunden?», und hatte dabei Mühe,
ein Gähnen zu unterdrücken.
«Das war Manfred Knudsen, der Hafenmeister.
Er steht da am Tor.»
Brinkmann deutete in eine Richtung.
«Alles klar.»
«Wirklich alles klar Hauptkommissar Osmers?»,
fragte Brinkmann, «Sie sehen – mit Verlaub –
ganz schön derangiert aus und nach Ihrer Fahne
zu urteilen, hätten Sie sicher auch nicht fahren
dürfen.»
Falk rollte mit den Augen, machte auf dem
Absatz kehrt und steuerte zielstrebig auf Knudsen
zu. Brinkmann sah für einen Moment aus wie
jemand, den der Lehrer trotz eifriger Meldungen
nie drannahm.

Manfred Knudsen war ein großer, breitschultriger
Mann mit wasserblauen Augen und einem
akkurat gepflegten weißen Bart. Er trug
Friesennerz und eine so genannte Wathose, eine
grüne, wasserdichte Hose, die in Gummistiefeln
endet, wie sie Angler tragen. Seinen Kopf
bedeckte eine Elbseegler-Mütze in Marineblau.
Es schien, als wäre dieser Mann von Kopf bis
Fuß auf Wasser eingestellt, dachte Falk, als er
sich ihm näherte.
«Kommissar Osmers», begann Falk und streckte
dem Hafenmeister die Hand entgegen.
«Moin. Knudsen, Hafenmeister und Mädchen für
alles hier», antwortete dieser, während er Falks
Hand schüttelte.
Obwohl Falk kräftig und durchtrainiert war,
fühlte sich seine Hand an, als wäre sie winzig und
schlaff.
«Nenn mich Manni, das machen alle hier so. Du
kommst wegen Hasso, stimmts?»
«Stimmt» antwortete Falk knapp.
«Hätte mir denken können, dass der selbst im Tod
noch Ärger macht», sagte Knudsen mit hörbar
norddeutschem Einschlag.

«Inwiefern?»

«Der Alte hatte mehr als einen Spleen, wenn Du mich fragst. Sein Kahn liegt jetzt fünf Jahre hier, ohne dass er einmal an Bord war. Wie denn auch, wenn er selbst in so 'nem Ding saß.»

Knudsen machte dabei eine Bewegung, die eine seltsame Mischung aus Steuerrad und Joystick zu sein schien. Falk verstand.

«Trotzdem taucht der Kerl hier ständig auf, unangemeldet und überhaupt einfach so. Fast jede Woche. Um diese Jahreszeit isses besonners schlimm, da ist seine Frau auf See geblieben. Ab und an hat er mich mal zugetextet, wie beschissen doch alles sei. Ich hab' dann immer nur gebrummt, denn reden konnt man mit dem ja nich. Der hielt sich für den Mittelpunkt des Universums. Musste so enden.»

«Wie musste es denn enden?», fragte Falk.

«Na, umgebracht hat der alte Gnadderkopp sich doch!» Knudsen bereute seinen Ausbruch augenblicklich und sah zum Himmel, als wolle er um Vergebung bitten. Falk sah ihn fragend an.

«Hat er das Dir gegenüber mal geäußert?» Unbewusst hatte er Knudsen gerade geduzt, aber der reagierte gar nicht darauf.

«Nich so direkt, aber hat oft gefaselt, dass alles
keinen Sinn mehr hätte.»
«Wie haben Sie ihn denn zu dieser
nachtschlafenden Zeit gefunden?»
«Na, ich geh im Sommer nachts auf Aal. Wenn`s
geregnet hat, beißen sie besonders gut. Als ich
mich gerade so richtig einrichten wollte, seh ich
ihn da mit Rollstuhl im Wasser liegen.» Knudsen
machte eine ausschweifende Bewegung Richtung
Allerufer, wo der Rolli noch an der Böschung lag.
«Ich bin natürlich gleich rein, hab ihn
abgeschnallt und rausgeholt, aber da war er schon
mausetot.»
Zum Glück war die Sachlage in diesem Fall klar,
denn sonst hätte er sich geärgert, dass Knudsen
mit seinem Übereifer womöglich alle Spuren
vernichtet hätte, dachte Osmers.
«Danke, Sie haben uns sehr geholfen. Wenn ich
weitere Fragen habe, wie kann ich Sie
erreichen?»
«Ich bin hier der Hafenmeister und jeden Tach
hier!» Aber Handy kannste vergessen, das lass
ich schön zu Hause. Wenn Du unbedingt anrufen
willst, ruf beim Amt für Schifffahrt an und frag
nach Manni.»

Mit diesen Worten entschwand der Süßwasser-Seebär und Falk ging zurück zu Brinkmann, der sich in den letzten zehn Minuten keinen Zentimeter bewegt zu haben schien. Als der Schutzpolizist Falk erblickte, fragte er ihn, wie er die Lage einschätzte. Der Hauptkommissar fasste es mit den Worten zusammen:
«Sieht für mich klar nach Selbstmord aus.»
«Dann wird es Sie freuen, dass der Notarzt bereits verständigt ist.», entgegnete Brinkmann.
«Dass Blattner tot ist, kann ja wohl jeder Blinde mit Krückstock sehen», platzte es aus Falk.
Brinkmann antwortete wieder mit Oberlehrerton:
«Sie wissen aber, dass das Protokoll vorschreibt...»
Falk winkte ab und sagte seufzend:
«Ja, ja, ich weiß.»
Wie aufs Stichwort bog ein Notarzteinsatzfahrzeug um die Ecke und bremste direkt vor den Polizisten. Ein kleiner Mann mit Brille und Vollbart stieg aus einem viel zu großen SUV. «Schubert, diensthabender Notarzt,» stellte er sich vor. «Worum geht es?»
In fast entschuldigendem Ton sagte Falk:

«Das Protokoll schreibt die offizielle und formale
Feststellung des Todes vor.»
Dr. Schubert nickte verstehend. Er beugte sich
über den Toten, fühlte seinen Puls und schloss
vorschriftsmäßig noch ein mobiles EKG-Gerät
an. Erwartungsgemäß war kein Puls mehr tastbar
und die Sinus-Kurve war eine gleichmäßige
Gerade, begleitet von einem lauten, penetranten
Piepen. Routiniert maß Schubert die Temperatur
des Toten, prüfte die Leichenstarre und öffnete
die Lider. Wenige Minuten später erklärte Dr.
Schubert wenig überraschend:
«Der Mann ist tot, kein Zweifel. Der Tod ist
irgendwann vor mindestens 48, höchstens aber 72
Stunden eingetreten. Auf den ersten Blick sieht es
nach Ertrinken aus.»
Damit war Hasso Blattner jetzt auch für die
deutsche Bürokratie verstorben.

Kapitel 3

Mittlerweile war es beinahe 10:00 Uhr und Falk
hatte einen Bärenhunger. Gegen 9:00 Uhr hatte er
Marie eine SMS geschrieben:
«Neuer Fall, prominentes Opfer, komme gleich
nach Hause, muss aber später nochmal weg. Freu
mich auf Dich. Kuss F.»
Falk schämte sich für die Nüchternheit seiner auf
den Zettel geschmierten Nachricht aus den frühen
Morgenstunden. Mit diesem unguten Gefühl
erreichte Falk die Haustür des kleinen Hauses,
dass er seit seinem Amtsantritt in Verden
bewohnte. Es lag wunderschön auf dem Land bei
Cluvenhagen an der alten Aller und war
eigentlich das Brothaus des üppigen Anwesens
seines Vermieters. Er schloss die Eingangstür auf
und rief nach Marie. Diese antwortete ihm
fröhlich aus dem Wohnzimmer.
«Bin am Esstisch!»
Falk ging zu ihr, nahm sie von hinten in die Arme
und küsste sie auf die Stirn. Marie-Kristin drehte

ihren Kopf zu Falk und küsste ihn mit einem
Resthauch der nächtlichen Leidenschaft auf den
Mund.

«Magst du einen Kaffee?»

«Ja, den kann ich jetzt gut gebrauchen!»,
antwortete Falk mit einem Lächeln.

«Moment», entgegnete Falks Freundin fröhlich
und war auch schon in die Küche entschwunden.
Einige Minuten später kehrte sie an den Tisch
zurück, in der einen Hand eine dampfende Tasse
Kaffee, in der anderen einen Teller mit einem
frischen Croissant, bestrichen mit wundervoller
Erdbeerkonfitüre, die sie selbst eingemacht hatte.
So frühstückte Falk sonntags am liebsten. Er
trank einen Schluck Kaffee und biss herzhaft in
sein Croissant. Ein Konfitüretropfen lief über
seinen Handrücken. Wenn er jetzt nicht aufpasste,
würde er auf dem Boden landen. Genau in diesem
Moment klingelte sein Handy und der
Konfitüre-Tropfen fand unaufhaltsam den Weg
auf den Teppich. Nicht mein Tag, dachte Falk, als
er im Display die Nummer aus Hannover las.
Falk ging ran, während er kaute und schluckte.
«Osmers», meldete er sich, was aber eher wie
„Ofmerf“ klang.

«Rottemöller hier», schrie es Falk aus dem Hörer
entgegen. «Wo sind Sie, Osmers?

Falk schluckte den noch nicht ganz fertig
gekauten Bissen hastig hinunter und brauchte drei
Versuche, bis seine Kehle endlich frei war.

«Sind Sie noch da?», krakeelte es Falk aus dem
Handy entgegen.

«Ja selbstverständlich»

Er sah in Gedanken den Kriminaldirektor
Hermann Friedrich von Rottemöller vor sich. Der
kleine, glatzköpfige und etwas dickliche Mann
hatte drei Markenzeichen: Er trug Maßanzüge mit
Fliege, litt unter hohem Blutdruck, was man ihm
meist am Gesicht ansah und was auch zu einer
stetigen Ungeduld führte, und er war Fan von
Hannover 96.

«Wo sind Sie denn?»

Falk ahnte, dass es jetzt wichtig war, richtig zu
antworten. Nur, was war in diesem Fall richtig?
Falk hatte den Kriminaldirektor noch nie
persönlich kennengelernt. Die Geschichten, die er
gehört hatte, ließen ihn allerdings erahnen,
warum Rottemöller unter den Kollegen nur
„Rottweiler 96“ genannt wurde.

«Schönen Mist haben Sie da am Hals mit der Promi-Leiche», ließ Rottemöller Falk wissen.

«Woher...», platzte es aus Falks Mund, noch bevor er nachdenken konnte.

«Woher ich davon weiß?»

Der Kriminaldirektor sprach jetzt so laut, dass Falk das Telefon weiter vom Ohr entfernt halten musste.

«Ich habe meine Quellen, mehr brauchen Sie nicht zu wissen. Aber nochmals: Wo sind Sie?»

Der Kriminalhauptkommissar dachte kurz an eine Notlüge, entschied sich dann aber dagegen:

«Ich bin nur kurz nach Hause, um mir etwas anderes anzuziehen und einen Happen zu essen.»

«Sie sind WO?»

Das letzte Wort hatte Rottemöller derart laut in den Hörer gebrüllt, das Falk glaubte, den Widerhall aus Hannover direkt zu hören. Noch bevor er Luft holen konnte, machte der Kriminaldirektor am anderen Ende der Leitung in gleicher Lautstärke weiter.

«In Fällen wie diesem gibt es kein Wochenende und kein Privatleben!

Mensch Osmers!»

Das klang wie aus dem Lehrbuch fürs Phrasenschwein in einem Talk zur Bundesliga, nur eben für Polizisten.

«Ich erwarte Sie in einer halben Stunde in Ihrem Büro. Von dort aus rufen Sie mich an. Wir müssen die Pressemitteilung abstimmen. Und eine Besprechung mit Ihrem Team setzen Sie für heute besser auch noch an! Sie sind mir verantwortlich, versauen Sie es bloß nicht. Ich habe ein Auge auf Sie!»

Mit diesen Worten schmiss der Kriminaldirektor den Hörer auf die Gabel. Falk nahm das Handy vom Ohr und starrte noch einen Moment darauf. Er wusste, dass ihm von Rottemöller nicht wohl gesonnen war, obwohl sich beide bewusst noch nie begegnet waren. Dazu reichte allein die Tatsache, dass Falk vor seiner Polizeilaufbahn Fußballprofi bei Eintracht Braunschweig gewesen war, bis ein tragisch-peinliches Foul vom eigenen Torwart seine Karriere ad hoc beendet hatte. Falk steckte das Handy weg. Als er aufsah, stellte er fest, dass Marie den Raum verlassen hatte. Er fand sie im Schlafzimmer zusammengerollt auf dem Bett liegend. Als er sich neben sie setzte, hob sie den Kopf und lächelte ihn an, aber die Tränenspuren verrieten ihm ihre wahren Gefühle. «Komm, wir frühstücken erst einmal in Ruhe zu Ende, aber dann muss ich leider los», flüsterte Falk ihr ins Ohr und küsste sie wie zur Bekräftigung seiner Worte zart in den Nacken. Dann nahm er doch noch einmal das Handy heraus und schaltete es aus. Wenigstens für die Dauer des Frühstücks sollte Marie seine ungeteilte Aufmerksamkeit genießen können.

90 Minuten später zog er sich mit doppelt schlechtem Gewissen seine Jacke an, um zu gehen. Er wusste, jetzt hatte er beide enttäuscht: Marie, weil er heute sicher keine Zeit mehr für sie fand, und von Rottemöller, weil der sicher schon seit über einer Stunde vergeblich auf seinen Anruf wartete. Letzterer war ihm offen gesagt völlig egal. Was diesem Vogel mit seinem manischen Fußballfanatismus einfiel? Man erzählte sich sogar, dass er einmal die ganze Kantine zusammengebrüllt habe, weil der Koch Vanillepudding mit Blaubeeren als Nachtisch servierte! «Blau-Gelb! Blau-Gelb!», soll er geschrien haben, ob der Koch wohl wisse, wo er

hier sei, «Hannover, 96er Revier, hier gibt es kein Blau-Gelb!»

Für Falk war Rottemöller ein Idiot mit Kleinmannsyndrom – übrigens nicht nur für Falk, aber das nutzte ihm jetzt nichts.

Falk setzte das Blaulicht auf das Dach des Dienstwagens und machte sich auf den Weg in sein Büro. Auf der Fahrt gab er Vollgas und dank Blaulicht und Martinshorn erreichte er sein Ziel in weniger als einer Viertelstunde. Er parkte schief und hastete in sein Büro. Noch bevor er die Tür öffnete, hörte er bereits das Telefon klingeln. Er griff mit nach vorn gebeugtem Oberkörper über den Schreibtisch, bekam den Hörer zu fassen und warf dabei einen Aktenstapel um, der wie in Zeitlupe zu Boden rutschte. Einige der Aktendeckel klappten auf, sodass sich deren Inhalt quer über das Büro verteilte.

«Osmers», meldete sich Falk abgehetzt ins Telefon. Doch er hörte nur noch das Freizeichen. Als er sich umdrehte, stellte er fest, dass Brinkmann bereits damit beschäftigt war, die Unterlagen vom Boden aufzusammeln und sie wieder in die korrekten Akten einzuordnen.

«Tut mir leid!», stammelte Falk.

«Ist nicht gerade ein Bilderbuch-Sonntag für mich!»

Brinkmann sah ihn an und lächelte mitfühlend. «Kenne ich. Deshalb habe ich auch mein Bestes bei Rottemöller gegeben. Der ist, sehr vorsichtig formuliert, stocksauer auf Sie.»

Falk zuckte gleich zwei Mal innerlich zusammen. Zum ersten Mal, seit er ihn kannte, hatte Brinkmann das „von" im Namen des Kriminaldirektors ignoriert. Außerdem hastete er zu seiner Jacke, um das Handy auf seinen Schreibtisch zu legen. Als er auf das Display sah, schlug er sich die Hand vor die Stirn. Er hatte vergessen, es wieder einzuschalten. Als er das nachholte, sah er nicht nur ein Unwetter heranziehen, aus Hannover würde ihm gleich ein Orkan entgegenwehen.

Acht Anrufe in Abwesenheit, stand da. Acht Mal dieselbe Nummer aus Hannover. Acht Mal Rottemöller.

Na, das kann ja heiter werden, dachte Falk sarkastisch. Gerade als er beschlossen hatte, selbst anzurufen, klingelte sein Telefon wiederum. Er atmete tief durch, ließ es ein weiteres Mal klingeln und nahm den Hörer ab.

Kapitel 4

Ohne jede Begrüßung sagte von Rottemöller in
honigsüßem Ton:
«Schön, dass Sie auch mal wieder gedenken,
Ihren Dienst zu versehen.»
Seine Stimme troff vor Sarkasmus.
«Seien Sie froh, dass Sie Brinkmann haben. Der
hat mich auf dem Laufenden gehalten. Aber, ich
habe Sie zig Mal angerufen.
WO WAREN SIE?»
Rottemöller war mit jedem seiner Worte lauter
geworden, so schrie er die Worte dieser Frage
derart laut, dass Falk versucht war, das Gespräch
vom anderen Ende des Raumes fortzusetzen.
«Familiärer Notfall», stammelte Falk.
Rottemöller schnaubte nur, was Falk fast
unangenehmer war als eine seiner Schimpftiraden
von heute Morgen. Doch dann lief Rottemöller
zur Hochform auf:
«Osmers, Osmers, was soll ich nur mit Ihnen
machen. Was genau haben Sie an: In Fällen wie
diesen gibt es kein Privatleben, nicht verstanden?
WENN ICH KÖNNTE, WIE ICH WOLLTE.

Ach, lassen wir das, daraus werde ich zu gegebener Zeit Konsequenzen ziehen! Wir müssen diese gottverdammte Pressemitteilung abstimmen. Eine gute Pressemitteilung ist das A und O am Anfang eines Falles. Wir müssen unbedingt die Kontrolle übernehmen und das auch zeigen. Was haben Sie?»
Falk atmete tief durch und begann in aufgesetzter Monotonie mit seiner Zusammenfassung:
«Für mich sieht es nach eindeutigem Selbstmord aus. Wir haben die Vermisstenanzeige der Tochter, in der sie bestätigt, dass ihr Vater depressiv mit suizidalen Tendenzen war.»
«Erzählen Sie mir was Neues!», unterbrach Rottemöller den Kommissar schroff.
«Ich war noch nicht fertig!», entgegnete Falk und hatte hörbar Mühe, seine Stimme zu kontrollieren.
«Schon gut! Und jetzt machen Sie endlich weiter.»
Rottemöller schrie fast schon wieder.
Falk blickte zum Himmel und rollte mit den Augen. Brinkmann, der inzwischen gegenüber von Falk Platz genommen hatte, schob ihm einen

Schoko-Erdnuss-Riegel hinüber und lächelte mitfühlend. Falk fuhr fort.

«Der Notarzt, der den Tod von Hasso Blattner bescheinigt hat, geht von Ertrinken aus, und laut Aussage des Hafenmeisters war das Opfer um diese Jahreszeit besonders anfällig für depressive Gedanken. Der Todestag seiner Frau, Sie wissen schon...»

«Ja, ich weiß!»

Bei diesem Satz klang die Stimme des Kriminalrats zum ersten Mal während dieses Telefonats etwas milder.

Übergangslos fragte Rottemöller ins Telefon: «Irgendwas, was gegen die Selbstmordthese spricht?»

«Bislang nicht!», antwortete Falk wahrheitsgemäß.

Ein typisches Geräusch einer Sessel-Sitzfläche aus dem Telefonhörer verriet, dass der Kriminaldirektor sich in diesem Moment entspannt zurücklehnte. Falk sah ihn in Gedanken vor sich: Beide Zeigefinger unter dem Kinn in klassischer Denkerpose.

«Gut,» antwortete Rottemöller. «Dann gehen wir mal von Selbstmord aus. Aber vermeiden Sie in

der Pressemitteilung jegliche Festlegung. Wir
ermitteln selbstverständlich in alle Richtungen.»
«Selbstverständlich, Herr von Rottemöller. Ich
werde jetzt mit dem Kollegen Brinkmann zur
Familie fahren. Sollten sich auch dort
Bestätigungen für unsere bisherigen Annahmen
finden lassen, sende ich Ihnen die
Pressemitteilung noch heute Mittag zur
Absprache.»
«Okay, aber Gnade Ihnen vor dem Polizeihund,
wenn Sie noch einmal nicht erreichbar sind.»
Mit diesem Satz legte Rottemöller auf.
Falk sah Brinkmann an, der inzwischen fein
säuberlich alle bisherigen Informationen auf
einem Flipchart zusammengetragen hatte.
«Mensch Brinkmann, wenn ich Sie nicht hätte.
Kommen Sie mit, wir müssen es den
Angehörigen jetzt mitteilen.»
Und so machte sich Falk zusammen mit
Brinkmann in seinem alten Passat auf den Weg
zur Villa der Familie Blattner.

Während der Fahrt fummelte Brinkmann ständig
im Fußraum an seinen Schuhen rum.

«Mann Brinkmann, Sie machen mich nervös, was
machen Sie denn da?», stauchte Falk ihn
zusammen.
«Ich habe noch lauter Dreck vom Tatort an den
Schuhen, so kann ich mich bei Blattners doch
nicht blickenlassen», versuchte Brinkmann sein
Verhalten zu erklären.
«Na toll und schmieren mir hier das Auto voll?»
«Nein, mitnichten», antwortete Brinkmann
beleidigt und zog ein ehemals weißes,
handtuchgroßes, geblümtes Taschentuch hervor.

Die Villa befand sich am Allerufer / Ecke
Strukturstraße. Das zweigeschossige Herrenhaus
wirkte ausgesprochen imposant. Es gab ein
riesiges zweiflügeliges geschmiedetes
Eingangstor mit Gegensprechanlage. Falk
meldete die beiden Beamten an und wie von
Geisterhand öffnete sich langsam das Tor. Falk
und Brinkmann gingen eine lange, leicht
ansteigende Einfahrt zum Eingangsportal hinauf
und der weiße Marmorkies knirschte bei jedem
Schritt unter ihren Schuhen. Die schwere dunkle
Eingangstür aus Eiche hatte statt einer Klingel
einen riesigen Löwenkopf als Türklopfer.

Falk betätigte den schweren Türklopfer und
konnte die Schritte, die unmittelbar hinter der Tür
zu hören waren, fast körperlich spüren. Sein Herz
schlug ihm bis zum Hals. Das hasste er an seinem
Job. Todesnachrichten zu überbringen, war immer
schwer und nie wusste man, wie die Nachricht
aufgenommen werden würde. Wurde der Tod
schon erwartet? Immerhin wurde Hasso Blattner
ja bereits seit Freitag vermisst. Oder warf es den
Empfänger schlichtweg aus der Bahn? Dies war
mit Abstand der Moment, den Falk an seinem
Beruf am meisten hasste, da ging es ihm wie fast
allen Polizisten auf der Welt.
Die Tür öffnete sich und eine hübsche,
freundliche Frau in den Dreißigern lächelte sie
an. Falk hatte schon während des Klingelns
seinen Dienstausweis aus der Tasche gefingert,
eine Angewohnheit, die er sich zu Eigen gemacht
hatte, nachdem er einmal, gerufen zu einer
nächtlichen Streitschlichtung, an der Haustür
ohne Vorwarnung frontal niedergeschlagen
worden war. Er hielt ihn der Dame in Augenhöhe
entgegen. Die stutzte, errötete leicht, schlug sich

die Hand vor den Mund und rief dann sofort
durch einen langen Flur ins Haus:
«Frau Blattner, hier stehen zwei Polizisten
vor der Tür!»
Sie ist also nur eine Angestellte des Hauses,
mutmaßte Falk und drängte sich an ihr vorbei ins
Haus. Augen zu und durch war Falks Devise,
wenn es um die wirklich unangenehmen Dinge
im Leben ging. So stürmte er förmlich Eva
Blattner, der Tochter des Verstorbenen, in die
Arme, die genau in diesem Moment in den Flur
trat.
Sie war eine äußerst attraktive Frau um die
vierzig. Frau Blattner trug komplett schwarz. Nur
der teure, aber sehr geschmackvolle goldene
Schmuck verriet, dass sie dies wohl nicht in
Vorwegnahme der nun folgenden Nachricht
angezogen hatte, sondern weil es ihr einfach
fantastisch stand und ihre beneidenswert gute
Figur perfekt zu Geltung brachte. Falk stellte sich
mit einem hörbaren Kloß im Hals vor. Als er
gerade auch Brinkmann vorstellen wollte, musste
er feststellen, dass dieser immer noch draußen
stand und mit der Hausangestellten sprach. Doch

er konnte nun nicht mehr auf ihn warten, denn
Eva Blattner fragte ihn sofort:
«Geht es um meinen Vater?»
Jetzt schaute er sie ernst an und bemerkte ihre
geröteten Augen. Sie musste eben noch geweint
haben.
«Sind Sie Eva Blattner?»
«Ja», antwortete sie tonlos. Dann weiteten sich
ihre Augen und sie blickte verwundert zur
Haustür. Falk wandte langsam den Blick von ihr
und drehte sich irritiert um. Im Eingang stand
Brinkmann auf seinen Dienstsocken. Mit der
einen Hand hielt er seine Schuhe, mit der anderen
Hand rückte er seine dicke Brille zurecht und
zuckte gleichzeitig mit den Achseln. Wenn die
Situation es hergegeben hätte, wäre es ein Brüller
gewesen. So aber trieb der Anblick Falk die
Zornesröte ins Gesicht.
Die der Absurdität geschuldete Stille durchbrach
wieder Eva Blattner:
«Gibt es Neuigkeiten von unserem Vater?»
Diese Frau hatte einen Sexappeal, der Falk schier
von den Socken zu hauen drohte. Er hatte Mühe,
nicht aus der Rolle zu fallen.

«Es gibt tatsächlich Neuigkeiten zu Ihrem Vater und es sind leider keine guten.»

Bei den letzten Worten des Kommissars fingen die Augen von Eva Blattner an zu glänzen. Hastig griff sie nach dem schwarzen Spitzentaschentuch, das ihr völlig ladylike aus dem Ärmel guckte.

«Was ist passiert?», brachte sie jetzt mit tränenerstickter Stimme hervor.

«Ihr Vater wurde heute früh tot aus dem Hafenbecken des Wasser- und Schiffartsamts in Verden geborgen. Ganz in der Nähe Ihrer Yacht Irmchen.»

«Oh Gott. Dann haben sich unsere schlimmsten Befürchtungen also bestätigt?», schluchzte Eva Blattner.

«Ich befürchte ja», antwortete Falk, während Eva Blattner der Boden unter den Füßen wegsackte. Falk konnte sie im letzten Moment auffangen und stützen. Dabei ließ es sich nicht vermeiden, dass er mit einer Hand ihre Taille umfasste. Diese Geschmeidigkeit, diese Anmut, selbst im Moment der überwältigenden Trauer, raubte ihm den Atem. Die Hausangestellte eilte sofort geistesgegenwärtig zu Hilfe, so dass beide

Eva Blattner zu einem großen Ohrensessel im Wohnzimmer geleiten konnten.

«Können Sie sich um sie kümmern?», fragte Falk die Hausangestellte.

«Selbstverständlich, ich wohne ja im Haus. Außerdem ist ihr Mann da, wobei ich gar nicht weiß, wo er gerade steckt. Eben war er noch da. Auch ihr Bruder müsste bald wieder zurück sein. Wir kommen schon klar.»

So verließ Falk die Villa Blattner, nicht ohne Brinkmann zusammenzustauchen:

«Brinkmann, was haben Sie sich bitte bei dem Auftritt eben gedacht? Bei der Gemengelage sind doch Ihre paar Schlammspritzer an den Schuhen völlig egal, musste das denn sein?»

«Aber Chef, ich wollte doch nur an dem Schuhputzer vor der Tür eben mal die Restarbeiten erledigen. Das war so ein schönes großes Teil, aber Chef schauen Sie mal!»

Brinkmann deutete auf seine Schuhe. Auf denen klebte jetzt tatsächlich eine Schmierschicht. Das konnte selbst Falk nicht leugnen und er schmunzelte leicht verlegen in seine linke Handfläche, die den betörenden Duft von

Chanel No. 5 ausstrahlte, der Eva Blattner ihre besondere Extra-Note verliehen haben musste.

Falk und Brinkmann fuhren stumm zur Dienststelle zurück, bis Brinkmann zu Verwirrung von Falk abrupt fragte:
«Was halten Sie von der Tochter?»
Eruptionsartig schoss Falk das Blut in den Kopf und trieb ihm Schweißtropfen auf die Stirn. Hatte Brinkmann seine Gedanken beim Schwächeanfall von Frau Blattner erraten? War er ertappt worden, dass ihm bei einer so prekären Aufgabe solch pietätlose Gedanken durch den Kopf geschossen waren?
«Wie, äh- was meinen Sie denn?», stotterte er sich zusammen.
«Na ja, sie wirkte ziemlich geschockt, obwohl sie einen Selbstmord ja schon befürchtet hatte, als sie am Freitag die Vermisstenanzeige aufgegeben hatte. Allerdings ist es dann doch was Anderes, wenn man die Todesnachricht übermittelt bekommt. Insofern ist die Reaktion irgendwie verständlich und nur allzu menschlich. Ich denke, da können wir Rottemöller trotzdem klar das Signal Selbstmord geben, reine Routinesache»,

referierte Brinkmann seine derzeitige
Einschätzung zum Fall.

War wieder typisch, dachte Falk, dass Brinkmann
mit seinen Gedanken immer im Dienst war. Wie
konnte er nur angenommen haben, dass dieser
furztrockene Beamte solche
zwischenmenschlichen Dinge bemerkt haben
sollte. Wie der seine sechs Kinder gezeugt haben
konnte, war Falk schleierhaft. Er stellte sich das
immer vor wie eine Szene im Roman von
Heinrich Mann, in der Untertan Diederich
Heßling seine Gustje Daimchen mit den Worten
«Für Freund und Vaterland» bestieg.

Was ihn zu diesem Zeitpunkt aber viel intensiver
beschäftigte als die Antwort an Rottemöller, war
die Frage, wie sehr er sich von dieser Frau hatte
gefangen nehmen lassen. Es waren doch noch
keine zwei Stunden vergangen, seit er Marie
einen innigen Abschiedskuss gegeben hatte. Aber
diese Frau hatte schon etwas, sinnierte er.

«Chef, Cheeeef», fuhr Brinkman ihm jetzt durch
seine Tagträumerei, «haben Sie etwa eine andere
Meinung? Sie schauen so komisch drein?»
Spätestens jetzt fühlte sich Falk dann doch
ertappt.

«Nein, nein, ich stimme Ihnen in den meisten Punkten zu, aber auf mich wirkte sie dennoch irgendwie seltsam.», platzte es voll Verlegenheit aus Falk heraus.

Den Rest des Weges fuhren sie schweigend zurück und Brinkmann dachte über Falks Worte nach, denn es kam nicht sonderlich oft vor, dass Falk und Brinkmann in Bezug auf Personeneinschätzungen unterschiedlicher Meinung waren. Brinkmann würde im Präsidium noch einmal mit Falk sprechen müssen, warum sie verschiedene Erkenntnisse über Eva Blattner gewonnen hatten. Falks Gedanken hingegen kreisten um seine so unpassende eigene Gefühlswelt bei der ersten Begegnung mit der Tochter des Opfers. Er war doch mit Marie zusammen und sollte glücklich sein!

Als Falk und Brinkmann das Büro betraten, klingelte bereits wieder das Handy. Falk ahnte nichts Gutes und nahm das Gespräch an, ohne zu schauen, wer es war. Doch diesmal war es zum Glück nicht wieder Rottemöller, sondern sehr zu seiner Freude Torge Assmussen, der ihn daran

erinnern wollte, dass das monatliche Treffen der
«Rotary Kulinari» anstand.

«Rotary Kulinari» ist ein Koch-Club von zwölf
Verdener Persönlichkeiten. Man traf sich einmal
im Monat in den Räumen der Lebenshilfe, um
gemeinsam Gutes zu kochen und über Essen und
Genuss im Allgemeinen zu fachsimpeln. Jeden
Monat hatte ein anderes Mitglied den Vorsitz und
damit auch die Verantwortung für die
Organisation. Torge wollte Falk daran erinnern,
dass die Veranstaltung später als üblich beginnen
würde, da der ortsansässige Sternekoch an der
Reihe war und erst sein Team für das
Abendgeschäft instruieren müsse, bevor er sich
den «Rotary Kulinari» widmen könne. Torge und
Falk verband mehr als die Mitgliedschaft in
diesem ehrenwerten Club. Beide waren sich seit
ihrem Kennenlernen sofort sympathisch gewesen.
Falk imponierte, wie Torge trotz seiner
Behinderung sein Leben selbstbestimmt
organisierte und Torge liebte an Falk, dass er mit
ihm umging, als gäbe es keine Behinderung, was
auch mal bedeuten konnte, dass beide sich
herrlich streiten konnten. Nichts war für Torge
schlimmer, als zu merken, dass man wegen seiner

Behinderung auf ihn Rücksicht nahm. Klar konnte man ihn nicht auf eine Klettertour einladen. Das war auch nicht damit gemeint, sondern dieses fast unmerkliche, aber permanente Zurückschrauben des Anspruchs an den anderen. Das konnte Torge wahnsinnig machen. Für die Kochabende von «Rotary Kulinari» hatte Falk die Assistenz von Torge übernommen, was auch bedeutete, dass er Torge zu diesen Abenden abholte. Und da Torge es hasste, unpünktlich zu sein, wunderte Falk sich nicht über diesen eigentlich unnötigen Anruf. Er freute sich vielmehr, ein wenig in die «reale Welt» zurückgeholt zu werden und legte nach dem Gespräch lächelnd auf.

Anschließend fasste sich Falk ein Herz und wählte Rottemöllers Nummer. Dieser hob bereits nach dem zweiten Klingeln ab.
«Oh, was für eine wohltuende Überraschung. Sie haben ja einmal ausnahmsweise Wort gehalten, Osmers.»
Rottemöllers Stimme ließ keinen Zweifel daran, dass er dies zumindest am heutigen Tag gar nicht mehr für möglich gehalten hatte.

«Irgendwelche neuen Erkenntnisse?»
Rottemöller kam wie immer gleich zur Sache und
verzichtete auf fast jede förmliche Einleitung, es
sei denn, er wollte jemanden zurechtweisen.
«Nein, zumindest keine, die gegen unsere
Selbstmordtheorie sprechen», erwiderte Falk
sachlich und ruhig.
«Ich konnte allerdings bislang nur mit der Tochter
sprechen, denn der Sohn der Blattners und der
Mann der Tochter waren nicht anwesend.»
«Ich hoffe, Sie waren einfühlsam», brüllte es Falk
aus dem Telefonhörer entgegen. Dieser verdrehte
die Augen, verzichtete aber darauf, etwas zu
antworten.
«Kommen wir nun zur Pressemitteilung. Ich habe
mir da inzwischen schon selbst einen Text
überlegt.» Rottemöllers Stimme klang dabei
seltsam triumphierend, als wolle dieser mit einer
Pressemeldung den Pulitzerpreis gewinnen. Der
Entwurf klang für Rottemöllers Verhältnisse doch
recht sachlich, ließ aber mehr Fragen offen, als er
beantwortete.
Die Pressemitteilung bestätigte den Tod Hasso
Blattners und auch der Fundort der Leiche wurde
genannt. Die Kriminalpolizei habe, wie in

solchen Fällen üblich, die Ermittlungen aufgenommen. Derzeit könne zur Todesursache keine abschließende Angabe gemacht werden, es gäbe aber bislang keine Hinweise auf Fremdverschulden. Zum Abschluss noch die Bitte um sachdienliche Hinweise an die Bevölkerung; das war's. Falk bezweifelte, dass diese Pressemitteilung etwas bringen würde. Anschließend schlug er Rottemöller zwei marginale Änderungen an dem Textentwurf vor, die dieser zu seiner Überraschung dankend annahm. Eigentlich hatte er dem Kriminaldirektor die Vorschläge nur unterbreitet, um überhaupt irgendetwas beigetragen zu haben. Über den anschließenden Dank des Kriminaldirektors war Falk verwirrt und damit in der gleichen Gemütsverfassung wie Brinkmann, der immer noch über Falks Worte zu Eva Blattner nachdachte.

Und wieder klingelte es. Falk nahm bereits nach dem ersten Klingeln ab, weil er fürchtete, Rottweiler könnte etwas vergessen haben. Für heute hatte Falk für seinen Geschmack genug Standpauken von ihm erhalten.

Doch es meldete sich eine Frauenstimme.

«Carla Neumann hier, vom Verdener Kurier. Herr
Osmers, Sie können mir doch bestimmt mehr
über die Mail erzählen, die ich gerade vor mir
habe?»
Oh, Sch…, dachte Falk. Hätte ich doch bloß aufs
Display geschaut. Jetzt habe ich die Pressefuzzis
am Hals! Aber so schnell ….? Rottemöller, der
Sack, musste wohl die Pressemeldung schon
vorher verschickt haben. Deswegen hatte ihn
auch die Verbesserungen von Falk nicht
sonderlich interessiert.
Ins Telefon hörte Falk sich stattdessen sagen:
«Ja, kommt aber darauf an, was Sie wissen
wollen.»
«Zunächst einmal danke, dass Sie überhaupt Zeit
für mich haben», entgegnete die Journalistin
zuckersüß.
«In der Pressemitteilung der Polizei heißt es,
Hasso Blattner ist tot und Sie suchen nach
Zeugen? Stimmt das?»
«Ja, das kann ich bestätigen.»
«Was können Sie bestätigen? Den Tod von Hasso
Blattner, oder dass Sie in diesem Zusammenhang
Zeugen suchen?»

Carla Neumann ärgerte sich, dass sie zwei Fragen in einem Satz gestellt hatte. Ein journalistischer Anfängerfehler, der es dem Befragten ziemlich einfach machte, ausweichend zu antworten und der einer erfahrenen Redakteurin wie ihr sehr lange nicht mehr unterlaufen war. Fast hätte sie in der Wut auf sich selbst das «Beides» aus dem Telefonhörer überhört.

Jetzt vernahm Falk hektisches Rascheln und Klicken aus dem Hörer. Papier und Stift, dachte Falk. Offenbar war gerade eine Routineabfrage zur Hoffnung auf die große Story mutiert. Jetzt war höchste Wachsamkeit geboten.

«Warum ermittelt die Kriminalpolizei?», lautete die erste Frage an Falk.

«Wie Sie sicher wissen und auch der Pressemitteilung entnehmen können, ist das in solchen Fällen üblich.»

Falk hatte den Satz kaum beendet, da schallte ihm ein «Solchen Fällen?» fragend aus dem Hörer entgegen und Falk schien die hochgezogene Augenbraue der Journalistin förmlich hören zu können.

«Fällen mit zunächst ungeklärten
Todesumständen. Dazu gehört zum Beispiel auch
jede Art von Unfall.»

«Verstehe», lautete die knappe Antwort aus dem
Hörer.

Falks gerade aufkeimende Hoffnung, er habe mit
der Antwort jetzt weitestgehend das Gemüt der
Journalistin von «heiße Pressemeldung» in
«Routine-Nachricht» abgekühlt, zerplatzte wie
eine Seifenblase.

«Der Tote wurde aus dem Hafenbecken des
Wasser- und Schifffahrtsamts geborgen, ist das
korrekt?»

«Ja, das ist korrekt, wie alle Informationen, die in
der Pressemitteilung stehen», antwortete Falk
gelangweilt.

Langsam ging Falk die Impertinenz dieser
Journalistin gehörig auf den Zeiger und er würde
sich beherrschen müssen, ihr nicht bei der
nächsten Frage eine patzige Antwort zu geben.
Aber er kannte Frau Neumann, das wäre bei der
erfahrenen Journalistin nicht ratsam gewesen.
Doch zu Falks großer Überraschung gab es keine
nächste Frage mehr, stattdessen verabschiedete
sie sich mit einem gehetzt klingenden

«Ich muss los. Nochmals danke für Ihre Zeit!»,
und legte auf. Verwirrt schaute Falk auf den
Hörer in seiner Hand. War es ihm tatsächlich
gelungen, ihr die Hoffnung auf die große Story
aus dem Kopf zu treiben? Oder gab es etwa in
Verden noch etwas Interessanteres als den Tod
eines schwerreichen und stadtbekannten
Baulöwen? Sonst war die schreibende Presse
doch auf jede noch so kleine Schlagzeile heiß wie
Frittenfett, was bei den sinkenden Auflagen im
Digitalzeitalter völlig nachvollziehbar war.
Langsam und fast behutsam legte Falk den Hörer
auf die Gabel und drehte sich zu Brinkmann um,
der noch immer wie erstarrt hinter ihm stand und
nachdachte. Normalerweise hätte er die
Verwirrung Brinkmanns gespürt, aber jetzt fühlte
er sich nur noch müde, erschöpft und lustlos.
Zeit, nach Hause zu fahren, dachte er.
«Brinkmann, was halten Sie davon, wenn wir für
heute Feierabend machen?»
Der Angesprochene drehte sich um.
«Ich bin immer noch verwirrt, wie Sie über Frau
Blattner denken», entgegnete Brinkmann, als
hätte er Falks Frage nicht verstanden.

Falk war die Impertinenz seiner heutigen Gesprächspartner jetzt zu bunt geworden:
«Mann, Brinkmann, vergessen Sie`s einfach!»
Dann schlug er mit der flachen Hand auf den Tisch und verließ grußlos und kopfschüttelnd das Büro. Brinkmann schaute ihm mit offenem Mund und noch verwirrter als zuvor hinterher.
Endlich ist dieser Sonntag überstanden, dachte Falk und hoffte, dass Marie noch da war, um vielleicht diesem gebrauchten Tag doch ein paar schöne Momente abzutrotzen.

Unmittelbar nach dem Telefonat mit Kriminalhauptkommissar Osmers hatte sich Carla Neumann auf den Weg zum Hafen des Wasser- und Schifffahrtsamts gemacht. Viel Zeit blieb ihr nicht mehr. Um 17:30 Uhr war sonntags Redaktionsschluss und sie wollte unbedingt am Montag mit der Story raus.
Die Seite Eins würde Carla bei derart spärlicher Informationslage vergessen können. Selbst der fest eingeplante ganzseitige Aufmacher für den Lokalteil war in Gefahr, wenn nicht ein Wunder geschah. Als Carla den Fundort erreichte, sah sie bereits von Weitem die Absperrung. Nicht gerade

ihr Glückstag, dachte sie. Doch dann realisierte sie zu ihrer großen Verwunderung, dass es sich nicht um eine Polizeiabsperrung handelte, sondern die Feuerwehr dafür verantwortlich zeichnete. Mit neu aufkeimendem Elan ging sie auf die Absperrung zu. Je näher sie kam, umso deutlicher erkannte sie, um was die Absperrung errichtet worden war: Im Zentrum der abgesperrten Fläche lag ein auf die Seite gekippter Elektrorollstuhl.

Vielleicht war die Titelstory doch noch zu retten, denn jetzt gab es immerhin ein schönes Fotomotiv, dachte Carla. Zielstrebig schritt sie auf den wachehaltenden Feuerwehrmann zu. Markus Hartmann stand auf der Uniformjacke.

«Herr Hartmann, mein Name ist Carla Neumann.»

«Ich weiß, wer Sie sind», unterbrach er sie.

«Was möchten Sie denn wissen?»

Überrascht von der ungewöhnlich entgegenkommenden Art des Feuerwehrmanns brauchte Carla ein paar Sekunden, um ihren gezückten Presseausweis wegzustecken und mit: «Warum sind Sie hier und nicht die Polizei?», die erste Frage zu stellen.

«Wir wurden gegen Mittag durch Beamte der
Kriminalpolizei verständigt. Es wäre hier eine
Leiche gefunden worden, der Tote habe in einem
Elektrorollstuhl gesessen. Wir sollten die
Bergung des Rollstuhls übernehmen. Dieser hat,
wie fast alle modernen Rollstühle, eine
Lithium-Ionen-Batterie, die zudem noch
reichweitenverstärkt war. Nun muss man wissen,
dass es bei Kontakt zwischen Lithium-Ionen und
Wasser zu extremer Hitzeentwicklung kommen
kann und dadurch erhöhte Brandgefahr besteht.
Jetzt führe ich die Brandwache durch und wenn
bis morgen Mittag nichts passiert, wird die Kripo
wieder übernehmen», dozierte Hartmann
unaufgefordert.
Welch ein Glück, dachte Carla, dass man diesen
armen Mann mit einem solchen «Traumjob», der
Bewachung eines Rollstuhls, hier allein gelassen
hatte. So viel Info hätte sie von der Polizei nie
bekommen. Carla bedankte sich und fragte, ob sie
ein Foto von der Szenerie machen dürfte,
selbstverständlich ohne Personen. Wobei
Hartmann das eher bedauerte, als dass es ihn
freute. Die Meldung über den Tod Hasso
Blattners würde der lokale Aufmacher der

morgigen Ausgabe werden – mindestens – und er war mitten im Geschehen. So jedenfalls fühlte Hartmann sich, auch wenn er die ganze Nacht nur auf einen zur Seite gekippten Rollstuhl starren würde.

Jetzt hatte Carla doch zumindest ein wenig Material für einen lokalen Aufmacher: Die eher spärliche Pressemeldung der Polizei, aber immerhin ein Foto vom Fundort. Dazu ein Kurzportrait von Hasso Blattner mit irgendeinem Archivfoto und das Ganze gewürzt mit etwas Fantasie, fertig war die Kiste. Damit würde sie zwar – ähnlich wie von Rottemöller mit seiner Pressemeldung – keinen Pulitzer abräumen, aber für den Verdener Kurier reichte das allemal und das Wichtigste: sie würde es vor Redaktionsschluss schaffen, das war jetzt sicher.

Die Montagsausgabe des Verdener Kuriers würde den Lokalteil mit folgender Meldung eröffnen:

«Verden trauert um eine Persönlichkeit.
Bauunternehmer Hasso Blattner tot aus Wasser
gezogen.

Hasso Blattner, Seniorchef des gleichnamigen
Verdener Bauunternehmens, ist tot. Seine Leiche
wurde am gestrigen Sonntag aus dem
Hafenbecken des Wasser- und Schifffahrtsamts
geborgen. Die genauen Umstände seines
Ablebens sind zurzeit Gegenstand einer
kriminalpolizeilichen Ermittlung, wie
Kriminalhauptkommissar Osmers auf Nachfrage
dieser Zeitung bestätigte. Wie aus
Feuerwehrkreisen zu vernehmen war, mussten
aufgrund von erhöhter Brandgefahr die
kriminaltechnischen Arbeiten am Fundort
unterbrochen werden. Der Tod des 73-jährigen
Bauunternehmers kam überraschend. Hasso
Blattner, der sich nach der Firmenübergabe an
seine Tochter Eva Blattner zunehmend aus der
Öffentlichkeit zurückgezogen hatte, sorgte zuletzt
mit der Bewerbung für die Bebauung des
Allerufers für Aufsehen. Auch war er in Verdens
Vereinsszene kein Unbekannter. Er war als Mäzen

für Sport, Kunst und Kultur bekannt und dafür sehr geschätzt. In Verden reißt der Tod des allseits beliebten Gründers des erfolgreichen Familienunternehmens eine große Lücke. Hasso Blattner hatte sich bis zuletzt mit ganzer Kraft für das Wohlergehen seines Lebenswerks eingesetzt. Sobald es neue Erkenntnisse in diesem Fall gibt, werden wir selbstverständlich berichten.»

Kapitel 5 – Montag

Als Falk am Montag ins Büro kam, hatte Brinkmann ihm den Verdener Lokalteil bereits aufgeschlagen auf den Schreibtisch gelegt. Verärgert knallte er die Kaffeetasse derart heftig und begleitet von einem obszönen Fluch auf den Tisch, dass sie überschwappte und Teile des Textes unleserlich machte.

Zeitgleich sorgte dieselbe Zeitungsmeldung in digitaler Form bei Torge Assmussen für eine derart heftige Schockspastik, dass sich seine Finger für kurze Zeit unlösbar um seine Tasse krampften. Er konnte nicht sagen, welcher Teil schlimmer war. Die Tatsache, dass seine Halluzination vom vergangenen Freitag nun plötzlich in der Realität Gestalt angenommen hatte oder die Information, dass sein Freund Falk nun eine Ermittlung in einem Todesfall, vielleicht sogar Mordfall von möglicherweise immenser Tragweite an der Backe hatte. Torge musste am Rande der Kochrunde unbedingt mit Falk unter vier Augen reden, um ihm von seiner

Beobachtung zu berichten. Eigentlich war ein gemütlicher Kochabend kaum der richtige Zeitpunkt dafür, andererseits war es wohl die einzige Gelegenheit, mit Falk darüber zu sprechen.

Nachdem Falk sich wieder etwas beruhigt hatte, wandte er sich an Brinkmann:
«Hat Sie die Presse noch einmal angerufen?»
Brinkmann sah Falk irritiert an.
«Nein, wieso? Und selbst, wenn sie angerufen hätte, ich hätte denen nichts gesagt!»
Im letzten Satz konnte Brinkmann eine gewisse Kränkung nicht verbergen.
«Ich wollte Ihnen nichts unterstellen», schob Falk hastig hinterher.
«Ich frage mich nur, woher die Presse so viel weiß. Sie haben ja selbst mitbekommen, wie ich im Gespräch mit der Presse um den heißen Brei herumgeredet habe, um nicht zu viel preiszugeben.»
«Ja ich weiß. Vielleicht war es ja die Feuerwehr. Ich kann jedenfalls bezeugen, dass Sie es nicht waren, und werde Sie auch bei Rottemöller

entsprechend verteidigen, sollte er Sie im
Verdacht haben.»
Falk seufzte und ging zum Flipchart, das noch
immer an dem Platz hing, an dem Brinkmann es
tags zuvor angebracht hatte.
«Lassen Sie uns noch einmal die Fakten
durchgehen, die wir haben, um wirklich
sicherzugehen, dass wir nichts übersehen.
Also, was haben wir?»
Nachdem Falk und Brinkmann etwa eine Stunde
lang alles nochmals akribisch durchgegangen
waren, stellte Letzterer eine Frage, die in einer
polizeilichen Ermittlung eigentlich nicht
vorkommen sollte, aber vermutlich oft der Beginn
einer solchen war.
«Was für ein Gefühl haben Sie bei der Sache?»
«Ehrlich gesagt spricht doch alles für den
Selbstmord, aber irgendwas stört mich.
Irgendein Detail passt für mich nicht.»
Kaum hatte er diesen Satz beendet, klingelte das
Telefon auf seinem Schreibtisch. Falk befürchtete
schon, es sei schon wieder Rottemöller, der den
Zeitungsartikel gelesen hatte. Doch er stellte zu
seiner Erleichterung fest, dass es eine ihm

unbekannte Handynummer war. Er atmete erleichtert aus und nahm den Hörer ab.

«Hier spricht Hartmann von der Freiwilligen Feuerwehr in Verden. Spreche ich mit Kriminalhauptkommissar Osmers?»

«Am Apparat. Tag, Herr Hartmann. Was kann ich für Sie tun?»

«Ich habe die Brandwache des Rollstuhls am Leichenfundort abgeschlossen», entgegnete Hartmann. Dann kam: … nichts.

«Hallo, Herr Hartmann?», fragte Falk nach inzwischen gefühlten fünf Minuten der Stille.

«Hallo?», wiederholte Falk.

«Na jetzt müssen Sie mich doch nach besonderen Vorkommnissen befragen», entgegnete Hartmann stolz.

Falk rollte mit den Augen. Mitglieder von freiwilligen Feuerwehren sind sicher sehr ehrenwerte Menschen, aber wenn sie sich über Gebühr wichtigmachen wollen, können sie echt nerven, dachte er.

«Okay, gab es besondere Vorkommnisse?»

«Es besteht keine Brandgefahr mehr und in die Luft geflogen ist hier zum Glück auch nichts. Aber ich habe nachts einen Schaulustigen vertrieben. Als ich mir ein Kaltgetränk aus dem Wagen holen wollte, kroch da ein Mann, wohl um die 40 Jahre, superschlanke Figur, Barbour-Jacke, hinter der Absperrung rum. Als ich zurückkam, ist er aber sofort weggelaufen, das ist doch äußerst verdächtig, oder?»

Oh Mann, „Massenmord im Fahrradschlauch.

„Wie langweilig muss ein Leben eigentlich sein, wenn man aus einem neugierigen Passanten so einen Terz machte", dachte Falk und antwortete gelangweilt:

«Soll ich jetzt eine Großfahndung rausgeben? Sie haben mir ja nicht einmal gesagt, welche Haarfarbe er hatte.»

Wieder kam längere Zeit keine Antwort, doch dann sagte Hartmann schnippisch:

«Na gut, ich wollte Sie ja nur informieren, und zur Haarfarbe hätte ich eh keine Aussage treffen können. Er trug eine Wollmütze – mitten im Sommer wohlgemerkt.»

Wenigstens ist er nicht auch noch schwer von Begriff, dachte Falk. Zum Augenrollen kam nun auch noch Kopfschütteln hinzu.

Hartmann fragte plötzlich unvermittelt:

«Was sollen wir jetzt mit dem Rollstuhl machen?
Brauchen Sie ihn für weitere Untersuchungen?
Auf jeden Fall kann er jetzt gefahrlos
abtransportiert werden, das wollte ich Ihnen nur
mitteilen.»
«Okay, wir müssen mal überlegen, was wir mit
dem Rollstuhl jetzt machen», antwortete Falk
sehr laut und gedehnt. Dabei schaute er
Brinkmann fragend an. Brinkmann zuckte mit
den Achseln und nun schauten beide sich
einander fragend an.
«Hallo, sind Sie noch da?», kam es jetzt von
Hartmann.
«Hören Sie, ich melde mich gleich bei Ihnen,
aber bleiben Sie bitte noch so lange vor Ort»,
entgegnete Falk und beendete das Gespräch, in
dem er mit dem Finger auf die Gabel tippte.
Dann wählte direkt die Nummer der Blattners.
«Hallo», entgegnete es Falk nach drei
Klingelzeichen leicht lasziv. Schon lief bei ihm
ein Kopfkino ab, denn er hatte Eva Blattner
persönlich an den Apparat bekommen.
«Äh Frau Blattner?», stammelte er etwas
unbeholfen ins Telefon.
«Kommissar Osmers? Was gibt's?»

Sie hat sich meinen Namen gemerkt, dachte Falk völlig paralysiert, fing sich zum Glück aber wieder und fragte Frau Blattner, was mit dem Rollstuhl ihres Vaters nun geschehen solle.

«Ach Herr Osmers, ich denke, Sie haben Verständnis, dass ich dafür gerade gar keinen Kopf habe. Haben Sie nicht irgendeine schöne Idee, was man damit machen kann? Ach bitte, nehmen Sie mir die Sorge doch ab.»

Die letzten Worte hatte Eva Blattner so eindringlich gehaucht, dass Falk einfach nichts anderes übrigblieb, als ihr am Ende des Telefonats zu stammeln, dass er sich kümmere. Als er aufgelegt hatte, merkte er, dass Brinkmann ihn immer noch anstarrte. Nur war jetzt auch die Kinnlade nach unten geklappt und die Augäpfel drohten herauszufallen, soweit hatte er die Augen aufgerissen.

«Ähem, Chef, geht`s noch?», platzte es aus Brinkmann heraus, «es gab hier genau zwei Optionen: Entweder, Sie glauben nicht an den Selbstmord und übergeben das Ding nochmals der Spurensicherung oder Sie haken den Fall ab, wie wir es gestern besprochen hatten. Dann ist es verdammt noch mal Sache der Blattners, sich um die Entsorgung des Rollstuhls zu kümmern! Aber dass WIR das Ding jetzt an der Backe haben, war hier eigentlich keine Option. Was sollen wir denn jetzt damit machen?»

Brinkmann war, ganz entgegen seines Naturells, immer lauter geworden, aber er hatte ja Recht. Falk hingegen zuckte nur schmallippig mit den Achseln. Aber dann ihm kam ein Geistesblitz: Sein Freund Torge! Der könnte doch zumindest mal checken, ob man mit dem Rolli noch was anfangen kann. Der hatte schließlich wie neu ausgesehen, wenn man sich die Schlammspuren wegdenkt, und ganz billig sind die Dinger doch bestimmt auch nicht. So griff er kurzentschlossen zum Hörer, um die Feuerwehr anzuweisen, den Rollstuhl zur Lebenshilfe ans Allerufer zu bringen.

Erst danach rief er seinen Freund Torge an. Der war ziemlich verwundert, als er am anderen Ende Falks Stimme erkannte.

«Moin Falk, gut dass Du anrufst, ich habe da…», sagte Torge. Doch Falk fiel ihm direkt ins Wort: «Torge, ich habe da ein riesiges Problem, bei dem Du mir helfen musst!»

Als Falk Torge die Sachlage erklärt hatte, war der zwar alles andere als begeistert, denn sollte der Rollstuhl wirklich noch – zumindest als Ersatzteillager – zu gebrauchen sein, kam auf ihn ein heillos bürokratischer Akt der Sachspendenvereinnahmung zu. Ein Tatbestand, den viele Spender völlig unterschätzen, bei dem die deutsche Bürokratie aber keinen Spaß kannte. Torge ließ aber nie jemanden hängen und schon gar keinen Freund. Das wusste auch Falk, was sein schlechtes Gewissen nur noch größer werden ließ.

«Ja, dann kümmere ich mich darum», antwortete Torge schließlich.

«Am besten bringt Ihr ihn mir dann morgen früh in mein Büro. Dann können mir vielleicht auch ein paar Leute helfen.»

Torge hörte, wie Falk am anderen Ende der Leitung erleichtert seufzte.

«Danke, aber die Feuerwehr bringt ihn Dir jetzt direkt, die sind sicher gleich da,» musste Falk zugeben.

«Hä?», war das Einzige, was Torge daraufhin antwortete. Dieses «Hä?» kannte Falk von Torge, der mit diesem beiden Buchstaben mehr ausdrücken konnte als andere mit hundert Worten. Es vermittelte dem Gegenüber nicht nur die reine Verwunderung, sondern stand gleichzeitig dafür, dass Torge unterschiedlichste Sachverhalte aufnahm und auf sich transformierte. Denn seine Situation als Mensch im Rollstuhl, stellte an ihn ganz besondere Anforderungen.

So war es für Torge nicht verwunderlich, dass er nicht vordergründig sauer darüber war, dass Falk ihn offensichtlich erst angerufen hatte, als die Feuerwehr mit dem Rolli schon zu ihm unterwegs war, sondern wie er die neue Aufgabenstellung nun meistern sollte.

«Okay, aber dann müsst Ihr auch kommen, da brauche ich Eure Hilfe,», sagte Torge und legte auf. Jetzt hatte er das Wichtigste vergessen. Noch immer hatte Falk keine Info über Torges real gewordene Halluzination.

Knapp fünf Minuten später klopfte die Feuerwehr an Torges Bürotür und schob den Elektrorollstuhl hinein. Als Torge den Rollstuhl das erste Mal in Augenschein genommen hatte, stellte er sehr zu seiner Begeisterung fest, dass es sich um das exakt identische Modell handelte, in dem er selbst saß. Möglicherweise hatte er die eine oder andere Zusatzausstattung, über die Torges fahrbarer Untersatz nicht verfügte, aber die Modellgleichheit würde es Torge mit Sicherheit einfacher machen, notfalls noch Verwendung für das Gerät zu finden. Nun stand das Corpus Delikti, was Torge seit Tagen nicht mehr aus dem Kopf gegangen war, direkt vor ihm. Vielleicht würde er so «seine Geister» besiegen können und eine plausible Erklärung für seine Erscheinung vom Freitag erhalten.

Torge nahm den Rollstuhl erst einmal in Ruhe in Augenschein. Erwartungsgemäß hatte er zahlreiche Kratzer abbekommen und war auch sonst ziemlich verdreckt. Trotzdem hatte Torge, nach dem, was Falk ihm berichtet hatte, das Gefährt in schlimmerem Zustand erwartet. Er schaltete den Rollstuhl ein und stellte zu seiner Verwunderung fest, dass das Steuerpult die Startroutine korrekt ausführte. Auch die zu erwartende Fehlermeldung, dass die Motoren der Räder ausgekoppelt waren, wurde durch das korrekte Licht- und Tonsignal angezeigt. Torge bat seinen Kollegen Sven, durch die Betätigung eines Schalters an den hinteren Rädern, die Motoren wieder einzukoppeln. Nachdem das erledigt war, war der Rollstuhl, wenn man dem Display glauben durfte, wieder fahrbereit. So weit, so gut. Nachdem Torge sich so neben den Rollstuhl gefahren hatte, dass er das Bedienungspult erreichen konnte, stellte er den Rollstuhl auf die langsamste mögliche Geschwindigkeit ein und tippte gegen den Joystick. Tatsächlich setzte sich der Rollstuhl in Bewegung. Das war, ehrlich gesagt, mehr als Torge zu hoffen gewagt hatte. Dann also der nächste Schritt:

Torge bat seine Arbeitsassistentin Sarah um sein Mobiltelefon. Dort aktivierte er zunächst die Bluetooth-Funktion und startete anschließend die zum Rollstuhl gehörende Diagnose-App. Nach einigen Momenten wurden ihm beide Rollstühle, die sich in Reichweite des Handys befanden, angezeigt. Da Torge seinem Rollstuhl in der App einen Namen gegeben hatte, war klar, mit welchem Rollstuhl er sich verbinden musste. Torge wählte das entsprechende Modell aus und nach wenigen Sekunden wurde ihm der vertraute Übersichtsbildschirm angezeigt. Tatsächlich unterschieden sich die beiden Modelle in einigen Punkten. Zunächst einmal hatte das Modell von Hasso Blattner die deutlich stärkere Batterie. Darüber hinaus verfügte das Modell des Bauunternehmers auch über eine Aufsteh-Hilfe, die es dem Betroffenen ermöglichte, ohne eigene Körperkraft oder Bewegungskoordination in den Stand zu kommen. Da diese Einrichtung beinahe zehntausend Euro kostete, war sie für Torge unerschwinglich. Die Krankenkasse hätte sie in Torges Situation vermutlich nicht übernommen. Plötzlich fiel Torges Blick auf die letzte Anzeige des Startbildschirms. Hier wurde immer die Softwareversion angezeigt, die auf dem Rollstuhl installiert war. Torge selbst hatte erst vor wenigen Wochen ein letztes Update durchgeführt und deshalb war er sehr verwundert, als auf dem Modell des Bauunternehmers eine Software mit neuerer Versionsnummer installiert war. Er würde also gleich die Verbindung zwischen dem Smartphone und seinem Rolli herstellen, damit auch er sich die neueste Version würde herunterladen können. Sicher waren Updates von Rollstühlen nicht ganz so wichtig, wie sie es bei mancher Computersoftware waren, dennoch

konnten auch diese Updates
Funktionserweiterungen oder bessere
Steueroptionen beinhalten.

Nachdem Torge die Verbindung zwischen seinem
Smartphone und dem Rollstuhl des
Bauunternehmers getrennt und die zu seinem
Rollstuhl hergestellt hatte, kam wieder sein für
ihn typisches: «Hä?»

Sven schreckte von seinem Computerbildschirm
hoch und sah Torge entgeistert an. Als dieser
Svens Gesichtsausdruck bemerkte, lief er
augenblicklich rot an. Offenbar hatte er seinen
Kollegen aus einer tiefen Konzentrationsphase in
die Realität zurückgeholt.

Torge erzählte ihm, dass die beiden Rollstühle auf
unterschiedlichen Softwareversionen unterwegs
waren, und dass ihm kein Update angezeigt
worden war. Stattdessen war auf dem Display ein
grüner Haken zu sehen. Daneben Stand der
beinahe feierlich wirkende Satz:

«Herzlichen Glückwunsch! Die Software Ihres
Rollstuhls befindet sich auf dem neuesten Stand.»
Darunter noch Datum und Uhrzeit der letzten
Überprüfung. Torge wiederholte die Prozedur mit
dem Rollstuhl des Bauunternehmers. Auch hier

dasselbe Ergebnis, aber eine andere
Versionsnummer.

«Das ist reichlich seltsam. Das ist im Prinzip
nicht möglich: Die Software müsste jetzt für
beide Rollis gleich sein, denn jedes Update ist für
alle Nutzer offen zugänglich», sagte Torge und
machte sich im Kopf eine Notiz, dass er dies
unbedingt Falk würde mitteilen müssen.

Bei der weiteren Inaugenscheinnahme entdeckte
Torge nichts Ungewöhnliches. Er fragte zunächst
Sarah und Sven, ob sie ihm helfen könnten, die
Unterseite in Augenschein zu nehmen. Doch
beide sagten, dass sie glaubten, sich nicht genug
auszukennen, um Torge eine große Hilfe zu sein.
Sarah hatte jedoch die Idee, den Kioskbesitzer
Herbie um Unterstützung zu bitten. Mit Motoren
kannte der sich aus. Nicht zuletzt, weil er ständig
an seinem alten Käfer schrauben musste.

In der Mittagspause ging es dann gemeinsam zum
Kiosk und Herbie freute sich sichtlich, die beiden
zu sehen.

«Mensch, Torge, da bin ich aber wat froh, dat
dein Gesicht wieder etwas Farbe hat. Als ich dich

zum letzten Mal jesehen hab, hasse ausjesehen,
als hätte dich nen Jeist jejagt.»
Torge lächelte milde und antwortete:
«Ganz falsch hast damit auch nicht gelegen,
Herbie. Aber ich könnte deine Hilfe brauchen. Du
bist doch ein begnadeter Schrauber. Ich habe
zwar kein Auto, aber es hat auch vier Räder. Ich
will mir einen Rollstuhl genauer ansehen. Soweit
ich es ohne fremde Hilfe konnte, habe ich die
Sichtkontrolle abgeschlossen. Jetzt brauche ich
jemanden, der das Teil von unten untersucht wie
ein TÜV-Prüfer.»
«Dat hätste jetz besser nich jesacht, beim Wort
TÜV-Prüfer, da wird et mir immer janz
plümerant, wegen meinem Baby dahinten. In nem
halben Jahr is der auch schon wieder dran. Ich
versteh aber, was du meinst und helf dir gern!
Wat hälste davon, wenn ich um drei bei Euch
vorbeikomme. Is eh mein freier Nachmittag und
anschließend feiern wir dat mit ner anständigen
Runde Jesus-Pommes. Ich lad euch ein!»
Der Plan wurde später lediglich dahingehend
korrigiert, dass jeder sein Essen selber zahlen
würde und selbst das war Sarah und Torge nur

unter Aufbietung der allergrößten
Überredungskunst gelungen.

Die Zeit bis zum Feierabend verging viel zu
langsam. Torge hatte Mühe, sich auf seine Arbeit
zu konzentrieren, da ihm die Sache mit der
Softwareversion des Rollstuhls einfach nicht aus
dem Kopf gehen wollte. Auch Sven sprach immer
wieder über den zweiten im Büro befindlichen
Rollstuhl und hoffte, dass Torges Rätsel zu lösen
war. Um zehn Minuten vor drei kam Herbie wie
vereinbart in die Abteilung für Presse- und
Öffentlichkeitsarbeit der Lebenshilfe.

Torge bat erst mal darum, die Anzeige vor dem
Büro auf «nicht stören» zu stellen und für alle
ausreichend Kaffee zu kochen. Irgendwie schien
er zu ahnen, dass es ein langer Nachmittag
werden würde und sie viel Koffein brauchen
würden.

Nachdem man sich im Büro gemütlich
eingerichtet hatte, warf Herbie einen ersten Blick
auf das zu untersuchende Fahrzeug.

«Hömma, wat isn damit passiert? Hamse dat
Dingen mal durch ne Waschstraße gefahren? Da
tropft ja aus mindestens drei Stellen Wasser.»

Bei der Vorstellung, dass der Rollstuhl durch eine Waschstraße gefahren worden sein sollte, konnten die versammelten nicht anders, als zu lachen. Nachdem Torge sich etwas beruhigt hatte, antwortete er:

«Fast. Der wurde nicht gewaschen, sondern vollständig im Hafenbecken gebadet. So jedenfalls die offizielle Version. Ich persönlich befürchte eher, dass das gute Stück für mehrere Tage in der Aller gebadet worden ist.»

Herbie sah Torge mit großen Augen an.

«Wat? Sach dat bitte nochmal?»

Torge tat, wie ihm geheißen und wiederholte seine Aussage. Herbie sah ihn nun an, als habe Torge den Verstand verloren.

«Ich weiß ja, dat du nicht bekloppt bist, Torge. Aber, wie soll der Ferrari hier denn in die Aller gepurzelt sein?»

«Wenn ich das wüsste», antwortete Torge resigniert.

«Genau das will ich ja herausfinden.»

Herbie klopfte Torge auf die Schulter und sagte:

«Na dann, lasst uns anfangen.»

Kaum hatte er diesen Satz beendet, kniete Herbie auch schon vor einem der Schutzbleche. Offenbar

hatte er etwas gefunden, was seine
Aufmerksamkeit erregte. Im nächsten Moment
holte er sein Werkzeug heraus und versuchte, das
Schutzblech zu entfernen. Mit einiger Mühe
gelang es ihm. Als er es sich ansah, runzelte er
die Stirn.

«Was ist los?», fragte Torge mit für ihn geradezu
extremer Ungeduld in der Stimme.

«Weiß noch nich. Hier klebt irgendein öliger
Schmier drunter, der da irgendwie nicht
hingehört. Riecht aber auch nach nüscht.
Eigentlich wär's jetzt janz jut, wenn wir irgendein
Pott hätten, in den ich wat von dem Zeug da
abfüllen könnte.»

Torge schaltete am schnellsten und bat Sarah, in
der Küche etwas Passendes zu organisieren. Als
Torges Assistenz aus der Küche zurückkehrte,
hatte sie nicht nur das gewünschte Gefäß dabei,
sondern hatte auch gleich ein paar
Gummihandschuhe mitgebracht.

«Damit Du Dich nicht so einsaust.», sagte sie
lächelnd.

Herbie nahm beides und fuhr mit seiner Arbeit
fort. Nachdem er das Gefäß sorgfältig
geschlossen hatte, bat er Sven um Unterstützung.

Gemeinsam schafften sie es unter großer Anstrengung, den Rollstuhl zurück auf die Seite zu legen, damit Herbie sich die Unterseite des Rollstuhls in einigermaßen bequemer Haltung und in Ruhe anschauen konnte. Es dauerte nicht lange und er stellte fest, dass sich auch an der Unterseite Rollstuhls etwas von der schmierigen Substanz befand, die er gerade abgefüllt hatte.

«Uf de Underseite ist dat selbe Zeuch», sagte Herbie unbestimmt in den Raum hinein. «Kikt aus, als wäre dat irgendein Hydrauliköl oder so wat.»

Mehr als ein zustimmendes Gemurmel erhielt der Kioskbesitzer nicht zur Antwort.

«Hat ener von Euch nen Handy?»

Sven und Sarah reichten ihm beinahe synchron ihre Handys. Herbie sah sich kurz die Modelle an und entschied sich dann für das mit der besseren Kamera.

«Ick glaube es ist besser, wenn wir dat ma dokumentieren täten. Hier sind nen paar Schläuche lose, von denen ich Euch nich genau sagen kann, wofür se sind. Aus mindestens einem von ihnen tropft dat selbe Zeug, das ich am Schutzblech gefunden hab.»

Herbie machte mehrere Aufnahmen aus verschiedenen Perspektiven, um sicherzustellen, dass er auch alles aufgenommen hatte, was möglicherweise von Bedeutung war.

Plötzlich fluchte er: «Schöne Scheiße!»

«Was ist los?», fragten drei Stimmen wie aus einem Mund.

«Ich hoffe, das Zeuch jeht aus den Klamotten.» Herbie stand auf und drehte sich so zu den drei anderen anwesenden Personen, dass jede von ihnen einen ungehinderten Blick auf den Fleck hatte, der sich unaufhaltsam auf dem linken Knie seiner Jeans ausbreitete. Torge bot daraufhin an, die Reinigungskosten zu übernehmen. Doch Herbie wäre nicht Herbie, wenn er das wieder einmal nicht annehmen wollte.

Obwohl er den Rollstuhl ausführlich weiter untersuchte, fand Herbie keine weiteren verdächtigen Spuren. Ihm gelang es lediglich, noch festzustellen, dass die Drosselung der Geschwindigkeit deaktiviert worden war, so dass der Rollstuhl quasi als getuned gelten konnte. Das war vermutlich illegal, aber solange der Besitzer damit keinen Unfall baute auch nicht unbedingt von größerer Bedeutung. Es erklärte aber, warum Blattner so lange Strecken in so kurzer Zeit zurücklegen konnte. Torge erschreckte bei dem Gedanken an die Geschwindigkeit, denn er selbst fuhr gerade einmal die erste Stufe der Geschwindigkeit voll aus und auch das nur, wenn die Straße gerade und ohne Steigung war, was bedeutete, dass er maximal mit gemütlichen zwei Stundenkilometern durchs Leben fuhr.

Knapp eine Stunde später war die Untersuchung des Rollstuhls endgültig abgeschlossen und die vier machten sich, wie vereinbart, auf den Weg zur «heiligen Pommesbude», wo es nicht nur die besten Pommes Verdens gab, sondern, wenn man es wünschte, die ein oder andere Lebensweisheit gleich dazu. Diese Bude war in einem alten Hangar aufgestellt, so dass auch bei schlechtestem Wetter die Gäste trocken blieben. Der Betreiber war ein Laienprediger, den in Verden alle nur Jesus nannten, weil er angeblich vor Jahren mal eine „Erscheinung" gehabt haben sollte. Aus diesem Grunde zierten die Wände des Hangars auch lauter «Jesus lebt» Plakate. Ein kruder Ort, aber mit der anerkannt besten

Pommes Rot-Weiß südlich von Bottrop. Die
kleine Gruppe stellte sich etwas abseits, denn es
war doch ziemlich voll an diesem frühen Abend.
Man wollte ja schließlich nicht, dass sich die
Erkenntnisse des Nachmittages wie ein Lauffeuer
in der Kleinstadt verbreiten würden.

Kapitel 6: Dienstag

Für Torge dehnte sich die Zeit bis zum Abend,
doch dann war es endlich soweit. Als Falk gegen
18:30 Uhr an seiner Tür klingelte, schlug Torges
Herz nicht nur aus Vorfreude auf das heutige
Menü höher, das sich rund um die Erdbeere
drehen sollte, sondern auch, weil er gespannt
darauf war, wie Falk, auf das, was er zu berichten
hatte, reagieren würde. Als Falk Torge abholte,
wollte er ihm zunächst sofort alle Neuigkeiten
mitteilen, merkte aber, dass der Weg von Torges
Wohnung zur Lebenshilfe für dieses wichtige
Thema viel zu kurz war. Hätte er damit
angefangen, wären er mitten in der Story
gewesen, wenn sie vor der Lebenshilfe
angekommen wären. Da wären sicher ein paar
Zuhörer und das wollte er nicht, also biss er sich
auf die Zunge, obwohl es ihm Mühe machte, sich
zu beherrschen. Tatsächlich waren sie nicht die
Ersten, als sie bei den Räumen der Lebenshilfe
ankamen.

Die «Rotary Kulinari » waren ähnlich
traditionsbewusst wie ihre Namensvetter,

existierten aber erst seit knapp zwei Jahrzehnten. Die Idee zum Club hatten die Gründungsmitglieder auf einer Silvesterparty zur Jahrtausendwende entwickelt. Zu den Gründungsmitgliedern zählte unter anderem jener Verdener Spitzengastronom, der auch heute für das Menü verantwortlich war. Vereinszwecke der «Rotary Kulinari» waren anfangs nur die Förderung der regionalen norddeutschen Küche sowie die Weiterentwicklung traditioneller Rezepte durch Ideen aus der internationalen Küche gewesen. Vor etwa drei Jahren war zusätzlich in die Satzung aufgenommen worden, nur mit Lebensmitteln von regionalen Produzenten zu kochen, die ihre Produkte nachhaltig erzeugten. Mit Torges Eintritt in den Klub war nicht nur die üppig ausgestattete Küche der Lebenshilfe zum ständigen Treffpunkt des Klubs geworden, sondern, aus gegebenen Anlass, überdies die Förderung der Barrierefreiheit in der Gastronomie in die Vereinsziele aufgenommen worden. Torge war für ein Mitglied nachgerückt, das seine Mitgliedschaft wegen Wegzugs niedergelegt hatte. Die frei gewordenen Plätze wurden auf Vorschlag der verbleibenden

Klubmitglieder besetzt. Doch das war nicht die einzige Hürde. Der Bewerber musste mit einem «Bewerbungsessen» überzeugen. Torge hatte zwar das Menü selbst entwickelt und die Zubereitung war streng nach seiner Anweisung erfolgt, er hatte aber auch die helfenden Hände Falks und anderer Clubmitglieder gebraucht. Für Torge waren die Clubtreffen immer besondere Momente. Mittlerweile nahm niemand mehr seine Behinderung wahr und er war ganz selbstverständlich Teil dieser Gemeinschaft geworden. Inzwischen sorgte die Tatsache, dass er keinen Alkohol trank, für mehr Gesprächsstoff als sein Rollstuhl. Eine Sache hatte dieser aber dann doch grundlegend in den Clubmanifesten verändert. War man früher immer an den unterschiedlichsten Veranstaltungsorten gewesen, so hatte der Rollstuhl eine barrierefreie Basisstation des Clubs erforderlich gemacht und die Barrierefreiheit der Gastronomie in den Fokus gerückt, denn darum stand es auch in Verden nicht zum Besten.

Heute drehte sich alles um ein Drei-Gänge-Menü unter dem Motto «Erdbeere». In der vereinseigenen App hatte Torge sich bereits am Nachmittag angeschaut, was es geben würde und die Speisenfolge klang köstlich. Den Auftakt bildete ein Erdbeerrisotto mit Basilikum und Parmesan, gefolgt von einem Schweinefilet im Salbei-Rosmarin-Mantel auf Erdbeersalsa, zum Dessert gab es schließlich Vanilleeis mit Balsamico-Erdbeeren und einem Topping aus grünem Pfeffer. Das Schweinefleisch stammte dabei vom clubeigenen Bentheimer Mietschwein aus Bothel, die Erdbeeren kamen von einem Biohof der Region.

Das Essen schmeckte hervorragend. Für die nächsten eineinhalb Stunden konnten sich Falk und Torge ganz dem Genuss hingeben. Die Konversation unter den Clubmitgliedern drehte sich um hochwertige Grundprodukte und über die Wertigkeit von Lebensmitteln im Allgemeinen. Nachdem das Essen ausgiebig gewürdigt worden war, wobei die größte Würdigung in den leeren Tellern bestand, die beinahe so aussahen, als hätte sich auf ihnen nie Essen befunden, beendete der Präsident das Treffen offiziell. Wer wollte, konnte nun noch auf einen Kaffee oder Digestif bleiben.

Falk begleitete Torge auf dessen Bitte für einen
Espresso in sein Büro und eröffnete das
Gespräch:

«Das Essen war super heute, fandst Du nicht
auch?»

«Ja, das stimmt. So gut, dass ich beinahe
vergessen konnte, was mir seit Tagen ganz
dringend für Dich im Kopf rumgeistert. Hat mit
deinem aktuellen Fall zu tun.»

«Ach, bist Du deswegen so hibbelig und
aufgekratzt?», fragte Falk.

«Aber was denn bitte für ein Fall eigentlich, ich
habe doch gar keinen Fall, da bin ich ja mal
gespannt.»

«Chronologisch oder nach Aktualität?», fragte
Torge.

«Egal, schieß endlich los.»

Torge erzählte Falk zunächst von seiner
Beobachtung an der Aller, seinen kreisenden
Gedanken und vom Zufall, dass der Tote und er
dasselbe Rollstuhlmodell gefahren hatten. Er
berichtete Falk von den äußerlichen
Untersuchungen am Rollstuhl und von Herbies
verschmierter Hose. Falk kratzte sich am Kopf.

«Was ist los?», fragte Torge, der angesichts von Falks Geste abrupt innehielt.

«Vielleicht nichts», antwortete Falk und wirkte dabei seltsam nachdenklich.

«Du bist nur schon der Zweite, dem verschmierte Kleidungsstücke in diesem Fall Kopfzerbrechen bereiten.»

«Wem denn noch?» Nun war es an Torge, irritiert dreinzuschauen.

«Oh, mein Kollege Brinkmann bekommt irgendein Zeug nicht mehr von seinen Schuhen und ist deswegen ganz außer sich. Seit Tagen liegt er mir in den Ohren, ob es sich dabei um einen Fall für die Diensthaftpflicht handeln könnte.»

Torge lachte und Falk musste einstimmen.

«Aber, da ist noch mehr», ergänzte Torge nun wieder ernst.

«Was denn noch?». Auch Falks Stimme und Gesicht waren jetzt wieder ernst geworden.

«Für mich eigentlich der wichtigste, aber neben meiner Halluzination auch seltsamste Punkt», fuhr Torge fort.

«Der Rollstuhl des Opfers bekam vor zwölf Tagen ein Softwareupdate.»

«Woher weißt du das denn?», platzte Falk heraus.
Er wirkte fast elektrisiert.
«Na ja,» sagte Torge gelassen.
«Wir haben für unseren Rollstuhl eine App, die
uns Softwareversion, Batteriekapazität und noch
so einiges mehr anzeigt.»
«Echt?», fragte Falk unsinnigerweise, dafür aber
mit echtem Erstaunen in der Stimme zurück.
«Ja, da bist Du platt, was? Auch Behinderte
gehen mit der Zeit.»
Falk grinste, fühlte sich aber ertappt.
«Mach Dir nichts draus. Ist auch mein erster
Ferrari mit solch modernem Schnickschnack.»
Falk lief rot an.
«Jedenfalls als ich versucht habe, das Update zu
laden, gab es keins. Meine Software ist ein halbes
Jahr alt. Und, bevor du fragst: Beta-Versionen
werden nicht auf Kundenrollstühlen getestet. Das
hat Frank, mein «Rollischrauber» extra für mich
bei der Firma erfragt.»
Torge und Falk tranken nach einigen
Mutmaßungen über die Zusammenhänge ihre
Tassen aus und machten sich gemeinsam auf den
Rückweg, den sie in Gedanken versunken und,
entgegen ihrer sonstigen Gewohnheit,

schweigend absolvierten. Als Falk Torge
schließlich in seiner Wohnung absetzte, fragte er:
«Und Du bist Dir mit der Software absolut
sicher?»
«Ja, wäre ich mir nicht absolut sicher gewesen,
hätte ich es Dir nicht erzählt.»
Falk wusste, dass das stimmte.
«Ich muss das nochmals überprüfen, wenn das
stimmt, könnte es komplizierter werden, als
zunächst vermutet!», antwortete Falk, der noch
keine Ahnung hatte, wie er das dem «Rottweiler»
in Hannover jetzt erklären sollte. Aber darum
konnte er sich morgen kümmern.

Kapitel 7: Nacht zu Mittwoch

Als Falk eine Dreiviertelstunde später nach Hause kam und die Tür zu seinem Haus öffnete, fühlte er sich müde und erschöpft. Er sehnte sich nach einer anständigen Portion Schlaf und so ging er nur noch kurz ins Bad, zog sich aus und legte sich ins Bett. Den erhofften Schlaf fand er dort jedoch nicht. Nachdem er sich zum dritten Mal von einer Seite auf die andere gewälzt hatte, beschloss er, Marie eine SMS zu schreiben. Seit ihrem so unglücklich verlaufenen Wochenende hatten sie nicht mehr miteinander gesprochen und jetzt sehnte sich Falk nach ihrer Stimme. Eigentlich mehr noch danach, in ihren Armen einzuschlafen, aber das war ja leider nicht möglich. Also schrieb er ihr eine Kurznachricht.

«Hi Mia, ich weiß, dass das letzte Wochenende nicht ganz so gelaufen ist, wie wir es erhofft hatten, hoffe, dass du nicht sauer bist. Kann nicht schlafen. Bis Du noch wach, können wir telefonieren? Kuss Falk.»

Nicht mal eine Minute später klingelte schon das Handy.

«Es tut so gut, deine Stimme zu hören», begrüßte
ihn Marie mit sanfter Stimme aus dem Telefon.
«Ich bin auch erst gerade von der Schicht zurück,
was ist denn, dass Du auch noch nicht schläfst?»
Dieser empathische Einstieg war so typisch für
Marie, dass Falk erneut Gewissensbisse
verspürte.
«Der Fall, der uns das letzte Wochenende so
vermiest hat, ist ganz schön kompliziert
geworden. Ich bin echt in der Zwickmühle.
Eigentlich sah zunächst wirklich alles nach einem
typischen Selbstmord aus. Richtig handfeste
Beweise für das Gegenteil habe ich bislang zwar
auch nicht, aber es gibt nun ein paar
Ungereimtheiten, so dass ich mir nicht mehr so
sicher bin. Auf der anderen Seite will Rottemöller
unbedingt, dass ich den Fall jetzt doch schnell
abschließe. Er ist total scharf darauf, die Akte zu
schließen.»
«Hm, verstehe», murmelte Marie ins Telefon und
fragte anschließend:
«Was sind das für Ungereimtheiten, die Dich so
unsicher machen?»
Falk berichtete ihr von all den seltsamen Indizien,
die für ihn nicht ins Bild passten. Als Falk

geendet hatte schwieg Marie für längere Zeit und
Falk dachte schon, die Leitung wäre
unterbrochen.
«Noch dran?», fragte er unsicher ins Telefon.
«Ja», antwortete Marie. «Ich verstehe Dein
Problem. Du hast Angst, dass man die
Beobachtung Deines Freundes nicht ernst nimmt,
weil er Spastiken hat.»
«Genau», antwortete Falk und Marie konnte ihn
durch den Telefonhörer lächeln hören.
«Also», begann Marie, «verstehe ich das richtig,
Dein Chef möchte eigentlich lieber die Akte
schließen und zurück auf seinen Drehsessel?
Aber war nicht er es auch der, der Dir am
Sonntag noch eine ziemlich lange und obendrein
völlig unnötige Predigt darüber gehalten hat, wie
wichtig Gründlichkeit in diesem Fall ist, weil der
Tote irgendein Promi ist?»
Falk grinste, als er diesen Satz hörte. Marie
konnte so etwas sagen, er natürlich nicht.
«Klar, Du hast mal wieder recht», antwortete Falk
in den Hörer.
«Gut.»
Falk seufzte.

«Ja, das stimmt. Ich ärgere mich noch immer, weil ich ihm gegenüber so kleinlaut geworden bin», gab Falk zu.

«Das musstest Du», beruhigte ihn Marie. «Wäre es mein Chef gewesen, hätte ich es wohl auch so gemacht. Aber genau das ist jetzt Dein Vorteil.»

«Wie?», fragte Falk in den Hörer zurück, noch bevor Marie überhaupt Gelegenheit hatte, ihren Gedanken weiter auszuführen.

«Ganz einfach. Erkläre ihm, dass sich eine neue Sachlage ergeben habe und erinnere ihn daran, wie eindringlich er Dich zu Gründlichkeit in diesen Ermittlungen aufgefordert hat. Solltet Ihr am Ende einen Mord übersehen, wärst Du mit Sicherheit nicht der Einzige, der ein ziemlich großes Problem am Hals hat.»

Falk hauchte einen Kuss in den Hörer und flüsterte «Du bist die Beste».

Nachdem Telefonat fiel Falk in einen traumlosen, aber glücklichen Schlaf.

Mittwoch

Am nächsten Morgen wachte Falk nicht vom Wecker auf, sondern davon, dass ihn die Sonne blendete. Als er auf die Uhr sah, schreckte er zusammen, da er viel zu lange geschlafen hatte und Brinkmann bestimmt schon geraume Zeit im Büro wartete. Falk zog sich hastig an und ging ohne Kaffee aus dem Haus. Wieder keine Chance, mit dem Rad zu fahren, dachte er. Außerdem hob der Mangel an Koffein seine Stimmungslage auch nicht gerade. Zwanzig Minuten später hastete Falk in die Tür zu seinem Büro und wie erwartet saß Brinkmann schon an seinem Schreibtisch.
«Morgen, Chef», begrüßte der ihn freundlich.
«Moin, Brinkmann» entgegnete Falk und entschuldigte sich:
«Tut mir leid, dass ich so spät bin. Beim Club war es gestern mal wieder einfach zu lecker.»
«Kein Problem, wir haben den Fall ja abgeschlossen.»

Falk schreckte auf. Er schaute auf die Stelle, an der gestern noch das Flipchart gehangen hatte. Jetzt war die Wand wieder leer.

«Sagen Sie mal Brinkmann, haben Sie das Flipchart noch?»

«Ja, warum?» Die Frage begleitete eine hochgezogene Augenbraue. Falk räusperte sich und holte tief Luft.

«Mein Freund hat doch den Rollstuhl inspiziert, erinnern Sie sich?»

«Ja klar, Chef!» Brinkmanns Stimme verriet, dass er allmählich ungehalten wurde und Falk war gewarnt, es sich mit ihm nun nicht ganz zu verscherzen. Außerdem zeigte der Koffeinmangel bei Falk doch erste Auswirkungen.

«Ich hole mir nur schnell einen Kaffee, dann erzähle ich Ihnen alles. Wollen Sie auch einen?»

«Gern», antwortete Brinkmann.

Falk ging auf den Flur und kehrte wenige Minuten später mit zwei Bechern dampfendem Kaffee zurück. Für Brinkmann mit Milch und Zucker, für sich selbst schwarz. Falk setzte sich und reichte Brinkmann den für ihn bestimmten Kaffeebecher.

«Danke! Jetzt erzählen Sie mal, was los ist.»

Falk seufzte und erzählte Brinkmann von den Besonderheiten beim Rollstuhl und der Vision von Torge. Er endete mit den Worten:
«Wir sollten das doch noch mal genauer hinterfragen. Ich denke, das bin ich ihm, mir, uns schuldig, auch wenn ich selbst noch nicht dran glaube, dass es etwas Grundlegendes an unserer letzten Einschätzung ändert.»
Brinkmann nickte daraufhin bedächtig und war in Gedanken schon ein Stück weiter, indem er online in den Unterlagen des Rollstuhlherstellers blätterte.

Nach der Mittagspause empfing Brinkmann Falk freudestrahlend:
«Chef, Ihr Freund hatte recht. Diese Softwareversion, die auf dem Rollstuhl unseres Opfers installiert war, gibt es offiziell nicht. Ich fürchte, wir müssen den Rollstuhl nochmal von einem IT-Experten checken lassen, um Genaueres zu erfahren.»
«Ach du Schande!», murmelte Falk vor sich hin, «wie bringe ich das Rottemöller bei? Egal!»

Falk nickte und griff unvermittelt zum
Telefonhörer. Rottemöller antwortete nach dem
ersten Klingeln.
«Osmers? Fassen Sie sich kurz. Ich muss gleich
in die PK zu unserem Fall.»
Falk rutschte das Herz nicht nur in die Hose,
sondern beinahe bis in die Schuhe durch.
«Wissen Sie», begann Falk, «genau darüber
wollte ich mit Ihnen reden. Ich glaube, es ist
besser, wenn Sie damit noch warten.»
«Warten? Wieso soll ich damit noch warten? Der
Fall ist abgeschlossen!»
Falk räusperte sich.
«Nun ja, Herr Kriminaldirektor. Es ist nur so,
dass heute Morgen neue Fakten aufgetaucht sind,
die ich erst noch überprüfen muss.»
«Und wieso erfahre ich das erst jetzt», brüllte es
Falk aus dem Telefonhörer entgegen, »und was
sind das überhaupt für Fakten?»
Falk sah geradezu vor sich, wie der
Kriminaldirektor puterrot anlief und er zwang
sich zu innerer Ruhe und entgegnete sachlich:
«Ein Zeuge will den Rollstuhl in der Aller zwei
Tage vor dem Auffinden der Leiche
stromaufwärts gesehen haben, außerdem gibt es

Hinweise darauf, dass es sich bei der Software, die auf dem Rollstuhl unseres Opfers installiert war, nicht um eine durch den Hersteller erzeugte oder gar freigegebene Version handelt. Ich müsste das aber noch von einem IT-Experten überprüfen lassen, um besser beurteilen zu können, was das in diesem Fall bedeuten könnte. Deshalb habe ich Sie eigentlich angerufen. Ich wollte Sie um Hilfe bitten.»

Den letzten Satz hatte Falk flehend und vielleicht ein wenig zu kleinlaut ins Telefon gesprochen, aber sein Selbstbewusstsein ließ gerade nichts anderes zu. Rottemöller schwieg. Das Schweigen dehnte sich. Falk wappnete sich beinahe schon gegen seine telefonische Kündigung, als Rottemöllers Stimme wieder erklang, diesmal ganz nüchtern und sachlich:

«Woher haben Sie die Hinweise und wie verlässlich sind sie?»

«Beides kommt von jemanden, dem ich den Rollstuhl gezeigt habe und die Manipulation der Software wurde vom Hersteller bestätigt.»

«Sie haben was?», brüllte Rottemöller. «Haben Sie etwa Außenstehenden Beweismittel in einem Mordfall gezeigt? Sind Sie noch ganz bei Trost?

Das wird ein disziplinarisches Nachspiel haben, egal ob da was dran ist oder nicht! Eigentlich müsste ich Sie vom Fall abziehen und Brinkmann die Ermittlungen übertragen.»
Kurzzeitig hatte Falk sich gewundert, dass Kriminaldirektor von Rottemöller besonnen reagierte, nun aber schien dieser wieder bemüht, Falks Erwartungen an den Choleriker voll erfüllen zu wollen.
«Und der Hersteller hat Ihnen das wirklich bestätigt, ja?»
Falk, der mittlerweile in seinem Bürostuhl völlig zusammengesunken war, flüsterte fast ins Telefon:
«Ja, der Chef der Softwareentwicklung vom Hersteller hat es uns gerade bestätigt.»
«Verdammte Scheiße! Und was mache ich jetzt mit den eingeladenen Journalisten? Ich hatte Ihnen die Auflösung des Falles versprochen, nun muss ich Ihnen mitteilen, dass es neue Spuren gibt. Und Sie wollen wirklich einen von den verrückten langhaarigen Tätowierten aus unserem Keller haben?»

Falk musste beinahe lächeln bei der Beschreibung der IT-Experten, beherrschte sich aber und antwortete nüchtern:

«Ja, ich glaube, das wäre angemessen.»

«Wissen Sie, was uns das kostet? Und außerdem entscheide immer noch ich, was angemessen ist und was nicht. Sie kriegen einen von den Verrückten für einen Tag. Wenn er was findet, spendiere ich Ihnen vielleicht noch einen zweiten Tag. Findet er nichts, dann räume ich in dem Laden bei Ihnen aber mal richtig auf! Ich hoffe, Sie wissen, was diese Verrückten verdienen!»

Mit diesem Satz knallte der Kriminaldirektor den Hörer auf die Gabel und ließ Falk ratlos zurück.

«So schlimm?», fragte Brinkmann, nachdem Falk ebenfalls den Hörer aufgelegt hatte.

«Schlimmer», antwortete Falk, noch bevor er sich wieder zu normaler Körpergröße im Bürostuhl aufrichtete.

Anschließend holte Falk sich erst einmal einen frischen Kaffee. Eine Angewohnheit, um seine Gedanken zu ordnen, die in den letzten Jahren seinen Koffeinpegel hat immens steigen lassen. Als er ins Büro zurückkehrte, hatte Brinkmann aus seinem Büroschrank Karteikarten geholt, von

denen er jeweils fünf auf die Arbeitsplätze gelegt
hatte. Die beiden wollten auf den Karteikarten
notieren, was ihnen „unstimmig" vorkam.
Vielleicht konnten ja so Zweifel beseitigt oder
neue Anhaltspunkte gefunden werden. Neben das
erste Flipchart hatte er eine Pinnwand gerollt, an
die er die Ergebnisse der Karteikarten anheften
wollte. Sehr zu ihrer beider Überraschung waren
die Karteikarten schnell vollgeschrieben.

Brinkmann hatte auf der Ersten den Namen Eva
Blattners vermerkt. Falk hatte auf seiner ersten
Karte vermerkt, dass es ihn verwunderte, dass
Hasso Blattner nicht bereits bei der
eigenständigen Suche der Familie gefunden
worden war, wenn sie doch am Liegeplatz des
Bootes nachgesehen hatten. Auf seiner zweiten
Karte hatte Brinkmann den merkwürdigen
Zwischenfall mit seinen Schuhen vermerkt und
Falk wiederum irritierte die Abwesenheit des
Sohnes der Familie. Er war bisher nicht bei der
Familie aufgetaucht, denn dann hätte er sich ja
wohl gemeldet. So sammelten die beiden weiter
Ungereimtheit um Ungereimtheit, auch wenn
selbst diese Aktion keinen handfesten neuen

Ermittlungsansatz ergab. Die Hoffnungen, Licht ins Dunkel zu bringen, ruhten jetzt einzig und allein auf dem IT-Experten.

Wie aufs Stichwort klingelte Falks Telefon. Er nahm den Hörer ab und meldete sich.

«Hier spricht Mike von der IT.»

Warum hatten diese Computerheinis nur die Angewohnheit, sich immer mit dem Vornamen anzureden, dachte Falk. Doch bevor er etwas erwidern konnte fuhr Mike fort.

«Rottweiler 96 meinte, Sie brauchen meine Hilfe. Ups, sagen Sie bitte nie, dass ich den Kriminaldirektor gerade so bezeichnet habe.»

Falk musste lachen und berichtete ihm die Sachlage, woraufhin Mike bei ihm den Anschein weckte, zu jubeln.

«Geil! Endlich mal was anderes als Bildschirme und Viren. Ich muss nur aufpassen, dass ich bei der vielen frischen Luft nicht umfalle.»

Mike lachte schallend über seinen eigenen Witz und versprach, morgen gegen 9:00 Uhr mit dem Zug nach Verden zu kommen. Falk rief daraufhin Torge an und teilte ihm mit, dass man morgen den Rollstuhl zur weiteren Beweissicherung wieder abholen werde.

Kapitel 8: Donnerstag

Der Regionalexpress lief ausnahmsweise mal pünktlich um 9:16 Uhr in Verden ein. Mike, der immer noch keinen Nachnamen hatte, entsprach nur insoweit dem Klischee eines Informatikers, als dass er lange Haare und eine kleine, runde Brille hatte. Ansonsten trug er ein Sakko und eine Stoffhose, was ihn aussehen ließ wie John Lennon als Banklehrling. Nachdem der Rollstuhl abgeholt und verladen worden war, bat Mike um einen Zwischenstopp beim Bäcker, da er noch nichts gegessen habe. Falk und Brinkmann nickten sich wortlos zu und zehn Minuten später saßen alle drei an einem Tisch und frühstückten gemeinsam. Falk und Brinkmann setzen den IT-Experten, soweit dies notwendig war, ins Bild und beantworteten seine wenigen Fragen. Mike war optimistisch, dass er das Rätsel würde lösen können, dämpfte aber auch jede Erwartung auf einen schnellen Erfolg.

«Ich muss erst mal sehen, wie ich da überhaupt reinkomme. Ist der erste Rollstuhl meiner Karriere. USB-Sticks und das ganze Zeug mache

ich ja täglich. Das ist mittlerweile Kinderkram.
Deswegen habe ich mich auch freiwillig
gemeldet.»

Bei so viel Diensteifer konnte Brinkmann nicht
anders, als sich noch weiter auf seinem Stuhl
aufzurichten. Nachdem die drei ihr Frühstück
beendet hatten, fuhren sie gemeinsam auf das
Revier und Mike machte sich gleich daran, seine
Ausrüstung aufzubauen. Zwanzig Minuten später
war der IT-Experte startklar. Eine weitere Stunde
später hatte er den Quellcode der App auf dem
Bildschirm seines Rechners. Zuvor hatte er sich
über einen Server, den der Hersteller freigab, die
offiziell letzte Version der Software für die
Elektrorollstühle heruntergeladen.

Nun saß der gute Mann vor einem endlosen
Gewirr aus Zahlen und Buchstaben, das ihm auf
zwei nebeneinanderstehenden Bildschirmen
angezeigt wurde. Falk fragte vorsichtig, ob er
Mike für einen Moment über die Schulter sehen
dürfen und Mike lachte.

«Informatiker sind nicht alle weltfremd und
menschenscheu. Tu Dir keinen Zwang an.»

Falk akzeptierte inzwischen das Du, weil Mike
ihm beim Frühstück gesagt hatte, dass es die

einzige Anrede sei, die von ihm akzeptiert werde. Offenbar erwartete Mike das auch andersherum. Sympathisch, dachte Falk und sah sich kurz den Wust aus Zahlen und Buchstaben an. Ihm wurde fast schwindelig dabei, weswegen er sich nach wenigen Momenten wieder wegdrehte. Eine Viertelstunde später sah Mike von seinen Bildschirmen auf.

«Ich bin bei weitem noch nicht fertig», sagte er, «aber so viel kann ich sicher sagen: Diese Software ist weder professionell noch verkehrssicher programmiert. Mich wundert, dass sie überhaupt funktioniert. Ziemlich stümperhaft gemacht. Da hat wohl jemand drauf vertraut, dass an der Stelle ohnehin niemand nachguckt. Aber ich gucke jetzt ganz genau hin, verlasst euch drauf!»

Falk und Brinkmann bedankten sich wie aus einem Munde. Falk atmete erleichtert auf, schließlich würde Mike ja genug finden, um die Untersuchung zu rechtfertigen. Wahrscheinlich würde der Kriminaldirektor in der nächsten Presseerklärung sogar behaupten, die Untersuchung des Rollstuhls wäre seine Idee gewesen.

Falk war versucht, Rottemöller anzurufen, um ihm von den ersten Erkenntnissen des IT-Experten zu berichten, entschied sich dann aber dagegen. Er wollte lieber erst Mikes vollständigen Bericht abwarten. Mike hatte ihm versprochen, sollte dies notwendig werden, die ganze Nacht durchzuarbeiten und morgen früh seinen fertigen Bericht abzuliefern. In diesem Punkt war Mike dann doch wieder ganz der Informatiker. Den Rest des Tages gingen alle drei ihrer Arbeit nach, ohne dass es weitere bahnbrechende Erkenntnisse gegeben hätte. Trotzdem konnte Falk mit dem Gefühl nach Hause gehen, einen deutlichen Schritt weiter gekommen zu sein. Er musste Marie anrufen und sich bei ihr bedanken.

Kapitel 9: Freitag

Am darauffolgenden Morgen lag tatsächlich wie
versprochen der Abschlussbericht des
IT-Experten auf Falks Schreibtisch.
Brinkmann gestand:
«Ich konnte einfach nicht anders und musste
schon mal hineinsehen.»
Falk schmunzelte.
«Macht nichts, dann können Sie mir ja vielleicht
das ganze Fachchinesisch übersetzen.»
Brinkmann konnte.
«Wenn Sie mich fragen, ist es ein Wunder, dass
unser Opfer in diesem Rollstuhl zwölf Tage
überlebt hat, ohne einen Unfall zu bauen. Es war
nicht nur die Höchstgeschwindigkeit manipuliert,
sondern auch die Energierückgewinnung
abgeschaltet, die die Motorkraft bremst, wenn es
bergab geht. Leider hat der IT-Experte keine
Ahnung, wie die Software auf den Rollstuhl
aufgebracht wurde. Er weiß nur, dass sie erst
wenige Tage vor dem Update fertiggestellt wurde.
Außerdem ist sie ziemlich laienhaft
programmiert. Alles in allem sollten wir damit in

der Lage sein, die Ermittlungen in diesem Fall fortzusetzen beziehungsweise erst richtig aufzunehmen. Das Gespür Ihres Freundes war korrekt und ich denke, seine Vision war keine. Er wird den Rollstuhl am Freitag tatsächlich in der Aller gesehen haben. Wir müssen wieder bei null anfangen und den ganzen Zeitablauf noch einmal gründlich durchdenken.»

Falk nickte nachdenklich.

«Dann soll es meinetwegen so sein. Beginnen wir von vorn!»

Torge saß am Frühstückstisch und blätterte in der digitalen Ausgabe des Verdener Kuriers, die auf den letzten Seiten von Hasso Blattners Nachrufen dominiert wurde. Er löffelte genüsslich sein Morgen-Porridge, eine Angewohnheit seit seinem Studium in Brighton, wozu er ausschließlich schottische Haferflocken verwendete, als das Telefon klingelte.

«Moin Torge», begrüßte ihn Falk, «entschuldige, dass ich Dich jetzt so überfalle, aber ich brauche mal Deine Expertise. Ich habe Dir gerade ein Foto vom Bericht unseres IT-Experten zugeschickt und wollte von Dir eine Meinung haben, wie Du diese Manipulation am Rollstuhl einschätzt. Könnte das Hasso Blattner selbst initiiert haben, um noch schneller von A nach B zu kommen?»

Torge switchte im Bildschirm auf seine Mails und studierte ausführlich den Bericht, so dass Falk ungeduldig nachhakte.

«Mann Falk, dann lass mich das in Ruhe studieren und ich rufe Dich anschließend zurück», ärgerte sich Torge über die Drängelei seines Freundes.

«Nein, Torge, ich muss jetzt Deine Einschätzung bekommen. Hier wird gleich ein Polizeidirektor mit übelster Laune und Ruhepuls von 130 anrufen, da brauche ich offen gesagt stichhaltige Argumente, und zwar jetzt und gleich».

Trotzdem nahm Torge sich Zeit und las den Bericht dreimal durch.

«Falk, offen gesagt gebe ich Eurem Nerd Recht. Wer das so programmiert hat, wollte einen Unfall provozieren. Hasso Blattner kann das nicht gewesen sein. Selbst wenn wir mal theoretisch davon ausgehen, dass er sich das Leben nehmen wollte und deswegen die Umprogrammierung selbst in Auftrag gegen hätte, wäre es völlig unlogisch gewesen, mehrfach zu manipulieren. Es hätte ja gereicht, die Geschwindigkeitsdrosselung zu entfernen, damit kommt dieser getunte Rollstuhl locker auf über 30 km/h und das sollte ja wohl ausreichen, um die Aller zu erreichen. Aber ich brauche Dir ja nicht erzählen, dass er auch ganz andere Möglichkeiten gehabt hätte, sich das Leben zu nehmen. Nein, wenn Du mich fragst, war das irgendjemand Fremdes, der einen Unfall provozieren wollte. Dafür spricht auch die Tatsache, dass dort ein Zeitalgorithmus eingesetzt wurde, der dafür sorgte, dass die Tuningeigenschaften nicht direkt beim Einschalten zum Tragen kamen, sondern erst nach und nach aktiviert wurden. Also ich bin in den Sachen kein Experte, aber wenn sich jemand das Leben nehmen möchte, will er doch den Zeitpunkt ganz bewusst selbst bestimmen. Nein Falk, da hat einer ganz bewusst Hasso Blattners Tod gewollt!»

«Danke Torge, das ist genau das, was wir inzwischen auch denken: Wir haben einen Mordfall!»

Nachdem Falk aufgelegt hatte, dauerte es keine
zwei Minuten und von Rottemöller klingelte
durch.

«Und, wie wollen Sie jetzt Ihren Arsch retten?»,
war die nicht gerade zurückhaltende Begrüßung
Rottemöllers.

«Das brauche ich gar nicht. Die Faktenlage
spricht eindeutig für mich. Sie sollten lieber
einmal darüber nachdenken, welche Belobigung
Sie uns aussprechen wollen, aber ich merke
schon, Sie haben sich den Bericht der IT noch gar
nicht durchgelesen. Die Manipulation des
Rollstuhls weist eindeutig auf Mord hin!»

«Ich brauche das Geschreibsel der IT nicht zu
lesen, um zu wissen, dass so ein Nerd keine
Rückschlüsse auf Fälle abgeben darf, Osmers! Sie
könne also aufhören, so süffisant zu grinsen,»
schrie Rottemöller nun ins Telefon.

Falk war schon lange klar, dass er und von
Rottemöller nie Freunde werden würden.
Komplette Inkompetenz und mangelnde
Selbstreflexion sind ja auch zwei Eigenschaften,
die nicht gerade Sympathie erzeugen, obwohl sie
recht häufig gemeinsam auftreten. Außerdem
hasste Falk nichts mehr an Vorgesetzten, als wenn

sie – frei nach Ulrich Roskis «des Pudels Kern» – dem Motto frönen: «Leute seid nicht feige, lasst mich hintern Baum». Wenn es Erfolge gab, waren es Rottemöllers Erfolge und wenn es Misserfolge gab, waren es die der Mitarbeiter. Falk hätte durchaus Lust gehabt, selbst in Verden eine Pressekonferenz zu geben, aber das wäre ein offener Affront gewesen und hätte die Lage nur eskalieren lassen.

«Herr von Rottemöller, meine neue Bewertung des Falls basiert nicht auf der Meinung des IT-Fachmanns, selbstverständlich habe ich einen Experten zur Beurteilung des Berichtes hinzugezogen.»

Falk konnte sich bei seinen letzten Worten einen sarkastischen Unterton nicht verkneifen, obwohl er diesen Kleinkrieg mit seinem Vorgesetzten mehr als lächerlich fand und, wenn er ehrlich zu sich selbst war, auch nicht wollte.

«Was soll das denn für ein Experte sein? Sie haben doch selbst gesagt, dass die Softwareabteilung des Rollstuhl-Herstellers von dem Update keinen blassen Schimmer hatte. Wie will Ihr angeblicher Experte das denn wohl bewerten, was es bedeutet, wenn ein Rolli mal ein wenig gepimpt ist? Das kann doch nur der Rollstuhlfahrer selbst!», schrie von Rottemöller.

«Genau!»

«Ja, wie genau?», kam es von Rottemöller verdutzt zurück.

«Sie haben ja Recht, Herr von Rottemöller, um zu beurteilen, ob und wie eine solche Manipulation das Fahrverhalten beeinflusst, braucht man Erfahrung als Rollstuhlfahrer und die hat mein Experte – und zwar mal so richtig. Er macht nämlich den ganzen Tag nichts anderes, und zwar mit haargenau dem gleichen Modell wie das Mordopfer.»

Wieder konnte Falk ein Lächeln nicht unterdrücken und von Herrn von Rottemöller kam zunächst erst einmal – nichts.

Nach einer beträchtlichen Bedenkpause hatte sich sein Ton komplett geändert. Väterlich säuselte er: «Mein lieber Osmers, sehr gut, sehr gut. Sie wissen ja, dass ich engagierte und kreative Mitarbeiter in meinem Team zu schätzen weiß. Ein Experte im Rollstuhl, das kommt hervorragend. Wir werden hier in Hannover zum Fall Blattner mit der neuen Faktenlage eine Pressekonferenz geben und Ihr Experte sollte das

anschaulich den Journalisten näherbringen. Der
soll sich in den nächsten Zug setzen und nach
Hannover kommen. Ich werde alles hier
veranlassen. Selbstverständlich auch die
Bezahlung der Honorarrechnung Ihres Experten.»
Dann legte von Rottemöller auf, ohne dass Falk
die Gelegenheit gehabt hätte, etwas zu erwidern.
Gegen Falks Erwartung war Torge sogar ein
wenig begeistert von der Idee, alles stehen und
liegen zu lassen, um in den nächsten Zug zu
steigen und von Rottemüllers Pressekonferenz zu
krönen. Und eigentlich war Falk sogar ein wenig
enttäuscht, dass Rottemüller auf diese Art und
Weise wieder das bekam, was er wollte. Er fuhr
Torge dann aber sogar selbst zum Bahnhof, da
Torges Assistenz in der aktuellen Schicht keinen
Führerschein hatte.

In Hannover angekommen wurde Torge von
einem großen Empfangskomitee erwartet.
Gleich zwei Streifenwagen begleiteten die
schwarze Limousine, die von Rottemöller zur
Abholung losgeschickt hatte. Die Beamten waren
aber dann mehr oder minder sprachlos, als sie
Torge mit Britta, seiner Assistenz, erblickten.
Keiner hatte ihnen gesagt, dass der

Sachverständige, den sie dringend abholen sollten, im Rollstuhl saß. Die daraus entstandene hektische Diskussion konnte Torge zunächst nicht verstehen. Er war es gewohnt, dass Menschen sich nicht in seine Lage versetzen konnten. Natürlich konnte er nicht in die Limousine steigen. Man hätte ihn vielleicht hineinheben können, aber was machte man dann mit seinem Rollstuhl? Diesen am Bahnhof einfach stehen zu lassen, war für Torge keine Option, denn wenn der abhandenkommen würde, würde das einem Desaster gleichen. Er brauchte ihn zwingend. Aber da Torge die Situation nicht fremd war, hätte er einfach ein Behindertentaxi gerufen und gut. Erst im Laufe der Diskussion stellte er fest, dass das Problem viel tiefgreifender war.

Von Rottemöller hatte die Pressekonferenz nicht beim zentralen Kriminaldienst Hannover einberufen, sondern im altehrwürdigen Gebäude der Polizeidirektion Hannover dem ehemaligen königlich preußischen Polizeipräsidium von 1903 in der Hardenbergstraße, «weil dort im Presseraum alle Facilities für die moderne Presse gegeben seien», so von Rottemöllers Begründung. Dass der Raum aber im vierten

Stock lag und nicht behindertengerecht erreicht
werden konnte, hatte Rottemöller in seiner
«Pressegeilheit» völlig ignoriert.

Daraufhin telefonierte Einsatzleiter Sander, der eh
schon sauer auf Rottweiler 96 war, weil der ihn
kurzerhand zum Taxidienst eingeteilt hatte, in
einem nicht gerade freundlichen Ton mit von
Rottemöller und schlug ihm vor, die
Pressekonferenz nun doch im zentralen
Kriminaldienst abzuhalten. Das war ein Neubau
und als solcher behindertengerecht gebaut. Von
Rottemöller hingegen beharrte auf der von ihm
gewünschten Lösung.

«Geht doch wohl nicht an, dass ich mit von jeden
Anwärterdienstgrad vorschreiben lasse, wo ich
meine PK abhalte», waren die letzten Worte, die
Sander hörte, bevor er am Handy die
Trennentaste drückte. Sander schüttelte nur den
Kopf.

«So ein Pfosten, mit dem ist echt nicht zu reden
und schon gar nicht am Telefon. Wir fahren jetzt
zur Direktion und ich erkläre dem Dickschädel
die Situation persönlich. Allerdings gibt es nur
sechs Rollstuhl-Taxis in Hannover bei über
30.000 Rollstuhlfahrern, da werden wir ohne

Anmeldung sicher recht lange auf das Rollstuhltaxi warten müssen. Deswegen schlage ich vor, dass Sie, Herr Assmussen, mit dem Taxi direkt zum zentralen Kriminaldienst fahren und ich kümmere mich um Rotw….möller. Damit sparen wir ein wenig Zeit. Sie wollen ja sicherlich heute noch wieder zurück.»

Torge nahm die Überlegungen auf und machte folgenden Vorschlag:

«Ich habe gerade nachgeschaut, es sind laut Navi zu Fuß nur drei Kilometer bis zum zentralen Kriminaldienst. Meine Batterie ist voll, es ist top Wetter und wann komme ich schon nach Hannover. Ich würde, anstatt auf das Taxi zu warten, lieber laufen. Das wird vermutlich sogar schneller sein.»

Sander war – wenn auch über den Begriff «laufen» verwundert – von Torges Vorschlag begeistert, nur Britta schaute sparsam drein.

«Was hast Du?», fragte Torge, der ein unheimliches Gespür für seine Mitmenschen hatte.

«Ach, jetzt hat man hier ein Empfangskomitee wie für die Queen und ich kann es nicht nutzen», schmollte Britta.

«Das ist ja nun wirklich kein Akt, das können wir sofort ändern», sagte Sander und befahl einem seiner Männer, ein farbiger Zweimeterhüne, bis zum Kriminaldienst die Assistenz zu übernehmen. Anschließend öffnete für Britta galant die Tür der schwarzen Limousine. Es war ein Hochgenuss, wie ein Promi durch Hannover kutschiert zu werden und so versank Britta in den Ledersitzen, während sie Torge und dem Hünen hinterdrein schaute. Die beiden erinnerten sie in der Silhouette sehr an den Film «Ziemlich beste Freunde», so wie sich der Hüne lachend über Torge beugte.

Nachdem Falk Torge zum Bahnhof gebracht hatte, gönnte er sich den Umweg über Niers. Dort gab es Kaffeespezialitäten aus hauseigener Röstung und Köstlichkeiten aus der Backstube, Falks Lieblingscafé in Verden. Er liebte das französische Omelett mit dem gerösteten Schinken und dazu eine der vielen feinen Röstungen; ganz frisch, aber unbedingt klassisch aufgebrüht. Was er ganz besonders an dem Café liebte: Es war versteckt in einer Seitenstraße. Wer sich in Verden nicht auskannte, würde es kaum finden und so saß er in der gemütlichen Lounge auch zumeist unentdeckt und ungestört. Nur leider nicht heute. Kaum hatte Falk bestellt, klingelte das Telefon. Es war Brinkmann. Falk rollte mit den Augen und stellte den Ton aus. Was konnte jetzt so wichtig sein wie das Frühstück oder wie sein Freund Herbie immer zu sagen pflegte: «Ohne Mampf kein Kampf!» Falk ließ das Handy galant in seine Jackentasche gleiten und schaute anschließend zu, wie die freundliche Bedienung die Jacke an der Garderobe aufhängte. Falk dehnte sein Frühstück aus und nahm sich endlich mal Zeit, den Verdener Kurier von vorn nach hinten zu lesen. Während er in der Tagespresse darüber las, was der Tod von Blattner wohl für die Aufstiegsträume des FC Verden bedeuteten könnte, legte Falk sich in Gedanken zurecht, wie er bei den Ermittlungen zu dessen Tod heute vorgehen wollte. Nach der dritten Tasse Kaffee und einer köstlichen Limetten-Tarte zum krönenden Abschluss setzte er sich gegen 10:30 Uhr langsam in Bewegung Richtung Präsidium. Ein Blick auf das Handydisplay verhieß ihm allerdings nichts Gutes. Brinkmann hatte inzwischen schon sechs Mal versucht, ihn

zu erreichen, so dass Falk auf dem Bugatti nun
doch richtig in die Pedale trat, um wenigstens die
Zeit der Tarte wieder rauszuholen. Im Präsidium
angekommen rannte ihn Polizeianwärterin Müller
im Flur fast um.

«Na endlich, da sind Sie ja», begrüßte die
hübsche Beamtin in spe ihren Chef nicht gerade
freundlich.

«Brinkmann ist schon vorgefahren», setzte sie
hektisch hinterher.

«Vorgefahren? Wohin denn? Habe ich etwa einen
Termin verpennt?»

«Wie, Sie wissen es noch nicht? Auf der
Baustelle vom neuen Justizgebäude haben sie
eine Leiche gefunden! Und ich dachte immer,
Verden ist ein nettes harmloses Städtchen!»
Jetzt konnte Falk fast spüren, wie das Adrenalin
ihm durch die Adern pumpte.

«Eine Leiche? Weiß man schon, wer es ist?»

«Das war nicht schwer, die Baukolonne sollte
ihren obersten Chef ja wohl noch kennen. Hauke
de Vries, und somit der zweite Baulöwe innerhalb
einer Woche, den wir in Zink betten müssen.
Brinkmann hat auch schon durchgegeben, bevor

die Spusi informiert wurde, dass es mit Sicherheit kein Unfall war.»

De Vries und der alte Blattner hatten sich schon seit Jahren fast alle Bauaufträge in der Region geteilt. Wobei «teilen» wohl falsch ausgedrückt war, «sich um sie geprügelt» würde besser passen. Beide waren sich spinnefeind gewesen, was manchmal auch der ein oder andere Auftraggeber nutzen konnte, um einen guten Deal zu machen. Das war stadtbekannt, weil offensichtlich. So wurde aus dem neuen Justizgebäude ein kleines Schmuckstück, ohne dass die Stadt dafür hätte wirklich bluten müssen. De Vries wollte den Auftrag unbedingt. So hatte er den Zuschlag schließlich mit der Idee bekommen, die Außenmauern des alten Gaswerks, auf dessen Gelände das neue Gebäude entstand, stehen zu lassen, obwohl das Gebäude vorsorglich von der Stadt nicht unter Denkmalschutz gestellt worden war. Ein wenig musste Falk schmunzeln, denn eigentlich wäre de Vries einer der heißesten Verdächtigen gewesen, die genügend Motivation gehabt hätten, Blattner den Tod zu wünschen. Spätestens seitdem Falk Gewissheit hatte, dass Blattner keines natürlichen

Todes gestorben war, hätte er sich de Vries vorknöpfen müssen. Das konnte er sich jetzt definitiv sparen. Zum Glück, denn de Vries war nicht leicht zu nehmen. Nicht umsonst hieß er im Verdener Volksmund der «fiese Friese». Damit war Falks Arbeitstag wieder einmal völlig über den Haufen geworfen worden und Torge würde er nachher sicherlich vom Bahnhof auch nicht abholen können.

In Hannover kam sich Britta wie ein VIP vor, als sie die Presse mit Blitzlichtgewitter beim Aussteigen an der Polizeidirektion empfing. Inzwischen hatte von Rottemöller doch selbst einsehen müssen, dass Sanders Vorschlag sinnvoll gewesen war und deswegen die Presse erst gar nicht nach oben gelassen. Die wiederum wähnte eine Sensation, als eine schwarze Limousine mit Begleitschutz vor dem Gebäude auftauchte. Alle anwesenden Reporter*innen stürzten sich nun auf Britta.

Nur ein Reporter nicht, der hatte sich schon Richtung Feierabend verabschiedet, als sein Chef vom Dienst ihn erreichte und ihm mitteilte, wohin die Pressekonferenz verlegt wurde. Und wie der

Zufall so wollte, liefen sich genau dieser Reporter
und die beiden «besten Freunde» im Fahrstuhl
des zentralen Kriminaldienstes über den Weg und
fuhren nun gemeinsam in den dritten Stock. Als
Torge gerade aus dem Fahrstuhl rollte, klingelte
sein Telefon. Es war Falk, was aber auch alle
mitbekamen, denn Torge konnte das Gespräch
nur über Lautsprecher führen, wenn er im
Rollstuhl unterwegs war.
«Hi Falk, das ist aber wie Gedankenübertragung,
wir haben gerade von Dir gesprochen!»
«Okay?!» Falk wirkte gehetzt und sehr
aufgekratzt.
«Torge, ich brauch Dich ja nicht fragen, ob Du
sitzt, aber ich wollte Dir nur ganz schnell
durchgeben, dass ich Dich nachher nicht vom
Bahnhof abholen kann. Wir haben einen weiteren
Todesfall in Verden und diesmal ist es klar und
eindeutig ein Mord!»

Kapitel 10: Samstag

Torge hatte sich diesmal sein schottisches Porridge an diesem Morgen mit Blautropf und Walnüssen veredelt, als er den Verdener Kurier anklickte und sich so verschluckte, dass die Assistenz schon ein wenig in Panik geriet.
«DOPPELMORD IN VERDEN » prangte es von der Titelseite, die eigentlich nicht lokal, sondern überregional belegt war.
Gleichzeitig war im Polizeirevier Verden die Hölle los. Von Rottemöller hatte gar nicht erst abgewartet, bis er an diesem Samstagvormittag im Büro war, um in Verden Rabatz zu machen. Noch aus dem Auto hatte er eine Telefonkrisenkonferenz einberufen. Falk hatte gerade erst sein Rad am Kellereingang des Präsidiums abgestellt, als Brinkmann ihm schon mit hochrotem Kopf entgegenkam.
«Mensch Chef, da sind Sie ja endlich, der Rottweiler hängt mir schon im Nacken. Der ist völlig außer sich, weil er wissen will, wer von uns gequatscht hat.»

«Gequatscht hat? Worüber? Was soll die
Aufregung? Der will doch wohl nicht vor die
Presse, bevor wir die eindeutigen Ergebnisse der
Spurensicherung haben.»
«Chef, haben Sie denn keine Zeitung gelesen
oder Radio gehört?»
Jetzt sah Falk aber auch schon die Bescherung.
Vor dem Polizeirevier standen mindestens fünf
Autos, die ganz eindeutig aufgrund ihrer
Beschriftung der Presse zuzuschreiben waren.
«Wie kommt das denn? Ich dachte, Rottemöller
wollte gestern Nachmittag nur rauslassen, dass
wir einen Verdacht haben, es könne vielleicht
doch kein Selbstmord gewesen sein und von de
Vries können die doch noch nichts wissen.»
«Und ob sie es wissen», entgegnete die
Polizeianwärterin Monika Müller keck, als sie
hüftschwingend den Besprechungsraum
ansteuerte. Leider konnte man aus diesem auch
schon das Klingeln aus Hannover hören. Falk
hatte keine Zeit mehr, die Lage mit Brinkmann zu
klären, da Monika Müller das Gespräch schon
angenommen hatte.
Auch noch ein Videotelefonat, dachte Falk, dem
Rottemöller akustisch schon reichte. Die rote

Birne musste er sich nicht auch noch geben, so dass Falk sich absichtlich außerhalb des Bildschirmsichtfeldes setzte.

«Wo ist dieser hirnverbrannte Idiot», brüllte es aus den Lautsprechern. Falk hatte sich so gesetzt, dass er nicht auf den Bildschirm gucken musste, was aber auch bedeutete, dass die Kamera über dem Bildschirm Falk nicht zeigen konnte. Vielleicht ganz gut so, dachte Falk und legte den rechten Zeigefinger vor die Lippen.

«Was für ein Schwachkopf! Was hat den bloß geritten, der Presse brühwarm alles aufzutischen und mir das ganze Wochenende zu versauen? Was für eine Unverschämtheit, dann nicht mal pünktlich hier zu erscheinen. Ich schmeiß ihn raus, wenn wir das hier hinter uns haben, darauf kann er sich verlassen. Der wird in Gartow den Verkehr regeln!»

Rottemöller gab sich Mühe, seinem Ruf alle Ehre zu machen und steigerte sich über zwanzig Minuten lang in seinen Schimpftiraden. Falk rutschte in seinem Stuhl immer tiefer, wobei er sich gleichzeitig lässig mit den Beinen am Tisch abstieß, während er mit einer Hand so tat, als würde er von Rottemöller dirigieren.

Die Ausführungen Rottemöllers brachten sachlich nichts, außer, dass er von Falk bis Punkt 12:00 Uhr einen ausführlichen Bericht auf dem Tisch haben wollte. Zudem konnte Falk den Beschimpfungen zu seiner Verwunderung entnehmen, dass er angeblich für die national verbreitete Schlagzeile vom Doppelmord in Verden verantwortlich sei.

Nachdem die Leitung endlich gekappt war, drehte sich Brinkmann kopfschüttelnd zu Falk um und sagte:

«Mensch Chef, warum haben Sie das denn bloß gemacht? Ich kann ja verstehen, dass Ihnen die Pressegeilheit vom Direks auf die Nerven geht, aber jetzt haben wir die Meute hier am Hals.»

Während des letzten Satzes machte er mit dem Kopf eine Bewegung zu Vordertür, wo sich die norddeutsche Presse ein Stelldichein gab.

«Also, dass das mal klar ist, ich habe der Presse nichts gesagt. Warum auch? Was sollte ich davon haben? Die Presse kann Rottemöller gerne übernehmen, da ist er sogar ausnahmsweise mal hilfreich.»

«Aber Chef, sogar im dpa-Bericht steht, dass der leitende Kommissar Falk Osmers von einem Doppelmord in der Verdener Bauszene spricht.»
«Aber Brinkmann, wir waren doch gestern, nachdem ich von dem Mord erfahren hatte, den ganzen Tag zusammen. Glauben Sie allen Ernstes, ich würde dann abends um zehn, nach unserem Besuch bei Frau de Vries, noch die Presse anrufen?
Brinkmann wurde nachdenklich und murmelte: «Stimmt, und das passt auch zeitlich nicht, da ist unser Käseblatt schon längst in der Rotation. Das muss früher passiert sein.»
Auch Falk konnte sich das alles nicht erklären, aber zum Grübeln hatte er jetzt keine Zeit.
«Okay, dann packen wir es», sagte Falk, schlug mit der flachen Hand auf den Tisch und stand auf.

«Sie, Brinkmann, müssen mir helfen und den Bericht schreiben, damit ich Rottemöller vom Hals habe. Nehmen Sie einfach die Fakten, die wir hoffentlich gleich von der Spusi kriegen und fassen Sie diese kurz zusammen. Sie, Frau Müller, müssen uns die Meute da draußen von Hals schaffen. Gehen Sie raus und sagen Sie, dass wir nichts sagen und das sich Hannover bald mit einer Stellungnahme melden wird. Kriegen Sie das hin?» Falk nickte mit vorgerecktem Kopf zu Monika Müller und blickte sie dabei von unten mit einem für Falk ungewöhnlich Dackelblick an. «Und Sie? Chef?», fragte Brinkmann leicht empört.

«Ich fahre noch mal zu Blattners. An der Headline ist doch etwas dran, zwei aus einer Branche an einem so friedlichen Ort wie diesem? Außerdem will ich mir den Sohnemann der Blattners endlich mal vorknöpfen. Bislang hat der doch nur durch Abwesenheit geglänzt und schließlich müssen wir ja irgendwo anfangen.» Bei seinen letzten Worten klatschte Falk in die Hände, was ganz klar als Startzeichen gemeint war.

Als Falk mit seinem Bugatti gerade um die Ecke zur Villa Blattner schoss, bog gleichzeitig Arne Blattner von der anderen Seite mit seinem gelben Lamborghini LP 560 Gallardo Spider auf die Einfahrt. Hätte Falk nicht schon von weitem das für italienische Sportwagen typische Fauchen gehört, wären sie aller Wahrscheinlichkeit vor der Auffahrt zusammengerasselt. Falk verstand

Menschen nicht, die so ein Statussymbol brauchten. In seiner Fußball-Karriere hatten einige seiner Mitspieler solche «Schwanzverlängerungen» gefahren. Komischerweise waren die auf dem Platz selten die lauten Spieler. Falk meinte immer, je lauter das Auto, desto leiser der Spieler. Manchmal taten ihm diese Spieler sogar leid, wenn er erkannte, dass sie nur eine Rolle spielten, die sie meinten spielen zu müssen. Beim Auto war das ja noch harmlos, aber wenn es um die Wahl des Partners ging, war es kein Spiel mehr. Trotzdem war der Berufsstand der Spielerfrauen immer noch nicht ausgestorben. Falk selbst fuhr übrigens aus einem ganz nüchternen Grund so ein auffälliges Rad. Zum einen war es genial leicht und schnell, zum anderen brauchte er es nie abschließen. In der Region kannte man den Fahrer dieses Rades. Das Rad des Kriminalkommissars zu klauen, traute sich nicht einmal ein noch so hinterfotziger Kleinganove, da er das Rad ja auch nicht fahren oder verkaufen konnte. Und an die internationale Radmafia in Verden glaubte Falk nicht. Selbst wenn, das Rad war natürlich gechipt, außerdem war es in der

Farbe nur fünfmal gebaut worden. Wenn man nicht vorhatte, damit die Wüste Gobi heimlich zu befahren, bliebe man wohl nirgends auf der Welt unentdeckt.

Falk zückte gewohnheitsgemäß seine Marke und ging auf Arne Blattner zu, der noch im offenen Wagen saß und sich die Sonnenbrille in die schwarz gegelten Haare schob.

«Herr Blattner, Osmers mein Name, schön, dass ich Sie endlich einmal antreffe. Haben Sie einen Moment für mich, damit wir uns kurz unterhalten können?»

Falk öffnete die Fahrertür und sah, dass Arne Blattner rechts ein blaues Auge hatte und deutete mit dem Kopf darauf

«Wo haben Sie sich das denn eingefangen?»

Blattner fasste sich mit der linken Hand ans linke Auge und schreckte kurz zusammen, bevor er ein wenig verlegen hervorbrachte:

«Ach das, ja gestern hatte ich eine kleine Kneipenauseinandersetzung. Ist mir ein wenig peinlich. Schlägereien gehören eigentlich nicht zu meinem Repertoire.»

«Also Ihr Vater ist noch nicht einmal unter der
Erde und Sie prügeln sich in einer Kneipe?»,
herrschte Falk den jungen Blattner an.
«Nein, nein, so kann man das nicht sagen,» wurde
Arne Blattner nun hektisch.
«Wie kann man es denn sagen, versuchen Sie
doch mal, es mir zu erklären», entgegnete Falk
nun in einem sehr väterlichen Ton.
«Na, ich habe halt nicht gewollt, dass mein
Gegenüber sich so verhält.»
«Aber in einer Kneipe waren Sie gestern schon.
Hier in Verden oder wo haben Sie sich
geprügelt?» Nun hatte Falk wieder einen
aggressiven Ton angeschlagen. Das war seine
Art, jemanden ins Kreuzfeuer zu nehmen. Er
konnte dabei Bad Guy und Good Guy in einer
Person sein.
«Ich habe mich nicht geprügelt.»
«Wo denn jetzt? In Verden oder wo? Seit wann
sind Sie eigentlich zurück aus Hannover?»
Diese letzten Sätze schoss Falk wie aus einer
Pistole, gleichzeitig bohrte sich sein Zeigefinger
in Arne Blattners Schulter, dem diese körperliche
Präsenz des Kommissars sichtlich unangenehm
war.

«Hannover, wieso Hannover?»

«Ihre Schwester war so lieb, uns zu verraten, dass Sie am Wochenende dienstlich in Hannover weilen würden. Sie meinte, es wären sehr wichtige und wohl auch schwierige Verhandlungen, weswegen Sie auch keinen festen Rückreisetermin hätten angeben können. Haben Sie denn Erfolg gehabt?»

Wieder hatte Falk die Tonlage komplett gewechselt, diesmal hatte er die Worte eher gesäuselt und klang wie ein Freund der Familie, der freundschaftlich interessiert am Ausgang der Verhandlungen war.

«Äh ja, das zieht sich ein wenig, so richtig weiter sind wir nicht gekommen», antwortete Blattner und starrte auf Falks Rad.

«Worum geht es denn genau? Ihre Schwester hat nur so Andeutungen gemacht, dass es um einen Kauf geht.»

Falk zog dabei den Zeigefinger ein, mit dem er eben noch in Blattners Schulter gebohrt hatte, und legte stattdessen die flache Hand ganz freundschaftlich auf seine Schulter. Das irritierte sein Gegenüber nun sichtlich noch mehr als das Durchbohren. Statt zu antworten, fummelte

Arne Blattner umständlich am Sicherheitsgurt, um sich abzuschnallen. Erst als er aus dem Wagen ausgestiegen war und sich zu voller Größe von 195 cm vor Falk aufgebaut hatte, blickte er dem Kriminalhauptkommissar direkt in die Augen und antwortete:

«Ich möchte eine große Brauerei kaufen, aber die Strukturen des Verkäufers sind kompliziert, so dass sich das Ganze nun über mehr als zwölf Monate zieht. Eigentlich dürfte ich Ihnen wegen der Verschwiegenheitsklausel, die in solchen Fällen immer unterschrieben werden muss, nicht einmal das sagen, aber Sie haben als Polizist bei Ermittlungen ja auch eine Art Verschwiegenheitspflicht. Es gibt da doch so einen Beamten-Paragrafen, oder? Also bitte ich Sie, das dringend für sich zu behalten.»

«Und seit wann sind Sie wieder in Verden?»

«Seit gestern. Als ich vom Tod meines Vaters erfahren habe, bin ich direkt zurückgekommen.»

Darauf antwortete Falk ganz langsam und gedehnt, während er die Stirn in Falten legte:

«Oookay, Sie sind wirklich sicher?»

Zu Arnes Verblüffung wartete Falk die Antwort gar nicht erst ab, sondern schwang sich auf sein

Rad und rauschte davon. Blattner schaute Falk mit offenem Mund hinterher und in ihm machte sich das Gefühl breit, in dieser kurzen Unterhaltung einen riesigen Fehler begangen zu haben.

Genau das war auch Falks Absicht gewesen, denn Arne Blattner war in diesem kurzen Gespräch zu Falks Hauptverdächtigem avanciert. Da waren einfach zu viele Ungereimtheiten in zu kurzer Zeit, wobei Falk die einzelnen Fakten erst einmal sortieren wollte.

Für das Sortieren brauchte er Ruhe, weshalb eine Rückkehr ins Büro nicht in Frage kam. Außerdem diskutierte er Fakten gerne mit kompetenten Gesprächspartnern. Das hatte den Vorteil, sich selbst zur Ordnung zu zwingen und konnte auch hier und da ganz neue Blickwinkel hervorbringen. In der Regel hatte er, seitdem er in Verden war, nur wenige, mit denen er diese Gedankenspiele durchgehen konnte: Marie, die war aber weit weg und hatte Dienst. Für Herbie war der Fall zu heiß. Schließlich durfte Falk nicht riskieren, dass dem Kioskbesitzer bei seiner Beredsamkeit doch einmal etwas herausrutschte. Brinkmann war meist zu einsilbig und außerdem gerade damit

beschäftigt, ihm Rottemöller vom Hals zu halten.
Blieb nur noch Torge. Eigentlich wäre sein
Freund Torge in dieser Aufzählung ohnehin an
erster Stelle zu nennen gewesen, denn Torge war
nicht nur der verschwiegenste Mensch, den Falk
kannte, sondern hatte ihm durch seine nüchterne
und besonnene Art schon bei anderen Fällen auf
die richtige Spur gebracht. Außerdem konnte
Torge, wie kein anderer, neue Blickwinkel in die
Ermittlungen bringen, was nicht an seinem
Rollstuhl lag – oder vielleicht doch? Falk kannte
keinen zweiten Menschen, der sich so schell und
vollständig in die jeweilige Situation anderer
Menschen versetzen konnte wie Torge.
So ließ Falk das Bugatti nur bis zum
Lennon-Denkmal an der Aller rollen. Das war
weit genug weg, damit Arne Blattner ihn nicht
mehr sehen und hören konnte. Dort zog Falk sein
Handy und rief Torge an.
«Ich bin aber doch gerade erst vom Einkaufen auf
dem Bauernmarkt zurückgekommen», antwortete
Torge auf Falks Frage, ob er nicht eben mit ihm
zusammen eine Kaffeepause machen könne.
Torge ärgerte sich sofort über seine Worte, denn
erstens würde er fast alles machen, wenn sein

Freund ihn anrief, zweitens war er ja selbst ganz gierig darauf, Falk über seine Ermittlungen auszufragen, und drittens hatte er ein mehr als schlechtes Gewissen, denn ihm schwante, wie es zur heutigen Schlagzeile im Verdener Kurier gekommen war. Also sagte er doch auf einen Kaffee bei Herbie zu.

Sie hatten Glück, denn ihre Lieblingsbank an der Aller war frei, so dass sie Torges Assistenz, Sarah, baten, die Heißgetränke zu holen, während Falk und Torge, mit wunderbarem Blick über die Aller-Wiesen, beginnen konnten, ihre Gedanken zu ordnen.

Falk brachte Torge auf den aktuellen Stand und erzählte ihm den genauen Ablauf des Gesprächs mit Arne Blattner und was ihm dabei aufgefallen war. Das war für Falk schon der erste Schritt der Verarbeitung und es tat gut, denn es bestätigte ihm, dass es genau richtig gewesen war, Arne Blattner einfach mal stehen zu lassen, um sich die weitere Strategie in den Ermittlungen zurechtzulegen.

»Also, ich fasse mal zusammen«, sagte Torge nach ein wenig Bedenkzeit. «Blattner ist das ganze Wochenende angeblich bei der ominösen

Verhandlung in Hannover, was schon schräg klingt, denn in der Regel wird so etwas doch spätestens nach den ersten Willensbekundungen beider Parteien mit Anwälten verhandelt und die arbeiten am Wochenende wohl kaum. Auch die Tatsache, dass der Vater vermisst wird und der Sohn einfach wegfährt, ist doch merkwürdig.»
«Ja, aber der war doch erst seit Freitag vermisst», entgegnete Falk.
«Schon, aber immerhin hat es dazu gelangt, dass Eva Blattner besorgt eine Vermisstenanzeige aufgegeben hatte. Warum kommt aber Blattner nach dem Tod seines Vaters erst sieben Tage später aus Hannover zurück? Warum hat er mit einer solchen Nachricht nicht sofort die Rückreise angetreten? Woher hat Arne Blattner überhaupt das Geld, um sich eine Brauerei zu kaufen? In Verden weiß doch jeder, dass er wegen seines Dandy-Lebensstils und wohl auch wegen seiner angeblichen Spielsucht vom Alten an der kurzen Leine gehalten wurde. Nicht umsonst ist die Schwester in die Geschäftsführung berufen worden und nicht er. Wenn das keine Hausbrauerei ist, über die er da verhandelt hat, dann kann das Geld doch nur vom Vater kommen.

Dann noch die Sache mit dem Veilchen: angeblich eine Kneipenschlägerei. Also ich war mit ihm auf dem Dom-Gymnasium. Nicht, dass wir befreundet gewesen wären, aber der hat sich nie geprügelt, obwohl er damals schon einen Kopf größer war als die Meisten.»

«Das ist ja nun bei Dir auch keine Kunst», scherzte Falk.

«Ach ich meinte doch als der Durchschnitt der Klasse. Er war damals schon eine stattliche Erscheinung, weswegen ihm auch alle Mädels hinterherliefen. Und als letzten Punkt hast Du erzählt, dass das Veilchen Deiner Meinung nach älter war als 24 Stunden», zählte Torge auf.

«Ja, das war schon bläulich-violett und sah älter aus. Außerdem, wäre das frisch gewesen, würde es bestimmt noch so schmerzen, so dass er weder verwundert gewesen sein dürfte, darauf angesprochen zu werden, noch hätte er sich mit der Hand an das falsche Auge gefasst. Also, wenn Du mich fragst, ist da auch was faul. Gründe, seinen Vater zu hassen, hatte er laut Verdener Dorfklatsch ausreichend.»

Damit war Arne Blattner, noch bevor Torge seinen Milchkaffee bekommen hatte, auf Platz eins der Verdächtigen gerutscht.

«Das ist allerdings derzeit noch alles viel zu vage, um Arne Blattner zu einem Verhör einzubestellen oder gar in Untersuchungshaft zu nehmen», sinnierte Falk nachdenklich, gerade als Sarah mit den drei Kaffees auf die Bank zusteuerte.

«Ich klemme mich heute mal ein wenig hinter die Fakten und versuche zu recherchieren, was Blattner Junior so alles an geschäftlichen Aktivitäten laufen hat. Vielleicht bekommen wir dadurch ein wenig Licht ins Dunkel», bot Torge direkt seine Hilfe an.

«Das wäre nicht schlecht», sagte Falk nachdenklich, «ich werde heute eh nicht die Ruhe bekommen, an der Aufklärung zu Blattners Tod arbeiten zu können. Ich kann froh sein, wenn ich die Wogen im Fall de Vries wieder ein wenig glätten kann. Nicht nur, dass mir der Choleriker Rottemöller die Hölle wegen der Schlagzeilen heiß macht, die Presse haben wir jetzt mit zwei Morden natürlich auch an den Hacken. Dann lass uns doch heute Abend hier, auf unserer Bank um

18:00 Uhr treffen und wir tauschen die Tagesergebnisse aus.»

So liebte es Torge. «Mittendrin und auch dabei», lautete sein Wahlspruch. Genau das hatte er gehofft. Aber jetzt war es Zeit, dass Torge sich seinen Verdacht hinsichtlich der Zeitungsmeldung von der Seele redete. Falk hörte sich Torges «Beichte» erstaunlich gelassen an. Falk nahm es mit dem US-amerikanischen Theologen Reinhold Niebuhr: «Gott, gib mir die Gelassenheit, Dinge hinzunehmen, die ich nicht ändern kann, den Mut, Dinge zu ändern, die ich ändern kann, und die Weisheit, das eine vom anderen zu unterscheiden.» Er war nur froh, dass es eine logische Erklärung gab. Bei von Rottemöller hätte ihm das zwar nicht geholfen, zumal er ja tatsächlich irgendwie doch schuld war. Wobei - entschuldigen wollte er sich bei dem eh nicht.

Kapitel 11

Als Falk wieder im Kommissariat eintraf, war für die Kollegen offensichtlich, dass er deutlich besserer Laune war. Falk pfiff tonlos vor sich hin, was überhaupt nicht seine Art war. Eigentlich hasste er es, wenn Menschen ständig vor sich hin pfiffen. Herbie machte ihn damit immer völlig fuchsig. Diese Einstellung hatte er allerdings überdacht, als er entdeckt hatte, dass auch Marie zu dieser Eigenart neigte und ihm erklärte, dass dies gerade bei Ärzten eine sehr beliebte, weil wirkungsvolle Methode sei, Stress abzubauen. Falk scherzte dann, dass er sich doch keine Herz-OP vorstellen könne, wie einen Ölwechsel bei Herbie. Doch Marie musste ihn enttäuschen. Viele hochdekorierte Ärzte taten genau das: Sie pfiffen während einer Operation. Das Pfeifen störte die Konzentration nicht, denn niemand achtete darauf, wie man pfiff, bot aber ein Ventil für besonders knifflige Situationen. Falks Pfeifen war allerdings ausschließlich seiner guten Laune geschuldet, denn erstens hatte er nun eine heiße Spur und zweitens war das Kommissariat nicht mehr von der Presse belagert. Wenn jetzt

Brinkmann noch den Bericht an Rottemöller fertig hatte, dann waren die ersten Gewitterwolken dieses Tages schon mal verschwunden und man konnte sich mit konstruktiver Arbeit beschäftigen.

«Moni, dass haben Sie aber mal fein hinbekommen. Gratulation, alle Schmeißfliegen sind weg», mit diesen Worten begrüßte er Monika Müller, die sich gerade einen Kaffee aus dem Automaten im Flur zog, als Falk seine Bürotür öffnete.

«Na Chef, Sie haben ja richtig gute Laune, wenn die Ihnen mal nicht gleich wieder von Rottemöller versaut wird, der hat für 13:00 Uhr eine Pressekonferenz anberaumt, deswegen ist mein Verdienst hinsichtlich der Presse auch nicht so groß, wie Sie angenommen haben», erklärte ihm die Kommissarsanwärterin, während sie schlürfend einen Schluck aus dem Kaffeepott nahm. Falk lief es kalt den Rücken runter, allerdings nicht wegen der Drohung mit von Rottemöller, sondern weil er sich den Geschmack dieses Gebräus vorstellte. Er selbst zog sich aus dem Ding nur im absoluten Notfall etwas und dann auch immer ohne Milch, nachdem er einmal

dem Service-Mitarbeiter beim Reinigen und
Auffüllen über die Schulter geschaut hatte.
So betrat er nun das Büro von Hauptmeister
Brinkmann, der mitten in einem Wust von
Papieren versuchte, Ordnung zu schaffen und
Falk mit den Worten begrüßte:
«Da sind Sie ja endlich Chef, schon gehört, 13:00
Uhr Pressekonferenz in Hannover?»
«Klar, das ist doch super, dann haben wir hier
vielleicht wieder mehr Ruhe, unseren Job zu
machen.»
«Ja, aber 13:00 Uhr ist verdammt knapp, da bin
ich froh, dass der Bericht von der Spusi schon da
ist und so aussagekräftig. So einen Bericht habe
ich noch nie gelesen. War aber auch einfach, wie
wir gestern schon sehen konnten: De Vries ist
tatsächlich von hinten mit dieser Holzlatte
erschlagen worden, die wir oben mit Blutspuren
gefunden hatten, als wenn sie der Mörder nach
der Tat einfach panisch fallengelassen hätte.
Leider ohne weitere Spuren, außer von
Arbeitshandschuhen, wie sie de Vries selbst
getragen hat. Aber er kann sich die Latte ja nicht
selbst über den Schädel gehauen haben.
Todesursache war übrigens nicht der Schlag mit

der Holzlatte, sondern der Sturz kopfüber aus dem ersten Stock. Der Todeszeitpunkt ist auf die Minute genau gestern Abend 21:37 Uhr», rezitierte Brinkmann aus dem Bericht der Spurensicherung.

«Woher kommt den die so genaue Todeszeit? Das ist doch eher ungewöhnlich für die Spusi», warf Falk ein.

«Hat mich auch erst gewundert», entgegnete Brinkmann grinsend, «aber dann habe ich auch das Bild der zertrümmerten Luxusuhr im Bericht der Spusi gefunden. De Vries hatte sich das gute Stück wohl in die obere Hemdtasche gesteckt, um sie zu schonen, was in diesem Fall mal richtig schief gegangen ist. So haben wir die genaue Zeit.»

«Nicht unbedingt», warf Falk ein, «diese Luxusuhren sind ja keine Funkuhren und ob die genau gehen bzw. eingestellt sind, kann man nicht zwingend sagen.»

«Ja, stimmt. Daran hat aber die Spusi auch schon gedacht und sagten, wer eine Tag Heuer Flying 1000 Concept trägt, wird auch die Uhrzeit genau eingestellt haben.»

«Warum das denn jetzt? Diese Dinger sind doch eher alberner Schmuck. Wenn ich die Uhrzeit brauche, schau ich auf mein Handy.»

«Klar, aber wenn Sie sich eine Uhr zulegen, die schlappe 40.000 Euro kostet, weil sie als Wunderwerk der Laufpräzision mechanischer Uhren gilt, würde ich das doch ein wenig anders beurteilen. Denn für den Quatsch müssen Sie schon ein Freak sein und Chef, denken Sie an den Bautrupp, der de Vries gefunden hat. Die wussten auch auf die Minute genau, wann sie auf der Baustelle angekommen waren. Ich wette, de Vries war ein Pünktlichkeitsfanatiker, deswegen hat sich keiner seiner Jungs getraut, auch nur eine Sekunde zu spät zu kommen.»

Das klang logisch. Gedankenverloren fummelte Falk in seiner Jackentasche herum, um sein kleines Moleskine-Notizbuch zu zücken. Damit erinnerte er Brinkmann immer an Kommissar Georges Dupin aus der bretonischen Krimiserie. Falk hatte die gleiche Angewohnheit, sich Dinge in dem Büchlein zu notieren, die mit einem Fall zu tun hatten. War ein Fall abgeschlossen, kaufte er sich immer ein neues Notizheft, selbst wenn er im alten nur drei Seiten beschrieben hatte. Eine

Marotte, die sich aber schon rumgesprochen
hatte. Es war somit auch ein untrügliches Zeichen
dafür, dass Falk die Spur aufgenommen hatte. Für
Falk war das Moleskine eine Art
Beruhigungsmittel und Ritual.
Beruhigungsmittel, weil er als bekennender Chaot
sich sicherer fühlte, sobald er seine Gedanken
niedergeschrieben hatte. Ritual, weil es einen
Befragten schnell nervös werden ließ, wenn er
das kleine Heftchen zur rechten Zeit zückte.
Manchmal holte er es auch nur heraus, um Zeit zu
gewinnen. Dadurch konnte er seine Fragen häufig
präziser formulieren. Jetzt notierte er nur:
«de Vries Pünktlichkeitspedant?»
Brinkmann konnte sich daraufhin ein leises
Lächeln nicht verkneifen, denn er wusste, jetzt
geht`s los!
«Chef, das Problem mit der Pressekonferenz um
13:00 Uhr liegt nicht in der Eindeutigkeit des
Falls, sondern darin, dass Hannover von uns
wissen will, warum wir die beiden Fälle
miteinander verknüpfen.»
«Aber wer verknüpft die denn? Außer dass die
beiden Toten sich spinnefeind waren und beide
im gleichen Business gearbeitet haben, haben die

doch erst einmal nichts miteinander zu tun. Im Gegenteil, de Vries hätte ja wegen der gepflegten Feindschaft vielleicht ein Motiv gehabt, Blattner an den Kragen zu wollen. Wobei ich bezweifle, dass so eine geschäftliche Feindschaft wirklich in einem Mord gipfelt. Selbst wenn man das annehmen würde, wird sich de Vries doch wohl kaum drei Tage später selbst die Latte über den Kopf gehauen haben, um in die Tiefe zu stürzen.»

«Ja, aber laut Pressebericht hat der Kommissar, also Sie, doch von Doppelmord gesprochen und ich habe mal recherchiert, die beiden Baulöwen hatten einen dritten Widersacher im Landkreis. Esswein aus Bremen soll mit seiner «Stamu-Bau» auch immer mitgeboten haben, wenn die öffentliche Hand etwas ausgeschrieben hat. Der ist nur so gut wie nie zum Zuge gekommen, weil die Kommune unsere beiden Mordopfer immer vorgezogen hat. Wäre also ein super Motiv gewesen», setzte Brinkmann dagegen und zog die Stirn hoch.

Diese Geste hasste Falk an Brinkmann, außerdem passte Falk nun gar nicht, jetzt in eine ganz andere Richtung ermitteln zu sollen. Aber am

Ende war da schon etwas dran, dass innerhalb einer Woche zwei Morde an Bauunternehmern begangen worden sind. Doch Falk wollte das jetzt nicht zugeben, weswegen er Brinkmann ziemlich barsch mit den Worten abkanzelte:

«Ach Quatsch, die Sache mit dem Doppelmord ist doch die Erfindung der Boulevardpresse. Wollen wir die Ermittlungen jetzt danach richten, was die Presse schreibt? Brinkmann, schreiben Sie doch lieber den Bericht anhand der Fakten von der Spusi.»

«Aber es ist doch ausdrücklicher Auftrag von Rottemöller, in diese Richtung zu recherchieren. Was soll ich dem denn jetzt sagen?», entgegnete Brinkmann mit entschuldigender Geste.

«Nichts, das sage ich ihm persönlich», schrie Falk Brinkmann an und knallte die Tür hinter sich zu.

Jetzt war es mit Falk wieder durchgegangen und sofort bereute er es zutiefst. Eigentlich war er die Ruhe selbst, aber wenn man ihn zur Weißglut brachte, kam sein Temperament durch. Und dieser mediengeile Rottemöller brachte ihn gerade mächtig zur Weißglut und Brinkmann konnte mit seiner obrigkeitshörigen Art zusätzlich als Brandbeschleuniger fungieren. Dabei ärgerte Falk sich am meisten über sich selbst. Klar hatte er irgendwie die Schuld, dass jetzt die Presse von zwei Morden Wind bekommen hatte. Und klar war es auch nicht von der Hand zu weisen, dass es bei den beiden Morden Parallelen gab, die doch kein Zufall sein konnten.

Das Telefonat mit von Rottemöller hätte er sich sparen können. Ganze 90 Sekunden hatte es gedauert, bis er wieder aufgelegt hatte. Nun musste er reumütig zurück in Brinkmanns Büro gehen und sich bei ihm entschuldigen, da sie jetzt doch beide Herrn Esswein einen Besuch abstatten mussten. Falk wäre ja lieber heimlich zu Esswein gefahren, hatte aber keinen Wagen in Verden und mit dem Rad nach Bremen Burglesum zu fahren, wo Essweins Villa an der Uferpromenade stand, war dann doch zu weit. So saßen Brinkmann und Falk kurze Zeit später im Auto auf dem Weg Richtung Norden, während in Hannover die Pressekonferenz begann.

Falk klingelte an der Tür, seinen Dienstausweis in der Hand, als Frau Esswein die Tür öffnete. Im

Hintergrund bellten zwei riesige Deutsche
Doggen, so dass Brinkmann einen Schritt
zurückwich. Falk machten die Tiere nichts aus. Er
drückte sich an Frau Esswein vorbei ins Haus zu
den Doggen. Er liebte Hunde und wusste
natürlich, dass Doggen zwar große Tiere sind, die
gewaltig aussehen, aber ein ganz liebes Wesen
haben. Eher – so glaubte Falk – wird ein
Einbrecher von einer Deutschen Dogge
totgeschmust als totgebissen. Brinkmann
hingegen hatte Angst vor Hunden, was nicht
zuletzt auf einer gefühlten «Nahtoderfahrung» als
Zeitungsausträger basierte, womit er als Junge
sein Taschengeld aufbesserte. Wenn Hunde und
insbesondere Doggen merken, dass man vor
ihnen Angst hat, dann wissen die Tiere einfach
nicht, wie sie sich verhalten sollen und fangen
meist aus Verlegenheit an zu bellen, was dann
nicht gerade zwischen beiden Seiten vermittelt.
So standen Falk und Brinkmann schließlich im
Wohnzimmer, während die beiden Doggen einen
mörderischen Radau veranstalteten und Frau
Esswein immer nur kopfschüttelnd zwischen den
Hunden hin und her lief und mantrahaft beteuerte,
dass es doch sonst so liebe Tiere seien.

Brinkmann, der diese Meinung definitiv nicht teilen konnte, fragte nach einer Toilette, um sich elegant in Sicherheit zu bringen. Frau Esswein zeigte in ihrer Not auf die Galerie der stattlichen Villa, die Brinkmann dann über eine breite Marmortreppe erklomm, indem er immer zwei Stufen auf einmal nahm. Eigentlich wäre das nicht nötig gewesen, denn die Doggen folgten ihm nicht. Spiegelglatte Treppen sind für die mächtigen Tiere eine Aufgabe, der sie sich äußerst ungern stellen. Brinkmann schloss sich oben im Klo ein, während unten endlich Ruhe einkehrte, so dass Falk mit Frau Esswein in Ruhe sprechen konnte. Herr Esswein war laut seiner Frau seit zwei Tagen in Wolfen bei Bitterfeld, wo er auf dem Gelände einer alten Filmfabrik eine Baustelle betreute. Komisch, dachte Falk, dass der ausgerechnet am Wochenende zur Baustelle gefahren sein sollte. Frau Esswein war eine zierliche Frau Mitte vierzig. Auf Falk wirkte sie wie eine Lady aus einer längst vergangenen Zeit in ihrem Twinset und dem Perlenschmuck. Ihre Manieren waren tadellos. Sie bot Falk direkt einen Platz an und fragte sofort, ob er vielleicht

einen Tee trinken möge, was dieser als
passionierter Kaffeetrinker höflich ablehnte.
Nachdem ihr Mann nicht da war und Falk
erfahren hatte, dass Frau Esswein sich in den
geschäftlichen Dingen ihres Mannes nicht
auskannte, ebbte das Gespräch in Smalltalk ab.
Immerhin konnte er so trotzdem noch erfahren,
dass sie die Villa und ein nicht unbeträchtliches
Vermögen mit in die Ehe gebracht hatte, was es
ihrem Mann überhaupt erst ermöglicht hatte, sein
eigenes Baugeschäft aufzuziehen. Inzwischen
hatte man das heiße Wetter durchdiskutiert und
war zum fantastischen Blick über die Lesum
gekommen und Brinkmann war immer noch nicht
zurück, so dass Frau Esswein mutmaßte, dass
Falks Kollegen wohl Durchfall bekommen hätte.
Falk schmunzelte in sich hinein und kraulte dabei
eine der beiden Doggen, die es sich zu seinen
Füßen gemütlich gemacht hatten.
Nach einer gefühlten Ewigkeit hörte man endlich
ein Tapsen auf der Marmortreppe, was dann auch
sofort mit einem fürchterlich lauten Gebell
quittiert wurde.

Als dann endlich Falk und Brinkmann wieder im Auto saßen und langsam die Auffahrt zur Villa hinabrollten, so dass der Kies unter den Reifen knirschte, waren beide froh: Brinkmann, weil er überlebt hatte, und Falk, weil ihm zuletzt auch keine Themen für die Ausdehnung des Smalltalks eingefallen waren.

«Mensch Brinkmann, was haben Sie denn da oben so lange gemacht? In der Zeit hätte eine ganze Fußballmannschaft oben ausgiebig das Klo nutzen können!» Falk wusste, wovon er sprach. In seinen Jugendjahren hatte sich mal eine komplette Mannschaft vor einem Spiel in Argentinien etwas eingefangen und damit war die einzige Toilette während der Halbzeit höchst frequentiert. Immerhin hatten 15 Minuten für die Meisten gereicht. Na ja, fast zumindest. In der zweiten Halbzeit ließen sich gleich fünf Spieler mit Absicht vom Platz stellen, um Versäumtes nachzuholen.

«Chef, ich bin doch nicht lebensmüde. Wenn Sie mit den Bestien klarkommen, ist alles gut. Da brauche ich mich nicht auch noch zu opfern. Ich habe ja versucht, runterzukommen, aber als ich kurz übers Geländer linste, hatten mich die

Viecher sofort wieder im Visier. Da habe ich oben eben so lange gewartet, bis ich davon ausgehen konnte, dass Sie mit dem Verhör fertig sind.»
Falk lachte los:
«Sagen Sie nur nicht, Sie haben so lange da oben auf der Treppe gesessen?»
«Nein, irgendwann war mir das zu langweilig und dann habe ich mich oben mal umgeschaut.»
«Aber Brinkmann, so kenne ich Sie ja gar nicht. Einfach mal illegal in den Sachen fremder Leute schnüffeln – Respekt, aus Ihnen kann ja doch noch ein richtiger Ermittler werden», freute sich Falk, weil er endlich mal Brinkmann bei etwas leicht Inkorrektem erwischt hatte.
«Aber Chef, so war es nicht, denn da oben sind alle Räume leer. Kein Bild, kein Teppich, keine Möbel – einfach nichts. Die ganze obere Etage ist leer!», empörte sich Brinkmann.
«Im Ernst? Die Bude ist oben leer? Unten war doch alles vom Feinsten: teure Teppiche, Ölgemälde und Antiquitäten. Da werde mal einer schlau aus den oberen Zehntausend. Wollen wir noch zur Firmenzentrale fahren?», fragte Falk und schrieb wieder etwas in sein Moleskine.
Jetzt war Brinkmann sichtlich irritiert:

«Aber Chef, Sie haben doch gesagt, Esswein ist im tiefsten Osten der Republik auf Baustellen-Visite.»

«Ja, aber vielleicht ist gerade dann etwas über ihn dort herauszufinden.»

In Wirklichkeit wollte Falk nur ein wenig Zeit schinden, um erst nach 17:00 Uhr wieder in Verden zu sein. Dann müsste er nicht noch heute in Hannover Bericht erstatten. Das 90-Sekunden-Telefonat hatte ihm für heute gereicht.

«Okay, Sie sind der Boss», sagte Brinkmann und setzte den Blinker, um in die Innenstadt abzubiegen. Die Rechnung ging aber nur zum Teil auf, denn kaum war Brinkmann von der Autobahn gefahren, standen sie auch schon im dicksten Stau. Es dauerte geschlagene 70 Minuten, bis sie endlich an der Firmenzentrale in Rablinghausen angekommen waren.

Auf dem riesigen Parkplatz vor dem Firmengebäude der «Stamu-Bau» standen ganze zwei Autos.

Sie klingelten an der Pforte, aber niemand öffnete. An einem Wochenende war das auch nicht unbedingt verwunderlich. Falk notierte sich

die Nummernschilder der beiden parkenden
Autos in sein Moleskine, bevor die beiden
Polizisten sich wieder Richtung Verden begaben,
wo sie pünktlich um 17:10 Uhr eintrafen.

Für einen Rapport bei von Rottemöller war es
nun zu spät, was Falk nicht wirklich bedauerte.
Für das Treffen mit Torge war es eigentlich noch
ein wenig zu früh. So machte er es sich, mit
einem von Herbies genialen Bratwürstchen, auf
ihrer gemeinsamen «Stamm-Bank» am Allerufer
gemütlich und ging seine Notizen im Moleskine
durch, während er auf Torge wartete. Torge sollte
doch mal recherchieren, ob de Vries wirklich so
ein Pünktlichkeitsfanatiker war und könnte auch
mal in den Bilanzen schauen, wie es um die
finanzielle Situation unserer Baulöwen wirklich
bestellt war. Da heranzukommen, sollte kein
Problem sein. Schließlich waren diese ja
veröffentlichungspflichtig. Torge konnte Bilanzen
lesen wie andere Menschen Bücher. Außerdem
sollte er mal schauen, bei welchen
Ausschreibungen sich die Protagonisten mit
welchem Erfolg beteiligt hatten. Vielleicht gab es
ja doch irgendeine Verbindung.

Kapitel 12

Falk genoss die Ruhe auf der Bank. Als er jetzt auf seine Uhr schaute, war es 17:55 Uhr und damit würde Torge sicher bald kommen. Falk freute sich darauf, mit ihm in Ruhe die Sachlage zu besprechen. Seltsamerweise war Torge eine viertel Stunde später immer noch nicht erschienen. Unpünktlichkeit war für Torge völlig ungewöhnlich und so zückte Falk kurzerhand sein Handy und wählte seine Festnetznummer. Dort bekam Falk aber nur ein Besetzt-Zeichen. Seltsam, dachte er, normalerweise meldete sich Torge immer, wenn ihm etwas dazwischengekommen war. Falk wählte die Nummer ein zweites und ein drittes Mal mit demselben Ergebnis. Langsam begann er doch, sich Sorgen um seinen Freund zu machen. Das hatte Falk, seit er Torge kannte, wirklich noch nie erlebt. Torge war vielleicht nicht so ein Pünktlichkeitspedant, wie es jetzt über de Vries im Raum stand, dennoch war eine so lange Verspätung für ihn ungewöhnlich. Als Falk zum vierten Mal Torges Nummer wählte und es immer noch besetzt war, stellte sich Falk auf die Bank, um vielleicht einen Blick in die Wohnung erhaschen zu können, die ja nur etwa 400 m entfernt lag. Er hatte sich gerade auf die Zehenspitzen gestellt, als er sah, wie dort das Licht anging. Gott sei Dank, dachte Falk, denn damit war sicher, dass seinem Freund zumindest nichts Ernstes passiert sein konnte. Mit dieser beruhigenden Erkenntnis beschlichen Falk weitere seltsame Gedanken. Hatte Torge das Treffen vergessen? Auch das hielt Falk eigentlich für ausgeschlossen, denn Torge konnte sich oft an Dinge erinnern, die Falk längst vergessen hatte. Für ihn war Torges Gedächtnis beinahe fotografisch. Kaum hatte er diesen Gedanken zu Ende gedacht, wurde sein Blick abgelenkt. An ihm huschte eine Frau vorbei, die er zu kennen glaubte. Er konnte sie nicht zuordnen, aber ihre Silhouette kam ihm bekannt vor. Plötzlich zog ihm dieser unvergleichliche Duft von Chanel No. 5 in die Nase, der sein Herz direkt höherschlagen, seine Gedanken rotieren ließ und er wusste, wohin er die Silhouette verordnen musste. Eva Blattner blieb gerade noch in Falks Sichtweite stehen. Er schüttelte sich und versuchte noch einmal, Torge zu erreichen, diesmal allerdings auf dem Handy. Er bekam zwar ein Freizeichen, aber Torge ging nicht ran. Verwirrt drehte sich Falk noch einmal in die Richtung von Torges Wohnung. Das Licht, was vorhin angegangen war, war inzwischen wieder ausgeschaltet worden und die Wohnung oder genauer gesagt, der Teil der Wohnung, den Falk einsehen konnte, lag wieder vollständig im Dunkeln.

Als Falk sich wieder in Richtung Eva Blattner umdrehte, traute er seinen Augen kaum. Ihr gegenüber stand die Frau, die er am wenigsten erwartet hatte: die Witwe von Bauunternehmer de Vries, Heike de Vries. Sofort zückte Falk sein Handy und machte ein Foto von den beiden. Hektisch tippte er danach eine WhatsApp an Torge. «Wo bleibst du? Habe gerade eine merkwürdige Beobachtung gemacht. Melde dich doch mal, F.» Falk hängte das gerade aufgenommene Foto an die WhatsApp und schickte sie ab. Gerade als Falk überlegte, das Treffen mit Torge zu canceln, um sich lieber zu diesem sonderbaren «Hinterbliebenen-Treffen» zu gesellen, klingelte sein Handy.

Endlich ein Lebenszeichen von Torge:

«Sorry, hier ist gerade Land unter.» Torges Stimme klang ziemlich gereizt.

«Was ist los?» Torges Stimmung hatte sich auf Falk übertragen. Augenblicklich vergaß er die Szene, die ihn gerade noch beschäftigt hatte.

«Meine Nachtschicht hat sich gerade krankgemeldet und jetzt telefoniere ich mir die Finger wund, wer denn übernehmen könnte. Deswegen konnte ich auch nicht zum vereinbarten Treffen kommen. Tut mir leid und es nervt mich auch total». Den letzten Satz hatte Torge kleinlaut ins Telefon gesprochen.

«Schon gut», antwortete Falk «ich kann ja jetzt zu Dir in die Wohnung kommen, und wir kochen uns etwas. Ich hatte zwar gerade eine von Herbies sensationellen Bratwürsten, aber ich bin immer noch ziemlich hungrig.»

Torge seufzte vor Erleichterung ins Telefon. Immer von anderen abhängig zu sein, war er zwar gewohnt, aber manchmal ging es auch ihm an die Nerven.

«Super Idee, denn jetzt schaffe ich es auch nicht mehr, mir in dieser Schicht noch etwas zu kochen. Ich habe ziemlichen Hunger. Ob ich das

bis 22:00 Uhr durchhalte, bis meine nächste Assistenz kommt, weiß ich nicht.»
Keine drei Minuten später klingelte Falk an Torges Wohnungstür. Die Tür öffnete sich über einen Sprachbefehl an seinen digitalen Türöffner. Falk kam beim Eintreten die Assistenz aus der Nachmittagsschicht entgegen, die extra länger geblieben war, damit Torge nicht alleine war.

«Moin Falk, herzlich willkommen!», empfing Torge seinen Freund mit einer einladenden Geste. Falk zog die Augenbrauen leicht verwundert hoch und fragte:
«Warum jetzt so förmlich? »
«Na ja, abgesehen von dem Moment, in dem Du mich zu unserem Treffen der «Rotary Kulinari» abgeholt hast, bist Du der erste Mensch, der mich in meiner neuen Wohnung besucht. Zumindest, wenn man dienstliche Gründe nicht mitzählt.»
Falk versuchte zu lächeln, doch so recht wollte es nicht gelingen. Er meinte eine deutliche Traurigkeit in Torges Stimme wahrgenommen zu haben, als er ihm von der Premiere berichtete.
«Ich fühle mich geehrt», erwiderte Falk und machte dazu einen Hofknicks, um die Situation

irgendwie zu entspannen. Angesichts dieser
Antwort war es nun an Torge, die Situation mit
seinem fröhlichen und ansteckenden Lachen
ebenfalls aufzulockern.

Torge zeigte Falk direkt ganz stolz seine neue
Küche. Offenbar hatte Torge wirklich Hunger.
Falk war erstaunt über die umfangreiche
Sammlung erlesener Gewürze, die er in einem
riesigen Wandregal sah. Nach einem Blick in den
Kühlschrank, die Abstellkammer und den
Gefrierschrank entschieden sich die beiden
Freunde für einen Nizzasalat mit gebratenem
Lammkotelett. Während Falk die Zutaten für den
Salat vorbereitete, schlürften beide einen
Campari-Orange, in Torges Fall natürlich
alkoholfrei. Falk berichtete Torge von den
Ereignissen der letzten Stunden und Torge hörte
wie immer aufmerksam zu. Er versuchte, sich
jedes Detail zu merken. Er war überhaupt ein
Mensch, der sehr viel über das Hören aufnahm.
Als Falk geendet hatte, genossen beide Freunde
schweigend den letzten Schluck Campari-Orange.
Torge brach schließlich das Schweigen:

«Wenn ich mir das so überlege», begann er, «dann ist die Situation derzeit reichlich verworren. Zunächst stellt sich tatsächlich die Frage: Hängen die beiden Morde irgendwie zusammen oder nicht? Es ist schon extrem merkwürdig, dass beide Baulöwen der Region innerhalb einer Woche ermordet werden. Aber wer hätte ein ausreichendes Motiv für die Morde? Lass uns doch mal die Fakten übereinanderlegen.»

«Na dann mal los!»

«Dein Verdächtiger Nummer eins: Blattner Junior. Sein Verhalten war äußerst merkwürdig. Er taucht erst Tage nach dem Mord an seinem Vater wieder in Verden auf, weil er angeblich über das Wochenende Verhandlungen zum Kauf einer Brauerei geführt haben soll, hat sich dann angeblich auch gleich in Verden in einer Kneipe mit jemanden geschlagen, wobei das Veilchen allem Anschein nach aber schon älter war. Für mich ist er damit auch einer der möglichen Täter», begann Torge.

«Ja, so würde ich das auch zusammenfassen.»

«Der Junior hatte sicher genügend Gründe, seinen Vater abgrundtief zu hassen. Ich habe heute ja wie vereinbart ein wenig recherchiert. Arne Blattner war für den Alten immer das schwarze Schaf der Familie. Nicht nur, dass der Alte seine Tochter dem Sohn im eigenen Unternehmen vorgezogen hat. Er hat ihn auch bei anderen geschäftlichen Aktionen am langen Arm verhungern lassen. So hatte Arne Blattner bis vor zwei Jahren eine florierende Veranstaltungsagentur betrieben. Nach einigen sehr gut gelaufenen kleineren Konzerten plante er ein Riesending im Allerstadion. Der Vorverkauf lief wohl auch recht gut, trotzdem konnte er die üblichen 50% Anzahlung für die Gagen vorab nicht aufbringen. Doch statt diesen Liquiditätsengpass seines Sohnes zu überbrücken, hat Blattner senior angeblich bei den Banken sogar dafür gesorgt, dass auch sie ihm kein Geld gaben. Arne musste das Event absagen und die Agentur ging pleite. Das war damals Stadtgespräch. Selbst der Bürgermeister konnte den alten Blattner nicht überreden einzuspringen. Ich habe mir dann auch noch die im Bundesanzeiger veröffentlichten Bilanzen vorgenommen. Blattners Baufirma muss laut Bilanz blendend gehen. Es wäre für ihn also ein Leichtes gewesen, diesen riesigen

Imageverlust für die Stadt abzuwenden. Jetzt der
angebliche Deal mit der Brauerei. Ich gehe davon
aus, dass Arne wegen der Lieberöder Brauerei
verhandelt, weil der derzeitige Eigner aus
Hannover kommt und definitiv verkaufen will.
Das würde also passen. Auch wenn die
Eigentumsverhältnisse verworren sind. Die
Brauerei macht wohl derzeit Millionenverluste.
Ich denke, die würden sofort verkaufen, wenn der
Preis auch nur annähernd stimmen würde. Aber
Arne Blattner kam natürlich nicht an sein Erbe,
solange der Alte lebte.»
«Aber warum sollte er dann de Vries töten?»,
warf Falk ein, «dazu sehe ich derzeit überhaupt
kein Motiv. Oder siehst Du das anders?»
«Nein, sehe ich zumindest im Moment auch
nicht. Aber nochmals: Müssen die beiden Morde
denn zwingend zusammenhängen?»
Falk zog sein Notizbuch heraus und schrieb:
Motiv Arne Blattner für Mord de Vries?

Für den Mord an Blattner schien es reichlich
Motive zu geben, für den Mord an de Vries hatten
sie bislang wenig gefunden. Sie wussten einfach
zu wenig über de Vries, außer dass er ein

Pünktlichkeitsfanatiker war. Falk schrieb in sein
Notizbuch: Motive für Mord an de Vries –
unabhängig von Blattner?

Inzwischen hatte Falk die Lammkoteletts mit
etwas Knoblauch und französischen Kräutern in
die Pfanne gegeben und das Essen war beinahe
fertig. Falk nahm die Pfanne vom Herd und
wickelte das Fleisch in Alufolie, so dass es jetzt
noch ein paar Minuten ruhen konnte. Falk und
Torge setzten sich an den Tisch. Damit war das
Essen eingeläutet und der Fall musste vorerst
ruhen. Beim Essen nichts Geschäftliches war eine
eiserne Regel der beiden Freunde. Rund eine
Stunde später kamen beide beim Espresso aber
dann doch nochmals auf den Fall zurück:
«Wenn ich Brinkmanns Recherche hinsichtlich
der Konkurrenzsituation der Baufirmen, und
seine Entdeckung in Essweins Villa miteinander
kombiniere, passt das irgendwie alles zusammen.
Ich habe mir doch die Bilanz vom alten Blattner
angeschaut, um beurteilen zu können, ob er
seinem Sohn nicht hätte unter die Arme greifen
können. Dabei habe ich mir auch zum Vergleich
die Bilanz von de Vries und von Esswein

angeschaut. So kann man besser die einzelnen
Bilanzpositionen beurteilen. Dabei waren
Blattners und de Vries' Bilanzen ähnlich gut, die
Bilanz von Essweins «Stamu-Bau» sah dagegen
aber eher bescheiden aus. Ohne das endgültig
beurteilen zu können, würde ich sagen, dass es
Esswein verdammt geärgert haben muss, bei
Ausschreibungen nie zum Zuge gekommen zu
sein. Eine Ausschreibungsbeteiligung kostet
immer viel Geld, was «Stamu-Bau»
wahrscheinlich in der Situation richtig wehgetan
haben muss. Esswein steht bestimmt das Wasser
bis zum Hals. Damit wäre der zurzeit mein
Hauptverdächtiger», gab Torge sein Urteil ab.
Falk nickte.
«Ja, da kann was dran sein. Gleich Montag früh
werde ich sein Alibi überprüfen, aber könntest Du
vorher noch mal «Stamu-Bau» genauer
durchleuchten, damit wir auf Nummer sicher
gehen? Denn offen gesagt, kann doch eigentlich
niemand so blöd sein, beide Konkurrenten
hintereinander auszuschalten, wenn man weiß,
dass man sich dadurch als Hauptverdächtigen
selbst auf dem Silbertablett serviert»
Torge schüttelte den Kopf.

«Man glaubt immer, so blöd könne keiner sein, oder dass man das nur in den billigsten Krimi sieht, aber leider ist die Realität manchmal tatsächlich so.»

«Mag ja sein» antwortete Falk, «aber irgendwie glaube ich trotzdem nicht recht dran.»

Falk war froh, dass Torge in der Lage war, Bilanzen zu lesen. Er selbst konnte das nicht und auch sonst hätte das wohl im Verdener Polizeirevier keiner gekonnt. Hätte er erst die Experten in Hannover einschalten müssen, wäre ihm bestimmt der Rottweiler wieder ins Gehege gekommen. Falk schmunzelte still in sich hinein, wenn er daran dachte, was für Fähigkeiten bei seinem Freund schlummerten und wie sehr er ständig von allen nur wegen seiner körperlichen Behinderung unterschätzt wurde.

Beide schwiegen darauf eine Zeit und gingen ihren Gedanken nach, bis Torge erneut ansetzte: «Ich bringe mal eine weitere Variante ins Spiel, denn das wäre eine Erklärung für das Foto, das du mir heute Abend per WhatsApp geschickt hast. Bislang ergibt das Treffen von Frau Blattner und Frau de Vries keinen Sinn. Die Familien waren

doch Konkurrenten. Nehmen wir nur mal für
einen Moment an, die beiden haben einen
gemeinsamen Plan ausgeheckt. Wie und warum?
Das ist jetzt erst einmal egal, aber so ließe sich ihr
Treffen vielleicht deuten. Ansonsten habe ich
nämlich absolut keine Idee, wie es zu dieser
merkwürdigen Szene gekommen sein kann. Eines
weiß ich aber sicher: Ein Zufall war das garantiert
nicht.»
Falk antwortete nicht, schrieb sich aber in sein
Notizbuch: Verbindung zwischen Frau Blattner
und Frau de Vries?

Sonntag

Torges Recherche am nächsten Tag war einfacher, als er zunächst vermutet hätte. Die erste Überraschung fand er bereits bei einer Googlesuche. Esswein hatte offenbar mit seiner Firma im vergangenen Jahr einen Insolvenzantrag gestellt. Die Insolvenz wollte er in eigener Regie verwalten, da er hoffte, mit der nächsten Ausschreibung wieder liquide zu werden. Torge machte sich eine Notiz und überlegte, wie er an die Information kommen könnte, an welchen Ausschreibungen alle drei Firmen beteiligt waren. Er beschloss, zunächst beim Verdener Kurier sein Glück zu versuchen. Sie hatten bestimmt im Archiv die letzten Bauentscheidungen und Vergabeverfahren gespeichert. Als er seinen Kontakt bei der Zeitung anrief, war Carla Neumann zunächst überrascht, denn das war nun gar nicht Torges Betätigungsfeld und dann machte er es noch so eilig – an einem Sonntag. Trotzdem versprach Sie ihm, die gewünschte Information herauszusuchen und sich wieder zu melden. Zwei Stunden später bekam Torge einen

Anruf aus der Redaktion. Bei den letzten acht Bauprojekten in Verden waren alle drei Bauunternehmer in der Endauswahl gewesen, doch die «Stamu-Bau» hatte nicht auch nur einen Zuschlag bekommen. Auch in der Ausschreibung um den Allerpark, einem Millionenprojekt direkt am Allerufer, waren die Entwürfe genau dieser drei Konkurrenten in der Endauswahl gewesen. Jetzt glaubte auch Torge nicht mehr an einen Zufall. Torge rief Falk an und berichtete ihm, was er herausgefunden hatte. Als Torge aufgelegt hatte, bekam er so ein merkwürdiges Ziehen in den Beinen. Für ihn war das meist ein untrügliches Zeichen, dass irgendetwas doch nicht stimmte. Aber was?

Als er am Abend Falk seine Rechercheergebnisse mitteilte, hatte sich dieser die Angaben eilig notiert und gab Brinkmann per SMS die Anweisung, Montagmorgen direkt Einsicht in die Konten der «Stamu-Bau», sowie in Essweins Privatkonto zu beantragen. Sollte sich all das bestätigen, könnte Falk Rottemöller vielleicht bald einen Verdächtigen präsentieren. Trotzdem kam es ihm nicht richtig vor. Das war zu einfach.

Kapitel 13: Montag

Gleich am Morgen hatte Monika Müller in Wolfen angerufen und herausgefunden, dass es auf dem Gelände der alten Filmfabrik, auf dem Esswein angeblich bauen wollte, gar keine Bautätigkeit gab.

Natürlich hatte Falk sich die Handynummer von Esswein geben lassen, aber als er dort anrief, ging nur Frau Esswein ans Telefon. Sie sagte, er habe es in der Villa liegenlassen, deswegen würde er sich wohl auch nicht melden, bis er in zwei Tagen wieder zurück sei.

Falk hatte auch die beiden Autonummern der Autos, die vor dem Verwaltungsgebäude der «Stamu-Bau» standen, überprüfen lassen. Beide Fahrzeuge waren auf die «Stamu-Bau» zugelassen. Ein Jeep Cherokee und ein Audi A 6, offensichtlich Essweins Dienstfahrzeuge.

Die Auskünfte der Bank passten auch ins Bild. «Stamu-Bau» war faktisch bankrott. Esswein konnte inzwischen auch seine Mitarbeiter nicht mehr bezahlen und hatte sie in Kurzarbeit geschickt. Dass die Villa nicht schon längst zwangsversteigert war, lag einzig daran, dass sie Frau Esswein gehörte. Das gesamte Privatvermögen von Heiner Esswein war bereits verpfändet. Die Banken waren mehr als nervös und hatten nur noch stillgehalten, weil es der Baubranche im Allgemeinen derzeit so gut ging, dass man sich einfach nicht vorstellen konnte, dass «Stamu-Bau» es nicht schaffen könne. Doch wo war Heiner Esswein? Im Osten offensichtlich nicht. Seine Frau schien auch keine Ahnung zu haben, denn die wähnte ihn ja gerade dort. Brinkmann drängte Falk dazu, Esswein zur Fahndung auszuschreiben. Falk ging in sein Büro, um genau das zu tun, als Torge anrief:

«Hallo Falk, was ist bei Euch noch so rausgekommen?»

«Eigentlich hat sich alles so bestätigt, wie wir es uns gedacht haben. Esswein hat ein Motiv für beide Morde und er scheint von der Bildfläche verschwunden zu sein. Damit ist er mehr als verdächtig und wir wollen ihn gerade zur Fahndung ausschreiben, aber ich habe es im Urin, da stimmt was nicht.»

«Genau deswegen rufe ich Dich an. Mir geht es
genauso. Mein Verstand sagt, er war es, mein
Instinkt sagt, er war es nicht,» entgegnete Torge.
«Falk, überlege es Dir genau, ob Du ihn zur
Fahndung ausschreibst, denn wenn Du das
machst, wird das nicht ohne Hannover gehen und
wenn Du Dich täuschst, dann kannst Du Dir
vorstellen, was Rottemöller mit Dir macht.»
«Ja, aber wenn er es war?»
«Dann hätte er inzwischen genug Zeit gehabt, um
einmal um den Erdball zu verschwinden, da
machen ein paar Stunden auch nichts mehr aus.»
«Und was meinst Du, soll ich stattdessen tun?»
«Fahr vorher lieber noch mal zur «Stamu-Bau»,
die müssen doch wissen, wo ihr Chef steckt.»
Jetzt musste Falk Torge enttäuschen:
«Da ist keiner mehr. Esswein steckt so tief im
Schuldensumpf, dass er alle, die er nicht entlassen
konnte, mit Kurzarbeit nach Hause geschickt
hat.»
Jetzt stockte Torge kurz, bis er einwarf:
«Selbst wenn, da wird doch noch irgendjemand
sein und wenn es der Hausmeister ist. Solche
Leute sehen und hören manchmal mehr, als man
denkt und eine Chance ist es allemal.»

Als Falk auflegte, musste er schmunzeln. Torge hatte mal wieder Recht. Zumindest versuchen musste er es und so setzte er sich in den klapperigen Dienstpassat und führ nach Rablinghausen. Als er dort ankam, bot sich das gleiche Bild wie beim ersten Mal. Auf dem riesigen Parkplatz standen wieder nur Essweins Fahzeuge, sonst kein einziges Auto. Er ging wieder zum Eingang und klingelte Sturm, doch nichts tat sich. Diesmal wollte er sich damit aber nicht zufriedengeben und kletterte kurzerhand über den Zaun, um wenigstens einmal ums Gebäude zu streichen. Die Anlage war relativ gepflegt, also musste es wohl noch einen Gärtner geben. Hinter dem ersten, niedrigen Drahtzaun, über den Falk noch einfach steigen konnte, kam nach etwa zwanzig Metern ein zweiter, zwei Meter hoher, Zaun aus Holz, der zugleich auch die Sicht verbaute. Da Falk ja schon einmal dabei war, irgendwo illegal einzudringen, fackelte er nicht lange und schwang sich auch über diesen Zaun. Dahinter war eine recht schöne Terrasse mit Gartenlounge und Grillstelle. Durch die bodentiefen Fenster konnte er in eine Designerwohnung blicken und erschrak. Doch

nicht nur er erschrak, sondern auch sein
Gegenüber. Mit weit aufgerissenen Augen starrte
ihn ein Mann Anfang fünfzig an, der in Shorts
und Badelatschen auf die Terrasse getreten war
und vor Schreck das Whiskeyglas fallen ließ, das
er gerade zum Mund führen wollte.
Beide erstarrten und in der dadurch entstandenen
Stille hörte sich das Zerbersten des
Whiskeyglases auf dem Terrassenboden an wie
ein Donnerschlag. Das Kristallglas zersplitterte in
tausend kleine Stücke, die sich über die ganze
Terrasse verstreuten. Falk war zwar der
Eindringling, aber sein Gegenüber machte auf ihn
den Eindruck, viel mehr ertappt zu sein als er
selbst.
«Herr Esswein?», fragte Falk und der Mann
nickte. Was macht er denn hier? Wohnt der hier?
Warum ist er nicht in ihrer Villa? Fragen über
Fragen schossen Falk durch den Kopf, als er
gewohnheitsgemäß seinen Polizeiausweis zückte.

Keine drei Stunden später saß Heiner Esswein im
Präsidium in Verden. Brinkmann klärte ihn über
seine Rechte auf, während Falk die
Aufnahmetaste des Recorders drückte.

«Herr Esswein, Sie wissen, warum Sie hier
sind?»
Esswein nickte nur mit dem Kopf und selbst das
war nur schwer zu erkennen.
«Bitte sprechen Sie Ihre Antwort laut aus, damit
das Aufnahmegerät sie aufzeichnen kann.»
Esswein tat wie ihm geheißen und wiederholte
die Antwort.
«Ist es korrekt, dass Sie vorerst auf einen
Rechtsbeistand verzichten wollen?», fragte Falk.
«Ja, das ist korrekt», antwortete der
Bauunternehmer und fügte an «ich habe nichts zu
verbergen.»
«Dann lassen Sie uns anfangen, denn je
ausführlicher Sie antworten, umso eher können
wir die Umstände aufklären. Um ehrlich zu sein,
spricht im Moment einiges gegen Ihre eben
getätigte Aussage, dass Sie nichts zu verbergen
haben. Fangen wir mal damit an, dass Sie Ihrer
Frau erzählt haben, Sie wären auf einer Baustelle
in Wolfen. Die gibt es aber gar nicht.»
Esswein trommelte mit den Fingern auf den Tisch
und biss sich auf die Unterlippe. Offenbar rang er
mit sich, wie er aus dieser Situation herauskam.

Bevor er auch nur die Gelegenheit gehabt hätte zu antworten, fuhr Falk fort:

«Außerdem hat es den Anschein, als würden Sie in Ihrer Firma wohnen, was reichlich seltsam anmutet. Zu allem Überfluss ist Ihre finanzielle Situation und die Ihres Unternehmens derart schlecht, dass Sie faktisch bankrott sind.»

Esswein hustete und trank einen Schluck Wasser. Mit jedem Wort von Falk war seine Gesichtsfarbe ein klein wenig blasser geworden. Das Trommeln auf dem Tisch war durch Kauen an den Fingernägeln abgelöst worden. Der Bauunternehmer war sichtlich sehr nervös. Falk wurde sanft und fuhr beinahe leise fort:

«Erzählen Sie, dann geht es Ihnen besser.»

Esswein schaute verlegen auf die Tischplatte. Falk stand auf und gab Brinkmann mit einem Blick zu verstehen, dass er sich einen Kaffee holen würde und er den Verdächtigen im Auge behalten sollte. Fünf Minuten später kehrte der Kriminalhauptkommissar zurück und Esswein begann tatsächlich zu reden.

«Ich weiß nicht, wo ich beginnen soll.»

Falk war versucht, «am Anfang» zu sagen,
verkniff es sich aber gerade noch rechtzeitig.
Heiner Esswein fuhr fort:

«Ich habe tatsächlich etwas zu verbergen, aber
mit den Morden habe ich nichts zu tun. Das
müssen Sie mir glauben!»

Es war abenteuerlich, wie viele Befragte davon
ausgingen, dass die Polizei ihnen glauben müsse.
Die Polizei musste gar nichts, außer ihre Arbeit
seriös machen. Falk entgegnete:

«Ich muss zunächst einmal überhaupt nichts.
Aber ich bin bereit, Ihnen zuzuhören, wenn Sie
mir glaubhaft, vor allem jedoch wahrheitsgemäß
und vollständig erzählen, was Ihnen auf dem
Herzen liegt.»

Esswein seufzte schwer. Dann gab er sich einen
Ruck und begann:

«Na gut. Sie hätten es vermutlich ja eh
rausgekriegt. Ich habe in der letzten Zeit einfach
zu wenig Aufträge bekommen, dabei habe ich
mich um jeden öffentlichen Auftrag beworben,
den ich hätte stemmen können. Leider kostet auch
jede Bewerbung. Nicht nur Zeit und Nerven,
nein, die Planungsarbeiten sind häufig so eng
terminiert und aufwendig, dass ich mindestens

zwei, drei Architekten hätte einstellen müssen. Ich schufte Tag und Nacht. Deswegen habe ich mir auch schon seit Längerem im Büro eine Wohnung eingerichtet. Keine Bewerbung heißt keine Aufträge.»

Falk fragte behutsam nach:

«Aber da ist noch mehr, oder?»

Esswein rollte mit den Augen und seufzte theatralisch.

«Ja, da ist noch mehr. Ohne meine Frau hätte ich keinen einzigen Cent mehr. Und meine Frau wiederum genießt es, die Ehefrau eines Unternehmers zu sein. Meine Frau gibt sehr viel um gesellschaftlichen Status und allein deshalb musste ich schon den Anschein erwecken, als hätte ich gut zu tun.»

«Herr Esswein, nun kommen Sie schon. Es geht mich nichts an, wie Sie mit Ihrer Frau umgehen oder ob Sie ihr etwas vorspielen oder nicht. Aber Sie stehen unter zweifachem Mordverdacht. Sie müssen mir schon etwas mehr liefern, damit ich Ihnen glauben kann.»

«Meinen Sie im Ernst, ich wäre zu einem Mord fähig? Selbst wenn, ich wäre doch nicht so dumm und würde gleich meine beiden wichtigsten

Konkurrenten um die Ecke bringen. So blöd ist
doch keiner!»
Falk nickte und antwortete:
«Das könnte tatsächlich für Sie sprechen, aber
vielleicht hoffen Sie auch nur darauf, dass wir
genau davon ausgehen und Sie deshalb nicht
verdächtigen.»
Esswein schlug mit der Hand auf den Tisch und
schrie jetzt fast:
«Was wollen Sie denn von mir, verdammt noch
mal!» Mit diesem emotionalen Ausbruch ließ er
seinen Kopf auf die Tischplatte fallen, vergrub
das Gesicht in den Händen und seufzte schwer.
Falk fürchtete schon, Esswein würde gleich
anfangen zu weinen, aber so weit kam es nicht.
Als er sich wieder aufrichtete, bat Esswein
darum, das Aufnahmegerät auszuschalten.
Eigentlich war das etwas, was Falk in dieser
Situation nicht tun durfte, und das wusste er auch.
Brinkmann blickte Falk an, als wolle er ihn nur
zur Sicherheit daran erinnern.
Falk rieb sich das Gesicht mit den Händen.
«Das kann ich eigentlich nicht tun. Aber ich
mache Ihnen einen Vorschlag. Ich unterbreche
trotzdem die Aufnahme kurz für eine Pause und,

wenn Sie mir dann eine – sagen wir mal
Information – mitteilen, kann ich es später
handschriftlich zu Protokoll nehmen.»
Falk drückte die Pausentaste am Recorder und
Brinkmann rollte mit den Augen. Jetzt gab
Esswein sich einen Ruck.
«Also klar, ich habe meiner Frau vorgespielt, ich
hätte Aufträge im Osten der Republik, einen
staatlichen Großauftrag in Wolfen bei Bitterfeld.
Da konnte ich zumindest weitestgehend davon
ausgehen, dass sie mich dort nicht besuchen
wollte. Ich habe mich dann am Wochenanfang
von ihr verabschiedet um nach Bitterfeld zu
fahren, bin dann aber in mein Büro gefahren und
habe Tag und Nacht um Aufträge gekämpft. Was
sollte ich denn machen? Ich kann mir teures
Personal nicht mehr leisten und meine Frau
wollte ich nicht beunruhigen.»
«Aber Sie wollen mir doch nicht weismachen,
dass Ihre Frau von der Misere gar nichts
mitbekommen hat?», entgegnete Falk mit einem
leicht aggressiven Unterton, denn er hatte das
verdammt sichere Gefühl, dass Esswein immer
noch nicht die ganze Wahrheit sagte und

außerdem hatte Falk diese Faktenlage ja schon
dargelegt.
«Ja gut, war auch nicht wirklich zu verhindern.
Ich musste einige Mobiliarteile verkaufen, um
wenigstens die nötigsten Kosten zu decken. Wäre
ich wieder zur Bank gegangen, hätten die mir
doch nie die den nächsten Auftrag finanziert.»
«Einige Mobiliarteile?», schrie Falk Esswein an.
Ihm platzte so langsam der Kragen:
«Ein wenig Mobiliar? Wollen Sie mich
verscheißern? Die ganze obere Etage Ihrer Villa
ist ausgeräumt! Ein wenig Mobiliar! Ihre Frau
wäre doch komplett verblödet, wenn sie das nicht
mitbekommen hätte! Spielen Sie mir hier doch
nichts vor - verdammt!»
Essweins Gesichtsfarbe war jetzt von kalkweiß zu
puterrot gewechselt.
«Klar ist ihr das nicht verborgen geblieben. Ihre
größte Angst war ja auch, dass die Nachbarn
etwas merken könnten. Als wäre das wirklich
wichtig gewesen. Aber ich wollte natürlich auch
nicht, dass sie ihren Lebensstandard ändern muss.
Ich war mir ja auch so sicher, dass ich den
Auftrag für das Projekt am Allerufer bekomme.
Das war endlich mal eine Ausschreibung, bei der

es wirklich auf architektonische Kreativität ankam und die beiden Deppen, die mir ständig die Aufträge vor der Nase weggeschnappt hatten, können – sorry, konnten – mir da definitiv nicht das Wasser reichen. De Vries hatte doch nur Aufträge bekommen, weil er ständig mit Rumänen arbeitete, so dass er viel billiger anbieten konnte. Und der olle Blattner konnte doch selbst schon lange nicht mehr zeichnen – na ja und die Tochter, dass ich nicht lache. Die haben aber alle Preise versauen können, weil sie alles selbst in der Hand hatten. Eigene Sandgrube, eigenes Zementwerk, sogar die Ziegel haben die noch selbst gebrannt. Jetzt ging es aber mal nicht nur um den Preis, jetzt ging es auch mal um Können!»

Esswein hatte sich bei seinen Ausführungen ebenfalls in Rage geredet, so dass nicht nur Falk laut geworden war. Wie zwei Kampfhähne starten sich Esswein und Falk nun mit hochrotem Kopf an und auch Falk konnte noch eine Spur lauter. Ihm gefiel gar nicht, was dieser miese Bauunternehmer gerade über Frau Blattner gesagt hatte: «Ach, nur auf Können kam es an? Da scheint der Herr sich wohl selbst überschätzt zu haben, denn soweit ich weiß, haben Blattners mit ihrem Entwurf gewonnen.»

«Ja, ganz recht, und zwar mit MEINEM Entwurf! Die Blödmänner wären doch dazu gar nicht in der Lage gewesen!»

Esswein war inzwischen von seinem Platz aufgesprungen, so dass sein und Falks Gesicht derart nah aneinander waren, dass deutlich die persönliche Sphäre des jeweils anderen gestört war.

«Mit Ihrem Entwurf? Wie kommen Sie denn auf den Unsinn?»

«Unsinn? Das ist kein Unsinn. Die Pläne sind exakt die Gleichen. Hier und da haben die an der Fassade irgendetwas verändert, so dass das Laien vielleicht nicht auffiel, aber im Grunde war es genau meine Aufteilung. Beispiel gefällig? Gefordert waren neben drei Geschäftsräumen und 40 Eigentumswohnungen auch ein Hotel mit 30 Zimmern. Die Idee, das Hotel so zu bauen, dass die unteren Etagen die Betriebsräume beherbergen, die Hotelzimmer aber ausschließlich im Dachgeschoss sind, weil dann alle Gäste diesen fantastischen Allerblick haben und sich das Hotel gegen die anderen Hotels vor Ort mit

diesem Vorteil garantiert durchsetzen wird, war in meinem Entwurf. Die Idee, den Lebensmittelladen in den Keller zu setzen und dort auch die Anlieferung zu integrieren, damit die Anwohner nicht ständig frühmorgens gestört werden … stammt von mir! Die Idee, der elektrisch ausfahrbaren Balkone, die gleichzeitig auch als Sonnenschutz für die Geschäfte dienen – alles von mir! Brauchen Sie weitere Beispiele? Die haben alles geklaut! Den Verdacht hatte ich schon lange, aber jetzt war es todsicher!»
Beim letzten Wort bekam Esswein selbst einen Schreck. Hatte er sich gerade selbst den Strick um den Hals gelegt? Brinkmann, der schon seit einiger Zeit versucht hatte, zu Wort zu kommen, hob ganz schüchtern die Hand und sagte:
«Ups, ich wollte nur sagen, dass ich etwa ab Blödmänner wieder aufgezeichnet habe. Herr Esswein, Sie sollten jetzt doch besser Ihren Anwalt anrufen.»
Es entstand eine spannungsgeladene Stille und Falk, immer noch mit ungesunder Gesichtsfarbe, starrte Brinkmann fassungslos an. Nach gefühlten fünf Minuten gab er Brinkmann dann ein

Zeichen, dass er bitte zusammen mit ihm den
Raum verlassen möge.
Draußen herrschte Falk Brinkmann an:
«Sind Sie des Wahnsinns? Den hatten wir doch
gerade kurz vor einem Geständnis, Mann!»
«Ja, aber ich musste ihn doch gerade deswegen
auf die Aufzeichnung hinweisen!»
«Jetzt sagt er doch nichts mehr!»
«Vor Gericht wäre das Band sonst doch nicht als
Beweis zugelassen worden!»
«Dann wiederholt er das Geständnis eben noch
mal, außerdem waren zwei Beamte als Zeugen im
Raum – Mensch Brinkmann!»
Falk ließ Brinkmann wie einen begossenen Pudel
stehen und ging zurück ins Verhörzimmer.
«Todsicher also», fuhr Falk fort, «todsicher, das
können Sie wohl sagen – todsicher», wiederholte
Falk nachdenklich zweimal.
«Wo waren Sie eigentlich vorgestern so gegen
21:30 Uhr, Herr Esswein?»
Doch Esswein hatte sich inzwischen wieder
hingesetzt, seine Mine starr und die Arme vor der
Brust verschränkt, so dass Falk schon wusste,
was jetzt kam:

«So, ich sag jetzt nichts mehr, aber einen Anwalt
will ich auch nicht, ich habe mir nichts
vorzuwerfen.»
Falk schüttelte nur den Kopf und verließ
daraufhin wieder den Raum. Draußen kam ihm
Brinkmann schon aufgeregt entgegen.
«Mensch Chef, das ging doch gar nicht anders.
Nach den Vorschriften musste ich doch so
handeln.»
«Wie Sie warum handeln, ist mir so was von egal,
aber das war eben eine Riesengelegenheit, den
Fall zu lösen, Sie Hornochse!»
«Aber Chef …», flehte Brinkmann.
«Nichts mit aber Chef. Sie haben den Recorder
wieder eingeschaltet ohne Einverständnis von
Esswein. Damit können wir die Aufnahmen jetzt
auch nicht verwenden, das sollte Ihnen ja wohl
klar sein. Bringen Sie ihn in eine Zelle, vielleicht
macht ihn eine Nacht hinter Gittern morgen
gesprächiger.»
«Aber ohne Haftbefehl und mit den geringen
Verdachtsmomenten …»
«Brinkmann — es – reicht!» Falk dehnte dabei
die letzten Worte und funkelte Brinkmann

wutentbrannt an. Danach drehte er sich auf den Hacken um und verließ das Präsidium.

Draußen musste Falk erst einmal tief Luft holen. Klar konnte man Esswein mit den geringen Verdachtsmomenten im Prinzip nicht festhalten, aber er wollte ja keinen Anwalt. Der hätte ihn sofort rausgeholt und Falk die Hölle heiß gemacht. Also sollte er ruhig mal über seine Verweigerungshaltung in einer Zelle nachdenken. Da sind schon andere weich geworden, dachte Falk und steuerte schlechten Gewissens mit dem Bugatti Richtung Innenstadt. Als er langsam durch die Innenstadt rollte wusste er, was er jetzt brauchte: einen Kaffee-Stopp bei Niers und ein gutes, analytisches Gespräch mit Torge. So hielt er kurz an und simste ihm kurz: «Bock auf spätes Frühstück? Lade Dich ein! Falk.»

Torge saß bei der Arbeit, als er die Meldung seines Freundes empfing. 14:30 Uhr, ein wenig spät für ein Frühstück und ein wenig früh, den Feierabend einzuläuten. Aber Torge war einfach zu neugierig darauf, was sich inzwischen ereignet hatte, so dass er nicht widerstehen konnte und kurze Zeit später durch die Innenstadt Richtung Niers rollte.

Kapitel 14

Als Torge in die Straße einbog, in der sich das Café befand, kam Falk ihm bereits auf dem Fahrrad entgegen. Die beiden verständigten sich per Zeichensprache, dass Falk schon mal den letzten freien Tisch reservieren sollte und Torge mit seiner Assistenz dann dazu kam. Obwohl es eigentlich reichlich spät für Frühstück und zu früh für den Nachmittagskaffee war, nutzten viele in Verden das schöne Wetter, um den besten Kaffee der Stadt zu genießen. Torge und Falk setzen sich und schon sprudelte es aus Torge heraus: «Erzähl, was gibt es Neues?»
Noch bevor Falk antworten konnte, hatte die aufmerksame Chefin des Hauses die beiden Neuankömmlinge gesehen und nahm ihre Bestellung auf. Torge entschied sich für das Lachsfrühstück, während Falk sich auf das französische Frühstück beschränkte. Falk konnte sich bei Torges Bestellung ein Grinsen nicht verkneifen.
«War ja irgendwie wieder typisch, dass Du es ein bisschen dekadenter haben möchtest und keine

Rücksicht auf mein Spesenkonto nimmst», sagte Falk, wobei das Lachen deutlich mitschwang. «Du willst ja schließlich auch, dass mein Denkapparat auf Hochtouren läuft.» Auch in Torges Stimme war die Heiterkeit zu hören. «So, nun aber mal raus mit der Sprache, was beschäftigt Dich?»

Falk berichtete Torge zunächst von Essweins Verhör und vergaß auch nicht den Fauxpas von Brinkmann. Torge hörte geduldig zu. Als die späten Frühstücke serviert wurden, verständigten sich die beiden Freunde wortlos darauf, dass es sich hierbei um ein Dienstessen handelte, um die sonst so eiserne Regel ausnahmsweise nicht zur Anwendung kommen zu lassen. So beendete Falk seinen Bericht zwischen zwei Happen Croissant und einem Schluck Café au Lait. Torge verfiel in seine Denkerpose, den Zeigefinger der rechten Hand am Kinn und leicht zusammengezogene Augenbrauen, und schwieg. Da Falk Torge lange genug kannte, ließ er ihm die Zeit. Er konnte aber trotzdem seine Ungeduld nicht verbergen und klimperte mit dem Löffel auf der Untertasse.

«Wenn ich Dich richtig verstehe», sagte Torge endlich, «hat Esswein Dich auf eine Spur

gebracht, der du gerne nachgehen möchtest, aber
formal nicht nachgehen kannst, weil es eben
keine «offizielle» Aussage war. Gleichzeitig hat
Esswein immer noch kein Alibi, will andererseits
aber auch keinen Anwalt, weil er ja angeblich
nichts zu verbergen hat. Deine Beweislage reicht
aber auch nicht, um ihn «offiziell» mit Tamtam
zum Hauptverdächtigen zu machen und so für
länger festzusetzen.»
Falk nickte und seufzte.
«Wie immer, präzise zusammengefasst.»
Torge fuhr ungerührt fort.
«Die Spur zum Bauamt ist so dünn und
unpräzise, dass ich selbst noch nicht weiß, was
ich davon halten soll. Einerseits hat er sein Motiv
dadurch ja noch selbst verstärkt, andererseits
könnte es auch ein Ablenkungsmanöver sein, für
jemanden, der in ernsthaften Problemen steckt. Er
hat dir ja dezidiert dargelegt, was ihn zu der
Annahme veranlasst. So viele Details für ein
Ablenkungsmanöver? Ungewöhnlich.»
Falk nickte wieder und ergänzte:
«Lügen müssen für ihre Glaubwürdigkeit einen
gewissen Detailreichtum haben, dürfen aber auch

nicht zu kompliziert sein, damit man sich nicht in ihnen verheddert.»

Torge gab einen etwas unklaren Laut von sich, der wohl «verstanden» signalisieren sollte, dachte aber schon wieder weiter. «Das bringt mich auf eine Idee, wie wir zwei Dinge überprüfen können.»

«Wir?», fragte Falk und zog die Augenbraue hoch.

«Ja, wir», antwortete Torge und trank einen großen Schluck Milchkaffee, der inzwischen auf Trinktemperatur abgekühlt war.

«Pass auf: Du hast mir gerade Details erzählt, die Blattners bei Projektbewerbungen von Esswein «kopiert» haben sollen. Befrage Esswein noch einmal und baue absichtlich Fehler in Deine Zusammenfassung ein. Sagt Esswein die Wahrheit und hat die Details nicht erfunden, wird er die Fehler korrigieren. Geht es ihm nur darum, dass Du den Köder schluckst, wird ihm vielleicht das ein oder andere Detail entgehen. So hast Du zwar keinen Beweis, ob Esswein die Wahrheit sagt oder lügt, aber zumindest einen Hinweis.»

Falk machte große Augen und nickte.

«Gute Idee. Das ist mein Part. Aber was ist Deiner?»

Torge grinste verlegen. Als Falk ihn ansah, hatte Torge eine gewisse Röte im Gesicht.

«Nun, ich war vor zwei Wochen auf einer Veranstaltung mit dem schönen Titel «Barrierefreies Verden 2030». Unter anderem war da Dr. Lena Schünemann vom Bauamt. Eine, na sagen wir mal, extrem nette Beamtin.»

«Und?», unterbrach ihn Falk, der nicht ahnen konnte, was nun kam.

«Na ja, die Frau Dr. sitzt auch im Rollstuhl.»

«Ist doch top», platzte es aus Falk heraus, «dann könnt Ihr ja einfach drauflos quatschen und vielleicht bekommst Du dabei heraus, ob an den Behauptungen von Esswein etwas dran sein könnte.»

Torge schüttelte den Kopf.

«Weißt Du, was ich nicht verstehe? Warum Menschen immer glauben, dass zwei Menschen mit Behinderung immer gleich ein gemeinsames Thema haben sollten. Zwei Brillenträger quatschen doch auch nicht sofort übers Gestell, oder?»

Falk schaute verlegen zu Boden.

«Schon gut», sagte Torge. «Mein Problem ist
ganz was anderes.»

«Was denn?»

«Na ja, Lena – äh also die Frau Dr. Schünemann
ist mir sehr sympathisch, also, so richtig
sympathisch. Ich kann sie nicht so einfach
ansprechen, denn ich würde lieber mit ihr flirten.
Das traue ich mich aber nicht! Wenn Du so willst,
bin ich hier in der Zwickmühle. Weil ich
behindert bin, habe ich es schwer, eine Partnerin
zu finden, obwohl ich aufrichtig suche. Sie ist
auch Single, das weiß ich, aber ich darf doch
nicht per se davon ausgehen, dass sie nur
deswegen Single ist, weil sie auch als behinderter
Mensch Schwierigkeiten hat, jemanden zu finden.
Vielleicht will sie ja auch allein bleiben? Und
wenn nicht, will sie dann mit jemanden ausgehen,
der behindert ist? Also ausgehen, nicht weil wir
unsere Rollstühle miteinander vergleichen
wollen, sondern eben so richtig! Ich habe da echt
Hemmungen …ich weiß aber, dass ich ihr nicht
völlig egal sein kann. Sie hat mir ja schließlich
ihre Handy-Nummer gegeben – oder soll ich
sagen aufgedrängt. Aber auf welcher Ebene will

sie denn Kontakt zu mir? Hat sie überhaupt Lust auf ein Date mit mir?»
Falk lachte.
«Torge, Du denkst einfach viel zu viel nach! Ruf sie einfach an, versprich mir das. Ich begleite Dich nach unserem Frühstück noch zurück zur Arbeit und Du erzählst mir auf dem Rückweg von Lena. Dann bekommst Du von mir ein paar Ideen, wie Du Frau Dr. Schünemann, sorry Lena, ansprechen kannst, um Dein Candle-Light-Dinner klarzumachen – glaub mir, da findest Du keinen besseren Ratgeber als mich – und ganz nebenbei kann uns das vielleicht im Fall weiterbringen.»
Jeder andere hätte sicher vermutet, dass Falk nur bei seinem Mordfall weiterkommen wollte, nicht so Torge, weswegen er auch Falk die offene Handfläche zum Einschlagen entgegenstreckte.
«Deal!», sagten beide in dem Moment, als die Handflächen aufeinander klatschten.

Die beiden machten sich jeweils rollend auf den Weg zurück zu ihren Arbeitsstellen, wobei Falk wie versprochen Torge zuerst zur Lebenshilfe begleitete. Dabei begann Torge sprudelnd von Lena zu berichten: Lena hatte lange, braune,

Haare und war trotz des Rollstuhls feminin sportlich gebaut. Endgültig um den Verstand brachte Torge allerdings ihr Lächeln oder besser gesagt, ihr schallend fröhliches Lachen. Sie hatte eine geschlagene Viertelstunde vor ihrem Vortrag alle verrückt gemacht, weil der Beamer nicht funktionierte, um dann festzustellen, dass sie den Strom nicht eingeschaltet hatte. Doch statt vor Peinlichkeit und Scham im Erdboden zu versinken, hatte Lena ihre Unzulänglichkeit einfach schallend weggelacht.

«Das war der Moment, in dem ich dachte: Diese Frau möchte ich gerne näher kennenlernen. Selbstbewusst ihre Schwächen überspielen, ohne dabei unfehlbar zu wirken. Und dann auch noch hübsch. Einfach perfekt. Als sie mir dann noch in der Kaffeepause ihre Handynummer gab, war ich so baff, dass ich kein Wort rausbekam».

Falk grinste schief.

«Ich weiß, als mir das zum ersten Mal passierte, ging es mir ähnlich. Ich fand es erst aufdringlich, aber hey, wir sollten als Männer doch glücklich sein, wenn eine Frau weiß, was sie will. Inzwischen weiß ich, dass das ein gutes Zeichen ist. Ruf sie an und warte nicht mehr zu lange damit. Das sage ich jetzt nicht, weil ich die Infos will, sondern weil ich vermeiden will, dass sie glauben könnte, dass Du kein Interesse hast. Frauen, die so selbstbewusst sind, gehen nach meiner Erfahrung auch viel zu schnell davon aus, dass «Mann» sich entscheidet und sich dann auch schleunigst meldet oder eben nicht. Das wäre doch schade, wenn sie Dich jetzt abgehakt hätte, denn so, wie Du von ihr sprichst, bist Du mega verknallt.»

Falk grinste Torge breit an und dachte an die Anfangszeit mit Marie zurück. Torge spürte wiederum, wie ihm die Röte ins Gesicht stieg. «Falk», begann er, «wir kennen uns jetzt schon sehr lange, aber das habe ich noch niemandem erzählt. Weißt du, wobei mir die Behinderung am meisten im Weg steht? Bei der richtigen Dosis Selbstvertrauen. Um mein Leben zu leben, brauche ich immer das Wohlwollen und die Unterstützung anderer Menschen. Bei allem. Deswegen habe ich grundsätzlich Angst, Menschen zu verletzen und ich glaube, das ist auch der Grund, warum ich immer alles bis in den letzten Winkel analysiere. Ich weiß, es klingt total bescheuert, aber ich habe Lena noch nicht

zurückgeschrieben, weil ich ihr nicht wehtun
wollte. Dabei ist der Punkt, der mich am
traurigsten macht, der, dass nie etwas passiert.
Auch bei meinen anderen Fähigkeiten beschleicht
mich das Gefühl, dass die Leute sie erst sehen
müssen, bevor sie glauben, dass ich sie habe. Ich
könnte das ja verstehen, wenn ich behaupten
würde, Superman zu sein, aber so … Mensch
Falk, jetzt quatsche ich Dich die ganze Zeit zu,
sorry! Ich philosophiere hier über Gott und die
Welt und Du hast einen Mordfall oder zwei
aufzuklären.»

«Nein, alles gut. Ich bin froh, wenn es einmal
nicht um Mord und Totschlag geht, sondern um
die ganz normalen Dinge des Lebens», antwortete
Falk sofort.

«Na ja, ganz normal ist das für mich nicht, ich
habe da schon mit mir – und auch allen anderen –
zu kämpfen», entgegnete Torge.

Falk blieb unvermittelt stehen, linste zu Torge
runter und ging in die Knie, wobei er die Arme
auf dem Rollstuhl ablegte.

«Mensch Torge, so was ist für niemanden von uns
ganz normal, dabei ist es doch ganz normal. Dass
es für Dich natürlich etwas anderes ist als für

mich, ist auch klar, aber auch das ist ganz normal, denn für jeden ist Liebe immer ganz individuell und immer ganz besonders. Und wenn es das nicht ist, dann reden wir auch nicht über Liebe!» Diese Sätze musste Torge erst einmal für sich verarbeiten und Falk wusste zu gut, wie es im Kopf seines Freundes nun arbeitete. Torge war eben ein Kopfmensch. Er wollte alles und jeden analysieren, selbst wenn das bei Gefühlen zu keinem richtigen Ergebnis führen konnte. Falk konnte sich schon vorstellen, dass es für Torge nicht leicht war mit der zwischenmenschlichen Beziehung. Er musste nur daran denken, wie er selbst mit Liebeskummer umging. Er schnappte sich dann sein Rad und fuhr so lange und so schnell, bis die körperlichen Schmerzen die seelischen irgendwann einholten. Aber was sollte Torge in solchen Fällen machen? Sich mit dem Rolli über die Hand fahren? So liefen beide Freunde in Gedanken versunken nebeneinanderher, bis sie vor der Tür der Lebenshilfe standen.

«Ich muss dann mal wieder rein», sagte Torge und rollte durch die Eingangstür, als Falk ihm hinterherrief:

«Also Du recherchierst in Richtung Bauamt – ich
zähle da ganz auf Dich!»
Falk wusste, damit hatte er Torge unter Druck
gesetzt, aktiv zu werden. Und genau das war auch
seine volle Absicht.

Falk hatte das gute späte Frühstück und das nicht
mindergute Gespräch mit Torge wieder beruhigt,
ganz im Gegensatz zu Brinkmann, der ihm im
Präsidium aufgeregt entgegenkam:
 «Aber Herr Osmers, so habe ich das doch nicht
gemeint. Aber wenn Rottemöller das
mitbekommt …»
Falk, nun in deutlich besserer Laune, legte
Brinkmann einen Arm auf die Schulter, so dass
dieser errötete, und sagte ganz langsam in einem
schon fast väterlichen Ton: «Polizeihauptmeister
Brinkmann, wenn Sie Rottemöller nicht anrufen,
erfährt er das hier doch erst gar nicht. Und wenn
Sie Esswein nicht sagen, dass wir ihn eigentlich
nicht festhalten dürften, erfährt dieser auch nicht,
dass er zu Unrecht auf Staatskosten übernachten
darf. Und morgen nehmen wir dann in aller Ruhe
einen neuen Anlauf, um unser Geständnis von
Esswein zu bekommen. Vielleicht haben Sie ja

Recht und wir können ihn dann vorschriftsmäßig zweier Morde überführen.»

Falk drehte sich um und schlenderte in Richtung des Büros von Monika Müller, um Sie auch entsprechend zu instruieren, denn er war sich schon bewusst, dass der Plan nur aufging, wenn Hannover davon keinen Wind bekam. Als er die Tür des Großraumbüros, in dem die Kommissarsanwärterin ihren Schreibtisch hatte, öffnete, empfing ihn ein aufgeregtes Geschnatter. Alle drei Anwärter, die in Verden gerade Dienst taten, standen aufgeregt am hintersten Schreibtisch zusammen.

«Was gibt es denn so Aufregendes? Habe ich was nicht mitbekommen?», trötete er den Dreien fröhlich entgegen, wobei es ihn wunderte, denn hinten am letzten Schreibtisch saß Polizeimeisteranwärter Sander, der doch nur die Verkehrsdelikte bearbeitete. Was konnte da denn schon so spannend sein? Also schlängelte er sich zu ihm durch, um auch einen Blick zu erhaschen.

«Na, was gibt es denn hier so Spannendes?» Neugierde war eine ganz natürliche Grundvoraussetzung für einen guten

Kriminalkommissar, da war Falk keine Ausnahme.

«Das wollen Sie jetzt wohl wissen, Herr Osmers?», lachte ihn Monika Müller kokett an, während sie den Vorgang vom Tisch wischte und hinter Ihrem Rücken versteckte. Aber da nahm Sander ihr auch schon den Wind aus den gerade aufgezogenen Flirtsegeln:

«Na, nichts Besonderes, nur der Schnösel von Blattner muss seinen Führerschein für drei Monate abgeben, den haben sie mit 205 km/h vor Bremen erwischt.»

Das war jetzt nichts Besonderes, denn seitdem die Grünen im Bremer Rathaus saßen, war aus Umweltgründen rund um Bremen auf allen Autobahnen 120 km/h Höchstgeschwindigkeit angesagt. Da kam es schon ab und an vor, dass man den ein oder anderen Sportwagenfahrer erwischte. Zugegeben: 80 Stundenkilometer drüber waren schon dreist, aber jetzt auch kein besonderer Grund für diesen Auflauf.

«Aber das dürfte für Sie nun doch nichts wirklich etwas Neues sein, warum denn das Geschrei?», warf Falk schon fast enttäuscht ein.

«Wenn man aber in einem knallgelben
Lamborghini LP 560 Gallardo Spider meint, am
Führerscheinentzug vorbeizuschrammen, nur weil
man eine blonde Perücke trägt, dabei aber
trotzdem wunderbar zu erkennen ist, dann ist das
doch ein Bild, das man nicht alle Tage auf den
Schreibtisch bekommt», lachte Müller auf und
konnte sich dabei ein Glucksen nicht verkneifen.
Falk wurde stutzig und fragte:
«Wann war das denn?» Sander antwortete wie aus
der Pistole geschossen:
«Letzte Woche, das ging so schnell, weil es ein
Strafverfahren ist, da kommt richtig was auf
unseren Dandy zu.»

Das war schon ein merkwürdiger Tag heute,
dachte Falk, als er zurück in seinem Büro war.
Erst das Fast-Geständnis von Esswein, dann
Torges Geständnis und nun dieses Blitzer-Foto
mit Perücke. Vielleicht sollte er für heute Schluss
machen und unverhofft Marie in Bielefeld
besuchen. Vielleicht ein Lammlachs im KDW,
einem der besten griechischen Restaurants
Deutschlands, oder doch ins Buschkamp auf
etwas kulinarisch Vegetarisches? Falk konnte sich

nicht entscheiden, aber wenn er genauer darüber nachdachte, hatte er keine Lust auf die lange Fahrt. Komisch, früher hatte ihm das nie etwas ausgemacht. Wurde er alt oder lag es doch an etwas ganz anderem?

Von all dem hatte Torge natürlich noch nichts mitbekommen. Sein verbleibender Arbeitstag im Büro verlief ohne besondere Vorkommnisse und als er zu Hause war, entschied er sich für seinen obligatorischen Nachmittagskaffee, den er diesmal draußen einnehmen wollte. Die eine Stunde, die er jetzt allein war, wollte er nutzen, um ungestört mit Lena zu telefonieren. Obwohl er natürlich immer noch mächtig Bammel davor hatte und noch mehr Angst vor der eigenen Courage. Aber er stand nun bei Falk im Wort, das wusste er. Einen Freund, der sich auf ihn verließ, zu enttäuschen, kam für Torge definitiv nicht in Frage. So blickte er resigniert von seinem Balkon auf die Straße, wo gerade ein händchenhaltendes Paar vorbeiging und sich genau unter seinem Balkon küsste. Das wertete Torge als Zeichen und er sagte zu seiner Sprachwahlfunktion:
«Rufe Lena an.»

Während das Freizeichen im Kopfhörer erklang, klopfte Torges Herz bis zum Hals. Nach dem vierten Klingeln nahm sie ab.

«Schünemann», hörte Torge. Die Stimme klang überrascht.

«Hallo Lena, hier ist Ttttorge.» Mist, schon wieder konnte er nur stammeln.

«Mensch Torge, schön dass Du doch noch anrufst. Ich hatte schon fast die Hoffnung aufgegeben.»

Torge atmete tief durch, ein Mount Everest fiel von seinem Herzen. Nach ein paar einleitenden Worten fragte Lena überraschend:

«Du sag mal, Torge, hast Du Lust, mit mir essen zu gehen?»

Torge war völlig perplex und antwortete für seinen Geschmack viel zu euphorisch:

«Ja klar - sofort!» Für ihn klang seine Antwort so ekstatisch, als hätte er gerade das Tor zu Werders fünften Meistertitel kommentiert. Doch Lena ließ ihr herrliches Lachen hören.

«Habe ich mir gedacht! Und irgendwie cool, dass du nicht rumeierst. Heute und morgen Abend ist leider schlecht, aber wir könnten uns doch vorab morgen in meiner Mittagspause auf der Bank im

Allerpark treffen. Da bist du doch öfter? Den Picknickkorb bringe ich mit.»

«Woher weißt Du …», begann Torge.

«Bis morgen halb eins. Und sei pünktlich. Sonst bin ich doch noch der Meinung, dass Du eigentlich nicht willst!». Die letzten Worte sprach Lena in einem Tonfall, der die scheinbare Drohung Lügen strafte, dann legte sie auf. Torge hörte noch einen kurzen Moment das Freizeichen, dann wurde die Verbindung zwischen Headset und Telefon getrennt. Kopfschüttelnd saß er nun vor seinem Kaffee. Wie konnte dieser Frau nur etwas so leichtfallen, was er sich nie getraut hätte. Egal. Er hatte morgen ein Date. Und jetzt musste er aufpassen, dass er Falks «Auftrag» nicht vor lauter Schmetterlingen im Bauch vergaß. Er tippte eine kurze Info an Falk. Zwei Minuten später bekam er den Daumen hoch und ein küssendes Pärchen als Emoji zurück.

Kapitel 15: Dienstag

Als Torge am nächsten Morgen ins Büro kam, rutschte seinem Kollegen neben dem freundschaftlichen «Moin» direkt noch die Frage «Heute noch'n Date, oder was?» heraus. Torge wurde knallrot, lachte dann aber herzlich.
«Erwischt! In der Mittagspause!»
«Dann wünsche ich viel Glück, damit Du Dich heute nicht umsonst so schick gemacht hast.» Torge bedankte sich, vertiefte das Thema aber nicht weiter. In Gedanken war er allerdings schon in der Mittagspause. Dass er direkt ein Date hatte, war fantastisch. Blöd war jetzt aber der Auftrag, den er für Falk erfüllen sollte. Wie sollte er Lena über Unregelmäßigkeiten im Bauamt ausfragen, ohne dass sie dachte, er würde sie nur aushorchen wollen? Torge quälte sich den ganzen Vormittag damit, dass er in Gedanken versuchte den Gesprächsverlauf, wie beim Schach, Zug um Zug durchzuspielen. Die Stunden vergingen im Schneckentempo. Punkt zwölf Uhr verabschiedete er sich endlich aus dem Büro. Eine Viertelstunde später saß Torge an der Bank und machte sich vor Aufregung fast in die Hose.

Keine fünf Minuten später parkte Lena ihren
Sportrollstuhl neben ihm, auf den Knien einen
englischen Picknickkoffer. Stil hat sie also auch,
dachte Torge und lächelte Lena strahlend an.
«Schön, dass wir uns sehen können!», begann er
das Gespräch. «Wie geht's Dir?»
«Gut», antwortete Lena, während sie Besteck,
Teller, Sandwiches, Kaffee und Kaltgetränke
auspackte. Torge ärgerte sich, dass ihm nichts
Geistreicheres als Gesprächseröffnung einfallen
wollte und ihm jetzt sogar ganz die Worte fehlten.
Aber Lena lächelte ihn an.
«Irgendwie konnte ich mich des Eindrucks nicht
erwehren, dass Du auf meinem Vortrag der
Einzige warst, der konzentriert zugehört hat.
Damit hast Du Dir meiner Meinung nach dieses
Treffen hier redlich verdient.»
Jetzt musste Torge lachen.
«Na ja, ich gebe zu, dass mich eher die Referentin
als das Thema in den Bann gezogen hat, aber das
Ergebnis ist wunderschön.» Hatte er das jetzt
wirklich gesagt? Aber das Lächeln auf Lenas
Gesicht wurde breiter.
«Und ich dachte schon, ich hätte mit meiner
Vermutung falschgelegen.»

So flogen zwischen den beiden noch mehrere
Bälle hin und her, die es immer weniger
schafften, den Flirt zu verbergen. Eine dreiviertel
Stunde hatten die beiden sich angeregt
unterhalten, als Lena plötzlich nachdenklich
dreinblickte.
«Wie erkläre ich das meiner Chefin?»
Torge meinte plötzlich Angst in Lenas Stimme
wahrzunehmen.
«Was denn?», fragte Torge sanft zurück.
«Dass ich zu spät bin.»
«Na ja, sag doch einfach, ich hätte Dich mit einer
Frage zur Barrierefreiheit in meiner Wohnung
aufgehalten.»
«Ich bin nicht sicher, ob das reicht. Die hat mich
doch eh schon auf den Kieker.»
Torge horchte auf.
«Wieso das denn?»
«Na ja, seitdem ich sie gefragt habe, wie sie sich
einen Porsche leisten kann, der wahrscheinlich
mehr Unterhalt kostet, als ich im Monat verdiene,
bin ich bei ihr sichtlich unten durch.»
Bei Torge schrillten alle Alarmglocken. Das war
ein Indiz, dass er für Falks Recherche verwenden
konnte, ohne dass er danach fragen musste.

Obwohl Torge am liebsten laut gejubelt hätte, musste er die Contenance wahren, um Lena nicht vor den Kopf zu stoßen.

«Verstehe, das ist keine einfache Situation.»

«Zumal», fuhr Lena jetzt mit belegter Stimme fort, «ich eigentlich besser qualifiziert bin als die Schnepfe! Bloß weil ich in diesem Ding sitze, hat man mich überhaupt zur Expertin für barrierefreies Bauen gemacht. Und das, obwohl ich meine Promotion über ökologische Konzepte bei der Bebauung von Ballungsräumen geschrieben habe. »

Torge seufzte. «Kenne ich. Ich wäre auch lieber Enthüllungsjournalist geworden. Jetzt schreibe ich über Behindertenthemen. Verstehe mich nicht falsch, ich bin zufrieden. Aber ist halt auch Schublade. Darf ich Dich fragen, wie Du in dem Ding gelandet bist?»

«Darfst Du. Heute nur die kurze Version, die lange Geschichte vielleicht mal später, ok?»

Torge nickte. «Besoffener Autofahrer in Hamburg nach einer Studentenparty. Ich auf dem Rad. Noch im Krankenhaus hat mein Damaliger Schluss gemacht, seitdem bin ich nie wieder ganz Frau gewesen.»

Torge schluckte schwer. Statt etwas zu sagen, fuhr er mit dem Rollstuhl vor Lena, nahm ihre Hände in die seinen und streichelte sie sanft.
«Das tut mir leid! Wenn Du Dir mal die Langversion von der Seele reden willst, zuhören kann ich.»
«Ich weiß», antwortete Lena und küsste Torge, «das will ich lieber als Mitleid.»
Torge erwiderte den Kuss und schwieg wissend. Der Kuss war nur flüchtig, aber die Stimmung hatte sich schlagartig geändert. Torge konnte die Schmetterlinge im Bauch fast körperlich fühlen und musste sich förmlich zwingen, irgendwann das Gespräch wieder aufzunehmen, denn Lena musste doch eiligst los:
«Ach ja, wegen des Problems in meiner Wohnung! Besichtigung morgen ab 20 Uhr mit Abendessen?»
Lena lachte und plötzlich war ihre Fröhlichkeit wieder zurück. «Abgemacht.», fuhr sie mit einem koketten Winken davon. Sarah, die nichts gesagt hatte, lächelte Torge an. «Glücklich?»
«Nicht zu übersehen, oder?» Um 14:49 Uhr tippte er eine SMS an Falk und drückte auf «Senden».

Kapitel 16

«Nochmals, wo waren Sie am 13. August gegen
21:30 Uhr? Und sagen Sie mir nicht wieder, dass
Sie allein in Ihrer Dienstwohnung gesessen
haben! Das glaube ich Ihnen einfach nicht!»,
schrie Falk Esswein an. Das Verhör zog sich nun
schon vier Stunden hin und immer noch beharrte
Esswein darauf, dass er allein in seiner Wohnung
in der Firmenzentrale gewesen wäre. Weiterhin
wollte er keinen Anwalt, was Falk ein wenig
beruhigte, da die Beweislage nach wie vor nicht
für einen Haftbefehl ausgereicht hätte. Falk
fühlte, dass Esswein ihm etwas verheimlichte.
Das hatte er im Urin. Irgendwas war faul an
Essweins Aussage. Brinkmann hatte schon
mehrfach durch seine Blicke zu verstehen
gegeben, dass Falk sich mit dem Verhör und der
Festsetzung von Esswein auf ganz dünnem Eis
bewegte, als Monika Müller ins Verhör platzte
und die beiden Beamten aus dem Verhörraum bat.
Draußen raunte Brinkmann dann auch direkt im
gebrüllten Flüsterton von der Seite:

«Herr Osmers, das geht doch nicht. Gegen den Mann liegt nichts weiter vor, als dass er behauptet, zum Tatzeitpunkt allein in seiner Wohnung gewesen zu sein. Das ist ja noch nicht strafbar und es gilt immer noch «In dubio pro reo» . Wenn wir nicht in Teufels Küche kommen wollen, müssen wir das hier schleunigst beenden. Ich weiß nicht, ob ich das noch mittragen kann!»

Falk antwortete Brinkmann nicht, aber wenn Blicke töten könnten, hätten sie gerade einen ganz anderen Mord zu verhandeln. So wandte er sich lieber Monika Müller zu, die aber auch mit keiner guten Info aufwartete:

«Röttemöller hat schon zweimal angerufen. Der will unbedingt, dass ihn einer von Ihnen zeitnah zurückruft. Er glaubt meine Geschichte nicht, dass Sie zusammen noch einmal zum Tatort gegangen wären und dann beide ihr Handy vergessen hätten. Was soll ich ihm sagen?»

Falk schaute sie nur nachdenklich an. Hatte sie sich heute ganz dezent geschminkt? Sie trug heute auch ihre Haare offen, so dass ihre Naturlocken wie eine Löwenmähne über das blaue Polizeihemd wallten. Recht sexy dachte Falk, worüber er selbst erschrak, denn im Dienst erstickte er solche Gedanken normalerweise im Keim. Dass Monika ab und an mit ihm im Dienst flirtete, wusste er schon. Er nahm das aber eher zur Aufmunterung seiner Laune und als Kontrapunkt zu Brinkmanns trockener und überkorrekter Art auf. Diesmal merkte er sogar eine körperliche Reaktion an sich. Er hätte wohl doch besser gestern zu Marie fahren sollen, als sich genüsslich bei einem Glas Rotwein vor seinem Brothaus zum zigsten Mal den Film «Nordkurve» auf seinem Tablet reinzuziehen.

«Herr Osmers, sind Sie noch bei uns?», hauchte die Kommissarsanwärterin Falk von der Seite an. Irgendwie verführerisch dachte Falk im ersten Moment, aber dann riss er sich selbst aus seinem Tagtraum, wobei er trotzdem nicht verhindern konnte, dass er Frau Müller auf den obersten Blusenknopf starrte, der sich unter einer gewissen süßen Last spannte.

«Klar, ach ja Röttemöller – wir bleiben jetzt aber bei der Ausrede. Wenn ich mit ihm spreche und er mich nach den Ermittlungen fragt, kann ich ihn nicht anlügen ohne Gefahr zu gehen, dass er tatsächlich ein fettes Dienstvergehen gegen mich in der Hand hat. Sie kriegen das schon hin.

Deswegen brauchen sie uns doch nicht rausrufen. Oder war sonst noch was?» «Allerdings», hauchte Monika Müller mit einem koketten Lächeln und ihrem aufreizendsten Augenaufschlag Falk entgegen, denn auch ihr war eine Reaktion seinerseits nicht verborgen geblieben.

«Ich habe wie befohlen mal in Essweins Leben rumgegoogelt. Ob da nicht noch der ein oder andere Hinweis im Verborgenen liegt. Und was soll ich sagen? Esswein hat vor seinem Architektur-Studium eine ganz profane Mechatronikerausbildung absolviert! Er wäre also durchaus in der Lage gewesen, den Rollstuhl des alten Blattners zu manipulieren.»

Endlich, dachte Falk, das ist zwar jetzt nicht die Bombennachricht, aber immerhin mal etwas, um Esswein mit einer neuen Info ein wenig aus der Reserve zu locken, denn Falk war sich hundertprozentig sicher: Esswein verschwieg irgendwas. Er hätte Monika umarmen können, aber das wäre im Moment sicher in eine ganz falsche Richtung abgedriftet.

Zurück im Verhörraum legte Falk dann auch sofort los:

«Herr Esswein, wir wissen von Ihrer Anfeindung mit den beiden Mordopfern und Sie hatten sowohl Gelegenheit als auch das Können, den Rollstuhl des alten Blattner zu einer Mordwaffe umzuprogrammieren», zischte er mit seinem neuen Wissen den Verdächtigen direkt an, wobei er Ersteres dem Delinquenten einfach mal unterstellte.

«Ach so ist der alte Blattner ums Leben gekommen. Habe mich schon gefragt, warum die Polizei erst auf Selbstmord und Tage später auf Mord plädierte. Gar nicht so doof. Der olle Blattner ist mit dem Ding ja immer wie ein Irrer durch die Gegend gerast und wenn Du nicht rechtzeitig zur Seite gesprungen bist, hat der Dich einfach umgemangelt. Da fragen Sie mal seine Tochter, die hatte ständig blaue Flecken, weil er sich in seiner Wut einfach nicht im Griff hatte. Die habe ich nach solchen Attacken nicht nur einmal auf Krücken gesehen. Letzten Sommer ist der Alte ihr so in die schicken langen Beine gefahren, da saß sie am Ende selbst einige Tage in solch einem Ding, da halfen auch die Krücken nix mehr. Aber wie meinen Sie das mit dem Können?»

«Na, Sie haben doch eine Ausbildung zum Mechatroniker. Damit wären Sie schon in der Lage gewesen, den Rollstuhl entsprechend zu manipulieren», entgegnete Falk wie aus der Pistole geschossen.

«Ach was, die Lehre ist doch über zwanzig Jahre her. Da haben wir aber doch nur Trafodrähte gerollt. Mit dem Wissen können Sie heute doch nichts mehr reißen. Wir waren Hardware-Helden, heute brauchen Sie doch nur noch Softwareentwickler!»

Falk sprang auf und winkte Brinkmann, ihm zu folgen, aber nicht ohne beim Verlassen des Raumes sich noch kurz über Esswein zu beugen und ihm süffisant ins Ohr zu flüstern:

«Ach, von Softwaremanipulation habe ich nichts erwähnt. Diese Faktenlage haben Sie eben ganz allein ausgeplaudert. Sollten Sie mal drüber nachdenken.»

Draußen raunte ihn Brinkmann schon wieder an, dass er das langsam nicht mehr mittragen könne. Noch eine Nacht in Untersuchungshaft könne er auch als weisungsgebundener Beamter nicht mehr verantworten.

«Osmers, so geht das nicht, wir schieben demnächst dann alle im hinterletzten Winkel Niedersachsens Dienst, wenn wir so weitermachen.»

«Ach hat Rottemöller Ihnen auch schon mit Gartow gedroht? Machen Sie sich nichts draus, ist viel schöner, als man meint, und immerhin sind wir dann ja auch zu zweit dort auf Streife. Aber jetzt lassen wir unseren lieben Herrn Esswein mal mit der Denkaufgabe einige Zeit allein. Kommen Sie, ich lade Sie auf eine heilige Pommes ein, vielleicht verrät er uns nach der Mittagspause sein Geheimnis. Mensch Brinkmann, Sie müssen doch auch merken, dass bei Esswein irgendetwas faul ist. Und warum will der immer noch keinen Anwalt? Das ist doch mehr als komisch.»

Eine Stunde später saßen Brinkmann und Falk wieder in dem kleinen Verhörzimmer und inzwischen war nicht nur die Luft recht verbraucht, sondern auch die Augusthitze machte das Verhör immer nerviger.

«Was haben Sie denn so allein gemacht. Am besagten Abend? Gearbeitet? Das glaube ich

nicht, Sie hätten ja doch an keiner Ausschreibung
mehr teilnehmen können so ganz ohne Personal»,
mutmaßte Falk.

«Ich weiß nicht», sagte Esswein in die
darauffolgende Stille.

«Sie müssen doch wissen, was Sie vor drei Tagen
abends gemacht haben, dass Sie sich daran jetzt
nicht erinnern können, glaubt Ihnen doch kein
Richter!»

«Ich habe ferngesehen, glaub ich.»

«Wie glaub ich? Haben Sie oder haben Sie
nicht?»

«Okay, ich habe.»

«Und was lief, wenn man fragen darf?»

«So ein Krimi, der aus Münster, Wilsberg oder
so.»

«Okay», sagte Falk langgezogen und verließ
wieder den Verhörraum, allerdings nur um in der
Mediathek sich die besagte Folge im
Schnelldurchlauf anzusehen, um Essweins
Aussage überprüfen zu können. Nach etwa
dreißig Minuten kehrte Falk zurück, aber Esswein
konnte keine einzige Szene wiedergeben. Auch
das schien sichtlich gelogen gewesen zu sein.
Kurz hoffte Falk, Esswein würde nun endlich

einknicken, doch stattdessen wurde er nur noch einsilbiger. Er hatte nichts zu sagen oder besser, er wollte nichts sagen. Falk ließ nicht locker, weil er merkte, dass Esswein so langsam doch mürbe wurde. Immer wieder stützte Esswein seinen Kopf auf die Arme oder seufzte laut vor sich hin. Falk lief die Zeit davon. Das Risiko, Esswein ohne weitere belastende Aussagen noch eine eitere Nacht bei Vollpension zu beherbergen, konnte und wollte auch Falk nicht eingehen. Spätestens in den nächsten zwei bis drei Stunden musste er Esswein so weit haben, dass er auspackte. In diesem Moment signalisierte Falks Handy den Eingang einer Kurznachricht. Sich mitten im Verhör vom Handy ablenken zu lassen, war zwar nicht besonders professionell, aber in diesem Fall erwies es sich als extrem hilfreich. Falk linste kurz auf die Nachricht, ohne dass Brinkmann und Esswein eine Chance hatten, sie zu lesen, oder zu erkennen, von wem sie gekommen war. Die Nachricht kam von Torge: «Ich weiß nicht, was heißer ist: Mein Flirt oder die Spur ins Bauamt! Die Leiterin des Bauamtes, Frau Senne, fährt einen viel zu teuren Porsche und reagiert auf Nachfragen extrem dünnhäutig.

Wenn der mal nicht mit Schmiergeldern läuft???
Grüße und nochmals DANKE, T.»
Falk dachte kurz nach und kam schnell zu dem
Schluss, dass er alles auf eine Karte setzen
musste. Dazu war jetzt eine Notlüge nicht mehr
zu vermeiden. Er schaute weiter verdeckt auf sein
Handy, als hielte er Pokerkarten in der Hand und
sagte in einem langsamen, aber sehr
bestimmenden Ton:
«Oh, Oh, lieber Herr Esswein, jetzt wird es aber
ganz eng. Meine Kollegen haben mir gerade
mitgeteilt, dass Sie Frau Senne vom Bauamt
bedroht haben. Sie sind also auch dort schon
aktiv geworden.
Sollte sie Ihr nächstes Opfer werden? Oder war
Ihnen das so kurz nacheinander noch zu heiß?
Lebt Frau Senne nur noch, weil Sie hier bei uns
sitzen?»
Dann steckte er ganz langsam sein Handy in die
Hosentasche, als ließe er einen Revolver
verschwinden,
Vier aufgerissene Augen starrten Falk an. Warum
Brinkmann so große Augen machte, konnte er
sich natürlich denken, aber warum Esswein ihn

jetzt entsetzt anstarrte, galt es in den nächsten
Minuten herauszufinden.

«Diese blöde Kuh!», kam es dann auch
unvermittelt von Esswein.

«Was hat die denn erzählt? Na klar hätte ich sie
am liebsten umbringen wollen! Hab ja auch allen
Grund dazu! Das bisschen Schütteln wird ihr
auch nicht geschadet haben, der sollte mal klar
werden, was sie angerichtet hat. Was hat sie
gesagt, waaas?», brüllte Esswein mit hochrotem
Kopf und geifernder Aussprache.

Falk stand grinsend auf und schlenderte ins
Nebenzimmer, wo er sich hinter die verspiegelte
Scheibe setzte, um zu beobachten, wie sich die
Szene nun entwickelte.

Brinkmann saß hinter Esswein auf einem Stuhl in
der Ecke. Esswein selbst sackte in sich
zusammen, hielt sich mit beiden Händen den
Kopf, welchen er dabei immer wieder schüttelt.

Als Brinkmann sich gesammelt hatte, sagte er zu
Esswein:

«Ich merke doch, Sie bedrückt etwas. Ich kann
Ihnen nur raten, sagen Sie es uns, solange das
noch entlastend bewertet werden kann.
Hauptkommissar Osmers bekommt eh alles raus.

Sie merken doch, das ist ein knallharter Hund.»
Bei Brinkmanns ersten Worten war Esswein
heftig zusammengezuckt, weil er fast vergessen
hatte, dass der Polizist noch im Raum war.
Falk, der hinter der Scheibe saß, zauberten die
Worte seines Kollegen ein Lächeln ins Gesicht,
denn das musste wohl tatsächlich Brinkmanns
Meinung von ihm sein, denn schauspielern traute
er diesem grundehrlichen Typen in der Situation
nicht zu. Falk lächelte. Und Esswein?
Der begann zu heulen wie ein Schlosshund.
«Ich habe das nicht gewollt. Aber Beate hat mich
überredet. Ich habe das alles so nicht gewollt»,
wiederholte Esswein mit tränenerstickter Stimme.
Inzwischen war auch Falk wieder zurück. Er legte
Esswein eine Hand auf die Schulter und sagte:
«Alles gut, es ist immer besser, wenn alles
rauskommt. Machen Sie sich Luft, Sie werden
sehen, dann geht es Ihnen auch gleich viel
besser!»
Brinkmann machte in seiner Ecke Zeichen, dass
der Mitschnitt noch lief und Falk weitermachen
sollte. Das war aber eigentlich überflüssig, denn
Esswein holte zum großen Rundumschlag aus:

«Ich habe ihr doch erst nur einen Schreck
einjagen wollen. Die dumme Zicke hat mich mit
ihrem Gebaren schließlich in den Ruin getrieben.
Und dann hat Beate mir gesagt, dass ich besser
versuchen sollte, aus der Situation Profit zu
schlagen. Was hätte ich denn davon, wenn die
wegen Bestechung irgendwann hinter Gittern
sitzen würde. Sie sollte lieber bluten und
zumindest ein wenig des Schadens wieder gut
machen. Ich habe ja auch nur 200.000 Euro
verlangt. Wenn die nicht total dämlich ist, hatte
die doch bestimmt viel mehr kassiert, allein
dieser seltene Porsche. Sollte sie den doch
verkaufen oder sonst was von dem Nippes, den
sie sich über die Jahre von dem Geld geleistet
hatte!»

«Wer ist denn jetzt Beate?», fragte Falk fordernd.

«Beate Brand ist meine Sekretärin. Ich dachte,
das wissen Sie längst. Ach, jetzt ist auch alles
egal, meine Frau wird mir eh keinen Penny mehr
geben, wenn ich im Knast sitze. Beate und ich
haben seit langem ein Verhältnis. Sie war die
Einzige, die noch zu mir hielt, als es den Bach
runterging. Meine Frau hatte doch nur Sorge um
ihren Lebensstil und was die Leute denn wohl

von uns denken. Das ist mir doch scheißegal. Mit Beate wollte ich noch mal ganz neu anfangen, auf Bali, mit den 200.000 Euro, das hätte uns doch gereicht.»

«Und dann haben Sie die beiden aus Wut zuerst umgebracht, um dann bei Frau Senne vor ihrer Flucht noch abzukassieren?»

«Ach was, mit den Morden habe ich nichts zu tun», entgegnete Esswein völlig gereizt.

«Ich kann doch keiner Fliege etwas zu Leide tun, egal was die blöde Senne behauptet. Ich wäre ja schön blöd gewesen, die beiden umzubringen, denn hätte ich den Schneid, dann hätte ich doch von den beiden viel mehr erpressen können. Die hätten doch nie wieder einen öffentlichen Auftrag bekommen. Aber sie kannten mich doch viel zu gut. Die hätten mich nur ausgelacht und am Ende hätte womöglich einer der Bulgaren von de Vries vor meiner Tür gestanden. Nee, mein Lieber, die beiden waren knallharte Verbrechertypen, mit denen legt man sich nicht an. Und wenn Sie verdammt noch mal wissen wollen, was ich wohl am 13. August um 21:00 Uhr gemacht habe, es lief tatsächlich Wilsberg im Fernseher, aber Beate war da und damit habe ich nicht wirklich viel vom Film mitbekommen.»

Bei den letzten Worten huschte ein leises Lächeln über Essweins verweintes Gesicht.

«Aber warum haben Sie das denn nicht gleich gesagt?», platzte es unverhofft aus Brinkmanns Mund.

«Ja was meinen Sie denn, wovon ich den ganzen Bums noch halbwegs am Laufen gehalten habe? Ohne das Geld meiner Frau wäre ich doch schon längst platt gewesen. Und hätte die rausbekommen, was mit Beate lief, dann wären die Lichter längst aus. Ich hoffte ja so auf diesen einen Auftrag! Diese blöde Senne!», rutschte es Esswein noch mal raus. «Jetzt können Sie auch unseren Anwalt anrufen. Meine Frau kriegt ja eh jetzt alles raus.»

Falk gab Brinkmann einen Wink, dass sie beide kurz mal unterbrechen sollten.

Draußen flüsterte Falk Brinkmann vertraulich zu: «Der tut mir ja echt leid. Rufen Sie doch bitte den Anwalt der Familie an, bevor der sich noch mehr reinreitet. Frau Müller soll bei besagter Beate Brand das Alibi überprüfen, aber das dürfte aus

meiner Sicht nur Formsache sein, und ich
informiere Rottemöller.»

Falk stutzte kurz:

«Ach nein, ich überprüfe das Alibi und Frau
Möller informiert Hannover wegen des
Korruptionsfalls im Bauamt. Aber das hier ist
ganz bestimmt nicht unser Mörder!»

Eine echt ärgerliche Situation für Falk. Einerseits
hatte er durch sein «Pokerspiel» und dem daraus
resultierenden Geständnis von Esswein gleich
zwei Straftaten aufgedeckt, andererseits musste er
sich nun eine gute Strategie für von Rottemöller
einfallen lassen, warum er Esswein überhaupt
befragt und ihn nicht zurückgerufen hatte. Was
passieren würde, wenn herauskam, dass er sich
quasi der Freiheitsberaubung strafbar gemacht
hatte, wollte er sich gar nicht erst ausmalen. So
setzte er sich trotz dieses Erfolges resigniert in
sein Büro und fing an zu grübeln. Leider brachte
ihn das auch nicht weiter. Seine Gedanken
drehten sich im Kreis. Esswein war der Einzige,
der nachweisbar ein Motiv für beide Morde hatte.
Als ihm dann aber noch stichhaltig das Alibi von
Beate Brand persönlich bestätigt wurde, war er
mit seinem Latein gänzlich am Ende.

Wer hatte noch ein Motiv für die beiden Morde? Hingen die beiden Verbrechen überhaupt zusammen? Er hatte keine Anhaltspunkte, wie er nun weitermachen sollte, so sehr hatte er sich auf Esswein als Täter festgelegt. Nach zwei Stunden Grübeln schnappte er sich seine Jacke und machte Feierabend. Beim Verlassen des Präsidiums gab Monika Müller ihm zwar noch Zeichen, die wohl bedeuten sollten, dass er sich in Hannover melden solle, aber Falk winkte ab. Morgen ist auch noch ein Tag. Er hatte keine Lust, dass von Rottemöller seine Ratlosigkeit mitbekam. Jetzt nach Hause zu radeln, kam für ihn aber auch nicht in Frage. Dort hätte er nur noch mehr gegrübelt. Deswegen schlenderte er mit dem Rad gedankenverloren Richtung Allerufer. Ein warmer wunderschöner Spätsommertag neigte sich dem Ende zu. Um ihn herum das Gewimmel aufgeregter Feierabendhektik. Die Vorfreude auf einen traumhaften Sommerabend, den es in diesen Breitengraden nicht so häufig gibt, lag in der Luft. Nur Falk entkoppelte sich dieser gespannten Vorfreude, indem er gesenkten Blickes am Allerufer entlangschlenderte, bis er unvermittelt vor Torges Appartement stand. Torge selbst hatte

Falk schon lange von seiner Terrasse aus entdeckt. Nur zu gern wollte er seine Freude mit Falk teilen, zumal dieser auch einen nicht unerheblichen Anteil an Torges momentanem Glück hatte.

«Herr Osmers?» Eine sanfte Frauenstimme holte Falk aus seinen Tagträumen. Als er aufblickte, sah er Sarah, Torges Assistentin, vor sich.

«Ich soll Sie einladen, sagt Herr Assmussen. Ich habe schon einen Drink für Sie bei ihm auf der Terrasse serviert, ich eile nur noch schnell und hole die letzten Zutaten für das Abendessen. Sie bleiben doch, oder?»

Ohne dass dies Falks Absicht gewesen wäre, war er froh über die Einladung. Vielleicht hatte er ja doch ganz unbewusst gerade diesen Weg eingeschlagen. Nichts konnte ihm gerade besser helfen als Torges analytische Art, wie er die Dinge sah, und so schlüpfte er durch die Aufzugtür, die Sarah ihm noch offenhielt. Oben angekommen öffnete sich ihm der fantastische Panoramablick über die Aller-Wiesen. Torge schlürfte an seinem bunten Mocktail und hatte sich dazu Norah Jones auflegen lassen.

Die Live LP « …`Til We Meet Again» hatte er für seine Situation zwar schon als ein wenig dick aufgetragen empfunden, aber die jazzig-swingende Musik mit dieser einmaligen Stimme passte so perfekt in die frühabendliche Stimmung, dass selbst Falk ein wenig bessere Laune bekam, als er auf die Terrasse hinaustrat. Die beiden Freunde begrüßten sich nickend und Falk ließ sich in den Thonet S35 L fallen, den Torge tatsächlich mal völlig zerschlissen auf dem Sperrmüll gefunden hatte und den Sarah dann in mühevoller Arbeit wieder hergerichtet hatte. Sarah war schon eine Perle, dachte Falk. Sie wusste genau, was er jetzt brauchte und griff sich den Whiskey sour, den sie ihm wohlweislich schon hingestellt hatte.

Beide genossen schweigend die abendliche Stimmung. In ein bis zwei Stunden würde leuchtend rot die Sonne dort unter gehen, wo Weser und Aller zusammenfließen. Noch waberte die heiße Luft des Sommers über der Stadt, aber vom Wasser wehte ab und an schon eine herrlich frische Brise herüber, so dass Falk schon den Duft des fernen Meeres in ihr wähnte. Nachdem die erste Seite der LP durchgelaufen war, holte

Falk Torge aus seiner schwärmerischen
Träumerei:
«Bei Dir scheint es ja ganz gut gelaufen zu sein.»
Doch Torge antwortete nur kurz und knapp
«Jup!» Das war für ihn schon unüblich.
Normalerweise war er mitteilsamer, aber was war
für ihn heute schon normal? Er hatte heute sein
Date mit Lena und er hat morgen das nächste
Date mit Lena und – das Beste – er hatte Lena
heute sogar geküsst! Schmetterlinge im Bauch?
Nein, viel mehr! Torge hätte platzen können vor
Glück. Dieses unbeschreibliche Gefühl
überstrahlte alle seine sonst für ihn so typischen
hirngesteuerten Bedenken. Normalerweise hatte
er immer Angst vor der Enttäuschung –
normalerweise eben.
Falk war von Torge mehr als irritiert. So hatte er
seinen Freund noch nie erlebt. Aber er freute sich
für ihn mit und er erwischte sich dabei, dass er
sogar ein wenig neidisch wurde. Dieses verliebt
sein hatte er lange nicht mehr so richtig gespürt.
Aber das war jetzt mehr als unfair gegenüber
Torge und natürlich auch gegenüber Marie. So
gab er Torge weitere fünfzehn Minuten des
schweigenden Genießens, bis er ihn auf den

aktuellen Stand brachte. Und da hing sein Freund ihm dann auch wieder ganz an den Lippen.
Torges Wissbegierde gepaart mit seiner unstillbaren Neugier gewann die Überhand und als Falk an die Stelle kam, wo er seine SMS bekam, erschrak er. Nie im Leben hätte seine SMS so interpretiert werden dürfen. Die hatte er nur im Überschwang seiner Gefühle so formuliert. Umso schöner war dann die Tatsache, dass sein Gefühl und Falks Mut am Ende mit einem Geständnis belohnt wurden.
«So, nun sind wir wieder da, wo wir auch schon vor drei Tagen waren. Kein Verdächtiger, kein Motiv – jedenfalls nicht für einen Mord», resümierte Falk.
«Lass uns doch einmal alle Spieler, die wir derzeit auf dem Feld haben, durchgehen. Vielleicht finden wir ja einen neuen Ansatzpunkt für die Ermittlungen.»
Da war er wieder: der gute alte analytische Torge. Fast schämte sich Falk dafür, seinem Freund nicht noch ein paar Stunden länger auf Wolke sieben gelassen zu haben, aber er wusste, innerlich war er das bestimmt noch eine ganze Zeit.

«Also Du sagst, dass du das Alibi von Beate
Brand für Esswein voll und ganz für glaubwürdig
hältst. Damit ist er bei unseren Mordfällen aus
dem Rennen.»
«Ja, so wie sie heute auf meinen Anruf reagiert
hat, ist der Fall für mich damit durch», entgegnete
Falk.
«Wen haben wir denn noch? Wer hätte denn den
Rollstuhl des alten Blattner manipulieren können?
Da ist auf jeden Fall die Haushälterin vom alten
Blattner, die hätte doch immer an den Rollstuhl
kommen können, aber welches Motiv sollte sie
haben? Dann könntest Du noch mal schauen, ob
Frau de Vries nicht doch ihren Mann satthatte. Es
heißt ja in Verden, dass er nicht gerade ein Kind
von Traurigkeit gewesen ist. Sollte Eifersucht das
Motiv bei de Vries gewesen sein, stellt sich die
Frage, wer Blattner ermordet hat.
Was ist denn mit Eva Blattner, die hätte doch
genügend Grund gehabt, ihren Vater zu hassen!»
«Quatsch», kam es von Falk sofort, «ihr traue ich
das im Leben nicht zu!», wurde er jetzt energisch.
Torge linste Falk leicht von der Seite an und
konnte sich ein leichtes Grinsen nicht verkneifen,
was Falk jetzt richtig wütend machte.

«Das ist doch völliger Unsinn, die hat sich doch
als erste bei uns gemeldet, dass sie ihren Vater
vermisst.»

Schon als Falk die letzten Worte aussprach,
merkte er, wie schwach seine Argumentation war,
aber Torge beließ es um des lieben Friedens
willen erst einmal dabei. Allerdings fiel Falk in
dem Moment wieder die sonderliche Begegnung
von Frau Blattner und Frau de Vries am Allerufer
vor einer Woche ein. Auf die Stelle, wo sich die
beiden gestritten hatten, konnte er von hier aus
jetzt genau blicken. Aber Falk sagte nichts, um
Torge nicht noch einmal Grund zum Grinsen zu
geben.

«Was ist denn mit dem Junior? Bei dem gab es
doch auch Widersprüche. Das war doch
ursprünglich auch dein erster Ansatz.»

«Ja, genau», entgegnete Falk und ihm fiel es wie
Schuppen von den Augen:

«Da stimmt ganz gewaltig etwas nicht. Wo Du es
jetzt sagst: Den haben die Kollegen gerade bei
Bremen geblitzt, genau an dem Tag, an dem de
Vries ermordet wurde, er aber angeblich in
Hannover gewesen sein will. Das wäre vielleicht
jetzt nicht so merkwürdig, denn mit der Kiste, die

der Blattner fährt, bist Du im Ernstfall unter einer Stunde von Hannover in Bremen, aber jetzt kommt es: Auf dem Blitzerfoto trägt er eine Perücke! Außerdem, was macht er überhaupt auf der Autobahn um Bremen?»
Bei den letzten Worten klappte Torges Unterkiefer nach unten und er schaute Falk mit großen Augen an, während die Sonne tiefrot dort unterging, wo Aller und Weser sich vereinen.

Kapitel 17: Mittwoch

Am nächsten Morgen ging Falk im Präsidium mit Brinkmann nochmals alle Verdächtigen durch und wiederholte so die Gedankengänge von Torge und ihm vom Vorabend. Währenddessen holte der Bremer Staranwalt der Familie Esswein gegen Kaution seinen Klienten aus der Untersuchungshaft. Am liebsten hätte der Anwalt aufgrund der ersten Übernachtung auf Staatskosten auch noch Anzeige gegen Falk erstattet, aber das wollte Esswein nicht. Falk hatte Recht gehabt, dass er sich jetzt besser fühlte, nachdem er reinen Tisch gemacht hatte. Als Beate Brand, Essweins Geliebte, ihn abholte, konnte Falk erahnen, warum es Esswein mehr zu ihr hinzog als zu seiner Frau. Beate war zwar nicht - wie man so sagt - objektiv hübsch, hatte aber etwas, was sich einem erst erschloss, wenn man genauer hinsah. Vor allem – so dachte Falk – hat die Frau Herz, so wie sie ihren Geliebten in den Arm nah, anstatt ihm Vorwürfe wegen des Geständnisses zu machen, das am Ende ja auch sie belastete.

Als Falk von der Unterschrift der Entlassungspapiere zurück in sein Büro kam, hatte Brinkmann schon seine Taktiktafeln aufgebaut. Zu Falks Verärgerung war das aber diesmal nicht eine, sondern gleich vier und Falk schaute Brinkmann verwundert an.

«Ja, Chef, wir sollten jetzt gleichzeitig in alle Richtungen ermitteln, auch wenn ich Ihnen Recht gebe, dass Arne Blattner derzeit sicher die Person mit den meisten Widersprüchen in der Aussage ist. Sie sehen ja, wohin das führt, wenn wir uns nur auf einen Hauptverdächtigen konzentrieren. Ich habe außerdem das Gefühl, dass wir hier in einem Spinnennetz herumstochern, bei dem früher oder später noch mehr ans Tageslicht kriechen wird», dozierte Brinkmann und Monika Müller, die inzwischen auch im Büro war, nickte zustimmend. Falk lief ein Schauer über dem Rücken, denn Brinkmanns Metapher weckte, zusammen mit den vielen Wollfäden, die selbiger von Tafel zu Tafel und zurück gespannt hatte, um die logischen Verbindungen der einzelnen Verdächtigen zu beschreiben, unweigerlich seine ausgeprägte Spinnenphobie.

«Aber Eva Blattner? Was soll das denn? Nie im
Leben hat die einen Mord begangen! Außerdem
Frau de Vries? Haben Sie denn irgendwelche
Hinweise, die sie verdächtig machen?»,
entgegnete Falk, vielleicht eine Spur zu laut.
Außerdem merkte er, noch während er es
aussprach, dass er gerade im Begriff war einen
typischen Ermittlungsfehler zu begehen.
Grundsätzlich durfte man nie auch nur irgendwas
ausschließen. Das Leben spielt manchmal
verrückter, als man denken kann. Das ist zwar
eine Binsenweisheit, aber am Anfang von
Ermittlungen sollte man sie tatsächlich
beherzigen. Und bei genauerer Betrachtung
waren sie ja fast wieder Anfang der Ermittlungen.

Deswegen lenkte er sofort ein und fragte:
«Warum haben Sie denn die Haushälterin von
Blattners mit auf Ihre Rechnung gesetzt? Wir
wissen ja nicht einmal ihren Namen.»
«Olga Borsow», entgegnete Monika wie aus der
Pistole geschossen.
«Nachdem Sie beide sich die letzten zwei Tage
mit dem Fall Esswein beschäftigt haben, habe ich
mich mal um die Verhältnisse bei den Blattners

und den de Vries' gekümmert. Es füllt nicht gerade den Arbeitstag aus, Herrn von Röttemöller zu besänftigen, zumal ich zuletzt auch nicht mehr ans Telefon gegangen bin, wenn er angerufen hat. Ich konnte ihm ja eh nichts Neues berichten und mich nur von ihm anschreien zu lassen, war mir dann am Ende auch zu blöd. Ach übrigens anschreien, Herr Osmers, das letzte, was er mir gestern schrieb war, dass Sie ihn, heute bis 10:00 Uhr zurückrufen sollen, ansonsten droht er nach Verden zu kommen», erzählte Monika Müller in einer leicht aufreizenden Art, die zumindest Brinkmann als ziemlich vorlaut empfand.

«Die liebe Frau Borsow war ja als Haushaltshilfe und persönliche Sklavin des alten Blattners jederzeit in der Lage, an den Rollstuhl zu kommen und deswegen habe ich sie mir mal genauer angeschaut. Sie arbeitet seit sieben Jahren bei den Blattners im Haushalt. Als ihre pflegebedürftige Mutter dann vor vier Jahren gestorben ist, hat man ihr in der Villa der Blattners eine Wohnung angeboten. Nicht wirklich aus Menschenfreundlichkeit, sondern eher damit der Senior rund um die Uhr jemanden hatte, den er rumkommandieren konnte. So zumindest beschreibt es die Nachbarin, die zum Glück sehr auskunftsfreundlich war.»

«Hat sie denn keinen Mann?», warf Falk unvermittelt ein, denn er hatte sie als nicht unattraktive Frau in den Dreißigern in Erinnerung.

«Nein, nicht mehr, ihr Mann kam bei einem Bauunfall ums Leben. Der arbeitete bei den Blattners als Gerüstbauer. Sie wissen doch, damals vor fünf Jahren, die Geschichte mit dem eingestürzten Gerüst bei der Aller-Klinik, wo nie ganz geklärt werden konnte, wie es wirklich zu dem Unfall kam. Das hatte Olga damals sehr schwer getroffen und man hat sie danach auch kaum noch lachen sehen. Dabei war sie vorher so eine lebensfrohe Person. Sagt zumindest die Nachbarin.

Dann zu Frau de Vries: Haben Sie gewusst, dass sie mindestens acht von zwölf Monaten gar nicht in Verden wohnt? Ich wollte mal genau wissen, wie es um die Firma de Vries steht und habe meine Kontakte zum Finanzamt angezapft. Bei denen war die Vries kein Unbekannter, weil die sich mit ihm ständig darum stritten, ob er wirklich nur 100 Tage im Jahr in Verden sei.»

«Was ist das denn für ein absurder Streit?»,
grätschte Brinkmann nun in den Monolog von
Monika.
«Tja, ER wollte den Firmensitz aus steuerlichen
Gründen nach Bulgarien verlegen, wo SIE in der
Nähe von Koprivshtitsa einen riesigen Reitstall
betreibt. Ihr hat man den Hauptwohnsitz in
Bulgarien auch abgenommen, ihm nicht. Bei dem
Streit geht es um nicht unerhebliche
Gewerbesteuereinnahmen für Verden. Wusste gar
nicht, dass dann selbst unsere Kollegen von der
Finanzbehörde kreativ werden. Jedenfalls haben
die seit geraumer Zeit versucht, de Vries
nachzuweisen, dass er mehr als 100 Tage in
Deutschland weilt, beziehungsweise weilte.»
Falk war verblüfft, Monika hatte ganze Arbeit
geleistet.
«Respekt», sagte Falk, «da haben wir ja jetzt ein
paar Ansatzpunkte, um den Fall ganz von vorn
aufzurollen. Wo fangen wir an?»
Falk wartete nicht, bis einer der beiden die Frage
beantwortete, sondern gab gleich selbst die
Antwort:
«Ich würde sagen, wir teilen uns auf. Sie», und
dabei zeigte er auf Monika, «sprechen mal mit

Heike de Vries. Ich möchte doch zu gern wissen, wie das Verhältnis zu ihrem Mann wirklich war und vielleicht bekommen Sie auch etwas darüber heraus, in welcher Beziehung Blattners zu de Vries' stehen. Normalerweise müssten die sich doch gehasst haben; so wie Esswein sie gehasst hat. Herr Brinkmann, vielleicht könnten Sie sich mal mit Arne Blattner näher beschäftigen. Ich will, dass Sie alles recherchieren, was man so herausbekommen kann, ohne aber mit ihm oder seinem näheren Umfeld zu sprechen. Ich halte ihn tatsächlich für den heißesten Kandidaten und ich möchte, dass wir mehr über ihn wissen, wenn wir ihn uns noch einmal persönlich vorknöpfen, er aber nicht vorgewarnt ist. Wäre gut, wenn es sogar ausreichen würde, um ihn vorzuladen. Aus meiner Sicht hat der junge Blattner um sich eine Scheinfassade aufgebaut und ich würde gerne mal dahinter linsen. Ich selbst werde noch einmal mit Eva Blattner sprechen. Ich kann mir einfach nicht vorstellen, dass ich mich in ihr derart getäuscht habe.»

Bei den letzten Worten konnte Brinkmann nicht verhindern, dass er kurz mit den Augen rollte.

«Aber vorher sollten Sie Rottemöller anrufen»,
schoss Monika Müller noch dazwischen, als Falk
schon die Türklinke in der Hand hatte und
verschwinden wollte. Jetzt rollte Falk mit den
Augen, ging zurück zu seinem Schreibtisch und
ließ sich in seinen Stuhl fallen. Danach machte er
mit der einen Hand eine ausladend winkende
Bewegung, womit er Müller und Brinkmann aus
seinem Büro warf, während er mit der anderen
Hand zum Telefonhörer griff.
Das Telefonat mit von Rottemöller war alles
andere als erbaulich. Anstatt sich über die
Aufklärung von zwei Verbrechen zu freuen,
klagte er Falks Alleingang an und die Tatsache,
dass man bei den Morden keinen Schritt weiter
war. Klar, dachte Falk, mit Amtsmissbrauch und
Bestechlichkeit sowie einer Erpressung konnte
man bei der Presse nie so viel Anklang finden wie
mit Mord. Deswegen war er froh, als er sich
wieder auf sein Bugatti schwingen konnte und zur
Villa Blattner radelte. Um sich ein wenig
abzureagieren und sich innerlich auf eine
Begegnung mit Eva Blattner vorzubereiten, nahm
Falk einen Umweg über ein Teilstück des
Allerradwegs entlang des Flusses. Als er sich von

der Flussseite der Villa näherte, konnte er noch
sehen, wie Arne Blattner mit heulendem Motor
und durchdrehenden Rädern vom Hof raste, so
dass die Reifen im Kiesbett tiefe Rillen
hinterließen. Nur gut, dachte Falk, dass Arne
mich nicht gesehen hat. Er sollte auf keinen Fall
glauben, dass man ihn im Visier hatte. Falk
wartete, bis Blattner Junior um die Straßenecke
gebogen war, ehe er das Rad vom Allerufer hoch
zur Pforte der Villa schob. Arne Blattner hatte das
Tor zu Auffahrt wohl per Fernbedienung
geschlossen, so dass Falk nun vor dem Gartentor
stand. Bevor er dort den Klingelknopf drückte,
baute er sich ganz unbewusst noch einmal auf
und lächelte in die Überwachungskamera. Aber
anstatt, dass die Tür geöffnet wurde oder eine
Stimme aus dem Lautsprecher der
Gegensprechanlage erklang, wurde er direkt von
einer Frauenstimme angesprochen.
«Legen Sie einfach Ihre Hand auf die Klinke,
dann öffnet sich Ihnen das Eingangstor
automatisch, das läuft jetzt alles wieder über den
Bewegungsmelder.»

Falk erschrak. Nachdem er so getan hatte wie geheißen, entdeckte er Olga Borsow mit einer Harke keine zehn Meter von ihm entfernt.
«Entschuldigen Sie, ich wollte sie nicht erschrecken, aber im Haus ist keiner.
Als ich das wütende Telefonat von Arne mitbekommen habe...».
Olga unterbrach sich und fuhr stattdessen fort:
«Nicht, dass Sie meinen, ich lausche, aber wenn er so schreit, bekommt man das doch mit und dann konnte ich mir denken, wie Arne wieder vom Hof rasen würde. Wenn ich das jetzt nicht gleich wieder zusammenharke, fährt sich der Sportwagen fest, wenn er zurückkommt und dann ist das Geschrei wieder groß. Eigentlich ist er ein guter Junge, aber er kann so aufbrausend sein. Das muss er vom Vater haben!»
Olga rechte während sie sprach weiter die Kiesauffahrt, ohne zu Falk aufzublicken.
«War Hasso Blattner denn auch sehr aufbrausend?», fragte Falk.
Die Frage war eigentlich rhetorisch gemeint, denn jeder, der mit dem alten Blattner zu tun gehabt hatte, wusste das.

«Und wie! Aufbrausend ist kein Ausdruck, der Alte war cholerisch. Gott hab ihn selig.»
Olga bekreuzigte sich.
«Sie hätten mal erleben müssen, wie er mit seiner Tochter umgesprungen ist. In ihrer Haut hätte ich wahrlich nicht stecken wollen. Da hatte Arne es ja fast noch gut. Denn den hatte der Alte gänzlich abgeschrieben. Mit ihm sprach der Griesgram nur das Nötigste. Nicht, dass das den Jungen nicht auch sehr belastet hätte.»
Den Jungen, dachte Falk, Olga und Arne dürften nahezu gleichalt sein. Aber wie sie da so in ihrem schwarzen Trauerkleid vor sich hin harkte, hätte sie auch seine Mutter abgeben können.
«Hat sich die Familie denn nicht gut untereinander verstanden?», fragte Falk.
«Oh doch, wir verstehen uns alle sehr gut untereinander. Nur eben mit dem Alten nicht, aber den konnte man auch nur hassen!» Olga erschrak bei ihren eigenen Worten und bekreuzigte sich wieder.
«Sie sagen, im Haus ist keiner, wo kann ich denn Frau Blattner finden?»
«Die ist beim Notar wegen des Testaments.»
«Allein ohne Arne?»

Falk war verdutzt.

«Ja, ich habe mich auch gewundert, aber vielleicht hat Arne den Termin vergessen. Er war richtig sauer, als ich ihm gesagt habe, wo seine Schwester ist; dann das Telefonat und weg war er.»

Während Olga sprach, rechte sie unentwegt weiter den Kies. Dabei überhörten Falk und Olga, wie ein weißer Tesla um die Ecke bog, auf den Hof rollte und dabei fast die beiden überrollte. Das Fenster der Fahrerseite glitt langsam runter. Im Wagen saß ein Mann um die 40, der so schlank war, dass Falk seinen eigentlich nicht vorhandenen Bauch einzog. Olga hatte sich zwar auch ein wenig erschrocken, nickte dem «Dünnmenschen» im schicken blauen Anzug aber freundlich zu und rief:

«Sebastian, Du hast Eva gerade verpasst. Sie ist bei Eurem Anwalt und ich denke Arne auch. Du wolltest doch sicher Eva zum Anwalt begleiten, oder?»

Wie sich Falk schon gedachte hatte, war diese dünne, blasse Erscheinung Sebastian Blattner.

«So, So, Sorry - An, an, Anwalt? Ich weiß von nix,» stotterte Evas Ehemann den beiden

entgegen, wobei er beide Hände unbeholfen vor sich ausstreckte und dabei gegen das Lenkrad stieß. Die Geste war wohl als Entschuldigung gedacht und misslang völlig. Sebastian Blattner starrte Falk mit offenem Mund an, bis er sich zu besinnen schien und Olga antwortete.
«Ja, dann will ich doch mal wieder los. Sorry nochmals und eh……tschüss.»
Er legte den Rückwärtsgang ein, um im nächsten Augenblick in etwa der gleichen Geschwindigkeit wieder von Hof zu rauschen, mit der er gekommen war. Das Fenster hatte Sebastian Blattner auch schon wieder geschlossen, so dass er die Frage von Olga, ob er auch zum Anwalt fahre oder sie sonst seiner Frau etwas ausrichten solle, gar nicht mehr verstanden haben konnte.
Ein merkwürdiger Auftritt, dachte Falk. Keine Begrüßung, ein gestottertes sorry, und dann mit einem Karacho vom Hof, so dass Olga noch mehr zu harken hatte.
Dass Eva Blattner mit einem Mann verheiratet sein sollte, der nicht einmal die mindesten Anstandsregeln einhielt, konnte er kaum glauben. Überhaupt, dieses blasse schmale Männchen mit so einer Frau? Falk schaute den Rücklichtern des

Teslas noch verwundert hinterher, als Olga schon
wieder harkte.

Falk war mehr als irritiert als er sich, zum
Ausgleich, besonders höflich bei Olga
verabschiedete. Diesmal nahm er den direkten
Weg zurück ins Präsidium.

Um 14:00 Uhr traf sich zum ersten Mal die Soko
«Auf Sand gebaut», wie Monika Müller sie selbst
getauft hatte. Sie war glücklich, dass sie erstmals
direkt bei den Ermittlungen dabei sein durfte, und
das auch noch in einem, respektive zwei
Mordfällen.

«Wie kommen Sie denn auf einen so
hirnverbrannten Namen», ranzte sie Falk an,
kaum dass er den Raum betreten hatte.

«Wir sind zum einen keine Soko und zum
anderen – auf Sand gebaut?»

Monika Müller, die immer noch meinte, dass Falk
mit ihr flirten würde, machte ihre schönsten
Rehaugen, eine Entenschnute und antwortete in
Kindchensprache: «Soko habe ich gewählt als
Kürzel für 'SOnst KOmme ich doch nie zum
Zuge' und 'auf Sand gebaut' basiert auf dem
Leitspruch meines alten Latein- und
Religionslehrers, der mir, seitdem ich in dieser

Sache recherchiere, nicht mehr aus dem Kopf geht. Dessen Lebensmotto lautete: Wer Gott vertraut, fest um sich haut, der hat noch nie auf Sand gebaut!»

Jetzt wurde Falk laut:

«Frau Müller, Sie haben sich Ihren Platz hier durch Ihre gute Recherche in Eigeninitiative verdient. Genauso schnell können Sie aber auch wieder rausfliegen, wenn Sie das hier verulken wollen. Hier geht es schließlich um Mord und nicht um eines der kleinen Diebstahlsdelikte, mit denen man Sie bislang betraut hat, also ich darf doch um ein wenig mehr Ernsthaftigkeit bitten.»

Monika lief knallrot an und bekam einen Schweißausbruch. Brinkmann, der es sich mit einer Tasse Pfefferminztee gemütlich gemacht hatte, zog die Stirn nach oben und konnte sich ein leichtes Grinsen nicht verkneifen. So laut kannte er Falk, der offensichtlich extrem schlecht gelaunt war, gegenüber Monika Müller nicht. Aber endlich, so dachte er, ist hier die Turtelei vorbei und wir können hoffentlich in Ruhe arbeiten.

«Kommen wir doch mal zu den Ergebnissen von heute früh. Herr Brinkmann, haben Sie noch irgendwas zu Arne Blattner herausfinden können?» Jetzt war Brinkmanns Auftritt, auf den er sich schon gefreut hatte, denn er hatte tatsächlich einiges vom Schreibtisch aus herausfinden können.

«In der Tat», sagte er gedehnt und erinnerte Falk an den Pseudo-Doktor aus einer Haarwuchsmittelwerbung, «ich habe mir überlegt, dass Arne von einem mobilen Blitzer erwischt wurde und da hätte es mich nicht gewundert, wenn er nicht auch von den festen Blitzern eingefangen worden wäre. Also habe ich Druck gemacht und die Kollegen von der Autobahnpolizei gebeten, mal direkt nachzuschauen, ob es da nicht noch mehr Erinnerungen an die Raserfahrt eines gelben Lamborghini gibt. Und tatsächlich, er ist uns insgesamt noch drei Mal ins Netz gegangen. So konnte ich rekonstruieren, dass er anscheinend aus Oldenburg Richtung Verden gerast ist. Außerdem habe ich über meine Kontakte erfahren können, dass der liebe Arne wohl so ziemlich abgebrannt sein muss. Zumindest läuft der gelbe Flitzer komplett auf Pump und nicht einmal die Raten kommen pünktlich. Von seinem Vater muss er wohl sehr kurzgehalten worden sein und selbst hat er ja nichts auf die Reihe bekommen. Nicht umsonst wohnt er noch in der Villa bei seinem Vater und seiner Schwester. Was mich allerdings gewundert hat, ist die Tatsache, dass keiner seine aktuelle Freundin kennt. Ich dachte, dass dies eventuell ein Motiv oder eine Verbindung zu de Vries ergeben könnte, aber nichts. Die Gerüchteküche in Verden gab ausnahmsweise mal nichts her. Ich nehme an, dass da wohl so viele Mädels gleichzeitig angesagt sind, dass keiner mehr durchblickt. Höchstwahrscheinlich hat er auch sein Revier noch ausgeweitet. Also mich würde es nicht wundern, wenn er deswegen in Oldenburg war. Und tatsächlich haben viele Kollegen der Autobahnpolizei den Wagen häufiger auf dem Weg nach Oldenburg gesehen. Allerdings ist den Kollegen aus Oldenburg der gelbe Flitzer im Stadtbild nie aufgefallen, was mich offen gesagt wundert, denn so ein Wagen fällt doch auf. In Oldenburg selbst aber scheint die Kiste wie vom Erdboden verschluckt zu sein», fasste Brinkmann die Ergebnisse des Vormittags zusammen.

«Interessant! Und Sie, Frau Müller? Was haben Sie hinsichtlich Frau de Vries rausbekommen können?», leitete Falk recht unterkühlt weiter.

Man merkte Monika Müller schon ein wenig an, dass sie von dem Stimmungswechsel überrascht war. Sie war aber professionell genug, ihre Ergebnisse nüchtern vorzutragen:

Der Reiterhof von Heike de Vries in Bulgarien schien wohl sehr gut zu laufen, jedenfalls sei die fünfsprachige Internetseite extrem gut gemacht und hätte haufenweise Auszeichnungen von internationalen Touristik-Plattformen. Auch ihr Versuch, privat eine Reise zu buchen, war umgehend mit einer Mail beantwortet worden. Darin teilte man ihr mit, dass schon alle Plätz für die nächsten zwölf Monate vergeben seien und man sich sofort bei ihr melden würde, wenn durch eine Absage ein Platz frei werden würde. Weiter hatte sie herausgefunden, dass Frau de Vries auch noch eine Reitbeteiligung in Verden hatte, was Monika als passionierte Hobbyreiterin nicht wunderte. Auch für sie war ein Tag ohne Pferd verlorene Zeit. Interessanterweise hatte sie die Reitbeteiligung gerade bei dem Reiterhof, der dafür bekannt war, dass sich Blattners an ihm beteiligt hatten. Ein Gespräch mit einer der Pferdepflegerinnen, die Monika auch privat vom Reiten kannte, hatte ergeben, dass Eva Blattner und Heike de Vries sogar ab und an gemeinsam ausgeritten waren. Das passte auch zu der merkwürdigen Begegnung, die Falk vor Torges Wohnung beobachtet hatte. Monika Müller und Brinkmann waren überrascht, dass Falk dieses nicht uninteressante Detail bis dahin verschwiegen hatte. Hauke de Vries hingegen war kein Pferdenarr, aber laut der Informantin völlig vernarrt in seine Frau gewesen. Dass die Ehe der de Vries intakt war, bestätigte der Besuch bei Heike de Vries. Sie wirkte vom Tod ihres Mannes tief betroffen. Auch war sie nicht in der Lage, einen möglichen Täter zu benennen. Sie war der Auffassung, dass ihr Mann von allen Menschen geliebt wurde. Brinkmann und Monika Müller wollten schon die Tafel abräumen, die Heike de Vries als Verdächtige zeigte. Jetzt allerdings intervenierte Falk. Er gab zu bedenken, dass der erste Eindruck täuschen kann. Nicht selten sind die Kandidaten später die Täter, die am Anfang als unverdächtig angesehen wurden, zumal Frau Müller nicht einmal nach dem Alibi von Heike de

Vries gefragt hatte. Es wäre ihr zu pietätlos gewesen, sagte sie. Aber so war nun einmal der Job, gab Falk zu bedenken.

Da Falk Frau Blattner nicht angetroffen hatte, beim Notar aber auch nicht stören konnte, hatte er den Rest des Vormittags versucht, Meinungen und Stimmungen über Frau Blattner in Erfahrung zu bringen. Zunächst hatte er sich mit einem plauderfreudigen Bauleiter von Blattner unterhalten, den er bei einer der vielen Baustellen im Stadtgebiet angesprochen hatte. Der ließ auf Frau Blattner nichts kommen, auch wenn er durchblicken ließ, dass sie es im Baugewerbe als Frau sehr schwer hatte. Den alten Blattner allerdings mussten alle gehasst haben. Er ließ sich sogar zu der Aussage hinreißen, dass er sich wundere, dass den fiesen Sack nicht schon eher einer auf irgendeiner Baustelle ins Jenseits befördert hätte, so cholerisch soll er gewesen sein. Zuletzt hätte er seine Wut ja immer an seiner Tochter ausgelassen, was im Übrigen aber dazu geführt hätte, dass die Mitarbeiter sich auf die Seite von Eva Blattner geschlagen hatten. Er selbst wäre einmal fast von Hasso Blattners Rollstuhl überrollt worden, als er sich zwischen

Vater und Tochter gestellt hatte. Zur
Verwunderung von Falk hatte er aber auch für
Arne Blattner positive Worte übrig. Arne hätte er
immer als sehr höflichen und zuvorkommenden
Jungen kennengelernt. So blöd, wie sein Vater ihn
immer versucht hatte aussehen zu lassen, wäre
der gar nicht. In den Augen eines solchen Vaters
hätte man ja auch nur versagen können, wobei der
Alte angeblich zuletzt den Sohn gar nicht mehr so
auf dem Kieker gehabt haben soll. Man hätte
meinen können, der Alte wäre altersmilde
geworden. Aber wenn man sich ansah, wie er
zunehmend aggressiv gegenüber seiner Tochter
war, konnte das nicht der Grund gewesen sein.
Im Internet hatte Falk unter den Namen von Eva
Blattner nicht nur zahlreiche Einträge im
Zusammenhang mit ihrem Baugeschäft gefunden,
sondern auch hinter den darauffolgenden
Einträgen über Wohltätigkeitsengagements und
Reitveranstaltungen entdeckt, dass Eva Blattner
Mitglied im Verden BC ist. Falk hatte den
Boxclub angerufen und zu seiner Verwunderung
festgestellt, dass er von zwei Frauen geleitet
wurde. Ein in der Sportart eher ungewöhnlicher
Umstand, wie er meinte. Doch die Trainerin

sagte, dass Frauenboxen voll im Trend liege. Es fördere die Kondition, das Körpergefühl, das Selbstbewusstsein und am Ende wäre es doch auch nicht verkehrt, wenn im Falle eines Falles sich Frau auch wehren könne. So würde unter anderen auch die weibliche Prominenz hier trainieren zum Beispiel Frau Senne, die Leiterin des hiesigen Bauamtes, und eben Eva Blattner. Obwohl diese Information sie auch belastete, war Falk beeindruckt von der Vielseitigkeit einer Eva Blattner. Diese zierliche Frau verfügt also durchaus über die Fähigkeit, einen Hauke de Vries auf seiner Baustelle zu erschlagen. Gleichzeitig erkannte er, dass er es versäumt hatte, Frau Sennes Alibi zu checken.

Inzwischen waren die Tafeln für die jeweiligen Verdächtigen deutlich voller geworden und Brinkmann hatte so viele Wollfäden hin und her gespannt, dass sich nicht nur Falks Spinnenphobie wieder meldete, sondern er auch schon lange die Übersicht verloren hatte. Zunehmend beschlich ihn das Gefühl, dass sie sich verzetteln würden und es besser wäre, zumindest bei einem Verdächtigen mal in die Tiefe zu gehen, statt bei vielen Verdächtigen an der Oberfläche zu kratzen. Das widersprach natürlich dem Ansatz von Brinkmann, der wohl auch nur das umsetzen wollte, was ihm von Hannover vorgegeben wurde. Falk selbst hatte nach wie vor das Gefühl, dass bei Arne Blattner irgendetwas nicht stimmte, und sein Gefühl hatte ihn selten getäuscht. Zum Glück konnte Falk als Chef bestimmen, wer welche Aufgaben bekam. So sollte Monika Müller weiter bei Frau de Vries recherchieren. Brinkmann sollte sich jetzt um Eva Blattner kümmern, obwohl Falk das selbst immer noch als unsinnig empfand. Zusätzlich sollte er das Alibi der Hausdame Olga Borsow checken. Er selbst würde sich nun Arne Blattner genauer vornehmen. Es reichte leider definitiv immer noch nicht für eine Vorladung ins Präsidium, also musste er sich entweder nochmals auf zur Villa Blattner machen oder noch mehr über ihn in Erfahrung bringen.

Unmittelbar nach dem Ende des Arbeitstages begann Torge mit den Vorbereitungen zum Menü, das er Lena servieren wollte. Dafür hatte er extra die Nachmittagsschicht eine Stunde früher beginnen lassen und auf seinen

Nachmittagskaffee verzichtet. Die Vorfreude auf das Wiedersehen mit Lena verlieh ihm allerdings derartig viel Power, dass jeder weitere Energielieferant auch überflüssig war. Für das Menü hatte Torge weder Kosten noch Mühen gescheut. Zur Vorspeise sollte es eine Blumenkohlsuppe mit Jakobsmuscheln geben, im Hauptgericht eine Pasta mit grünem Spargel und ausgelöstem Hummerfleisch und als Highlight im Dessert eine geeiste Schokomousse mit Himbeeren. Für das Dessert hatte Torge eine Schweizer Edelbitterschokolade mit sortenreinem Bio-Edelkakao aus Peru ausgewählt, deren leicht herbe Kakaonote hoffentlich wunderbar mit der leichten Süße der Himbeeren harmonieren würde. Die Kosten waren ihm egal, denn schließlich hatte Torge zum ersten Mal eine Frau zum Essen eingeladen. Dankbar dachte er an Herbie und seine Assistentin zurück, die ihm bei Einkauf und Zubereitung geholfen hatten. Jetzt bereiteten sie gemeinsam den Tisch im Wohnzimmer und den Terrassenplatz vor. Den Aperitif, einen alkoholfreien Campari-Cordino- Orange, wollte Torge auf der Terrasse servieren. Als Getränk zum Essen hatte er zunächst einen

Bio-Traubensaft von einem Weingut vorgesehen.
Dornfelder in rot oder Spätburgunder in weiß.
Der Tisch war mit Maria Weiß eingedeckt.
Normalerweise war dieses Geschirr Weihnachten
und Geburtstagen vorbehalten, aber an diesem
besonderen Tag sollte alles perfekt sein. An den
beiden kurzen Seiten des Tisches stand je eine
weiße Kerze in edlen, silbernen Haltern. Als
Tischdecke hatte sich Torge für einen Tischläufer
entschieden. Jetzt war es Viertel vor acht und
allmählich wurde Torge richtig nervös. Er hatte
sich in ein kurzärmeliges fliederfarbenes
Oberhemd und in eine schwarze Jeans geworfen.
Als es an der Haustür klingelte, klopfte sein Herz
bis zum Hals. Als er Lena erblickte, die ebenfalls
in schwarze Jeans gekleidet war, lächelte er breit.
Seine angedeutete Verbeugung und sein
«Darf ich bitten?», erwiderte Lena kokett mit
einem «Verbindlichsten Dank, der Herr!».
So rollten beide lachend und fröhlich auf die
Terrasse. Als Lena auf Höhe des Tisches war,
drehte sie den Kopf zur Seite und ihre Reaktion
war irgendwo zwischen ungläubigem Staunen
und Begeisterung. Als beide nebeneinander auf

der Terrasse Platz genommen hatten, stießen sie
mit einem Lächeln an.

«Auf einen schönen Abend bei einem
Gentleman», lautete Lenas Toast.

Wie er es schaffte, nicht rot zu werden, bevor
Torge erwiderte: «Auf eine wunderbare Frau»,
blieb ihm ein Rätsel. Kaum hatten sie den ersten
Schluck getrunken, wurden sie Zeuge eines
grandiosen Sonnenuntergangs, den beide
schweigend genossen. Ab und an lächelten sie
sich verträumt zu. Sich schweigend zu verstehen
war für Torge die höchste Kunst der
Kommunikation und er genoss es, dass Lena
diese Eigenschaft mit ihm zu teilen schien.

«Torge?», begann Lena plötzlich, «weißt Du, was
heute Seltsames passiert ist? Meine Chefin ist
heute freigestellt worden.»

«Was?», fragte Torge erstaunt zurück.

«Ja, ich war total baff! Ich habe sie zwar nicht
gemocht, aber das? Dabei war sie in der letzten
Woche noch in Berlin bei einer Veranstaltung
vom Bundesministerium für Bauen und Wohnen,
um sich über geplante Änderungen an der
DIN-Norm für barrierefreies Bauen zu
informieren. Doch statt mich mitzunehmen,

schickt die alte Schnepfe mir Dienstag Abend ein Foto aus einer Nobelbar auf dem Ku'damm, auf dem sie cocktailschlürfend in die Kamera winkt.» Während Lena erzählte, hatte sie bereits das Handy gezückt und hielt Torge das Foto unter die Nase.

«Tut mir leid, eigentlich wollte ich unser Dinner genießen, aber das geht mir nicht aus dem Kopf.» Torge lächelte.

«Wie gesagt, zuhören kann ich und tue das gern.» Mit Sarahs Hilfe stieß Torge mit Lena an.

«Auf uns und unsere Arbeit.» Torges Sarkasmus brachte Lena zum Lachen. Nachdem sie den Aperitif genossen hatten, wollte Lena noch ein bisschen auf der Terrasse bleiben. Plötzlich deutete sie mit dem Finger auf die Aller-Wiesen.

«Wie süß!», rief sie aus. Im selben Moment sah auch Torge, was sie meinte. Auf der Wiese tollten drei Fohlen unter den wachsamen Blicken ihrer Mütter umher. Offenbar genossen die Kinder das Spiel, denn ab und an kam ein leises Wiehern herüber. Lena schien genauso fasziniert von dem Anblick wie Torge und erst als die Fohlen ihr Spiel beendet hatten, fuhren die beiden zurück in die Wohnung und an Torges Esstisch.

«Ich hoffe, Du magst Meeresfrüchte und Fisch?»,
fragte Torge und meinte eine leichte Vibration in
seiner Stimme zu hören. In den Boxen lief eine
Playlist mit Norah Jones, Katie Melua und
anderem Soft-Jazz.

«Sehr gern sogar», antwortete Lena und Torge
hatte Mühe, den Erleichterungsseufzer zu
unterdrücken. Dann bat er Sarah, den weißen
Traubensaft zu öffnen und die Suppe aufzutragen.
Obwohl der Traubensaft einen Schraubverschluss
und keinen Korken besaß, bestand Torge darauf,
den ersten Schluck wie beim Wein zu probieren,
bevor er Sarah bat, auch Lena einzuschenken.
Vielleicht hatte ihn Lenas stilvoller Picknickkorb
zu dieser Geste inspiriert. Lena dankte Sarah für
das Einschenken und Torge für die Einladung.
Bei Lenas Worten «So viel Mühe hat sich schon
sehr lange nicht mehr jemand um mich gemacht»
wurde Torge ganz warm ums Herz. Für einen
kurzen Moment war er versucht, Lenas Hand zu
berühren, entschied sich aber dagegen und
eröffnete mit einem «Guten Appetit» offiziell das
Essen. Das «köstlich», das wenig später von Lena
zu hören war, ließ Torges Herz einen Hüpfer
machen. Zwischen Vorspeise und Hauptgang

traute sich Torge, die Frage zu stellen, die ihm
seit Lenas Ausruf auf der Terrasse auf der Zunge
lag:

«Magst Du Pferde?»

Lena schmunzelte.

«Mögen ist kein Ausdruck. Ich liebe sie. Bis zu
meinem Unfall war ich ein echtes Pferdemädchen
und habe jede freie Minute im Stall verbracht.
Das hat nicht nur meinen Ex zur Verzweiflung
getrieben.»

Lena lächelte wieder, doch diesmal irgendwie
gequält.

«Was ist?», fragte Torge behutsam.

«Ich würde gern mal wieder reiten, aber mir traut
es keiner mehr zu. Alle haben Angst.»

Torge lächelte wissend.

«Ich reite auch und weiß, dass man den
Pferdevirus nicht mehr los wird.»

Lena nickte.

«Würdest Du …», begann Lena, brach dann aber
ab.

«Was würde ich?», hakte Torge vorsichtig nach.

«Ach egal», wiegelte Lena ab. «Dazu kenne ich
Dich noch nicht gut genug.»

Torge lachte schallend.

«Du traust Dich, mich zu küssen, aber nicht, mir
eine Frage zu stellen? Komm schon!»
Lena dachte einen Augenblick nach, bevor sie
sich geschlagen gab.
«Na gut, würdest Du mir erzählen, wie du trotz
Rollstuhl reitest?»
Torge bekam leuchtende Augen.
«Na klar, warum sollte ich nicht?»
«Na ja, ich habe die Beziehung zu meinem Pferd
immer als intim und privat empfunden»,
antwortete Lena, gerade in dem Moment, als
Sarah die Pasta servierte.
«Das ist sie auch», nahm Torge den
Gesprächsfaden wieder auf, «aber ich genieße es
von diesem Glück zu berichten, weil ich es auch
beim Erzählen empfinde.»
So hatten dann beide Mühe, dass über das
angeregte und wunderbare Gespräch ihr Essen
nicht kalt wurde. Zwischen Torge und Sarah
reichte ein Blick, damit sie die Gläser nachfüllte
oder ihm die Stoffserviette reichte. Zwischen
Hauptgang und Dessert bemerkte er, wie Lena
sich in der Wohnung umschaute. «Hübsch hast
Du es hier», sagte sie. «Stilvoll und edel
eingerichtet bist Du auch!»

Bei den letzten Worten blieb ihr Blick an einem antiken Sideboard hängen, das nun Torges Vinyl-Schätze beherbergte.

«Da stand ursprünglich mal ein Grammophon drauf, richtig?»

Torge nickte anerkennend.

«Das war leider nicht mehr zu retten. Auch den Unterbau konnte ich nur dank vieler Helfer restaurieren, aber ich finde, er hat ein zweites Leben verdient.»

«Auf jeden Fall», sagte Lena und rollte davor. Sie zog eine LP heraus. Ironischerweise war es Katie Meluas «In Winter»-Album in der Special White Vinyl Edition. Sie legte die Platte behutsam auf und setzte die Nadel exakt an die Stelle, wo «The Closest Thing to Crazy» begann. Torge nahm nun doch ihre Hand und in einer noch ziemlich unentschiedenen Mixtur aus rollen und tanzen bewegten sie sich zurück zum Tisch. Eine Stunde später, nachdem auch das wirklich atemberaubende Dessert verspeist war, blickte Torge zur Seite. Seine Nachtschicht war mit dem Buch in der Hand eingeschlafen. Torge grinste. Lena und er waren noch nicht müde und unterhielten sich angeregt weiter. Erst um kurz nach Mitternacht weckte Torge die Assistenz.

«Ich bringe Lena noch schnell zum Aufzug, lässt Du mich gleich wieder rein?»

«Okay», antwortete Nele verschlafen.

Lena und Torge verließen die Wohnung diesmal wieder nebeneinander rollend. Als sie vor dem Fahrstuhl ankamen, zögerte Lena, ihn zu rufen.

«Das war der schönste Abend seit dem 16. Juni 2017! Ich habe mich unendlich wohlgefühlt und das Essen war einer Königin würdig!»

Torge spürte, wie ihm die Wärme und die Röte ins Gesicht stiegen.

«Zu viel des Lobes, aber mir hat dieser Abend auch sehr gefallen.»

«Dann darf ich mich für die Einladung revanchieren, indem ich das nächste Mal koche? Gern wieder in deiner Wohnung, aber diesmal ohne Assistenz?»

Die letzte Frage begleitete ein Kuss von Lena auf Torges Wange.

«Ich würde mich sehr freuen», antwortete dieser genau in dem Moment, als sich die Aufzugtür öffnete.

Kapitel 18

Falk verbrachte den ganzen Abend vor seinem Brothaus und grübelte über Arne Blattner. Wenigstens funkelten die Sterne wunderbar vom Himmel in dieser lauen Sommernacht. Angeblich weilte Arne an besagtem Wochenende, an dem sein Vater ermordet wurde, zu Verhandlungen in Hannover, was Falk aber unwahrscheinlich erschien, da Verkaufsverhandlungen kaum am Wochenende stattfinden. Außerdem wurde er am Donnerstagabend, dem Abend, an dem de Vries ermordet wurde, auf dem Weg von Oldenburg nach Verden geblitzt, obwohl er laut seiner Aussage zu diesem Zeitpunkt ebenfalls in Hannover bei diesen Verhandlungen gewesen sein wollte. Aber wäre er aus Hannover gekommen, wäre er doch nie über Oldenburg gefahren. Obendrein hatte er am Freitagmorgen ein Veilchen von einer angeblichen Kneipenschlägerei am Vorabend, was offensichtlich doch ein wenig älter war, also durchaus von einer Auseinandersetzung mit de Vries hätte stammen können. Dann noch diese idiotische Geschichte mit der Perücke. Falk wollte nicht glauben, dass Arne so blöd wäre, zu glauben, dass er auch bei nur einem Verkehrsrichter im Landkreis damit durchkommen würde. Was sollte also diese Maskerade?

Maskerade war auch sein Sportwagen. Die Spatzen pfiffen es doch von Verdens Dächern: Arne wurden vom Vater extrem kurzgehalten und bekam bislang – vielleicht auch deswegen – beruflich nichts auf die Reihe. Warum dann einen Sportwagen auf Pump fahren? Na gut, es passte zum Dandy-Image, was er pflegte. Laut Kleinstadtklatsch hatte der Alte ihn unter anderem auch wegen seiner angeblichen Spielsucht kurzgehalten, aber das konnte man nicht beweisen und in so einer kleinen Stadt war man mit skurrilen Erklärungen immer schnell bei der Hand. Das Arne aber wohl nicht gerade im Geld schwimmt, konnte sich Falk an zwei Fingern abzählen. Wer wohnt schon gerne mit über dreißig Jahren ohne Not noch zu Hause, zumal die Stimmung in der Villa Blattner ja nicht gerade berauschend gewesen sein musste, solange der Alte alle terrorisierte.

Dabei hatte Falk in seinem Laptop, den er vor sich auf im Schoß hatte, noch weitere Hinweise im Netz finden können, dass Arne tatsächlich um den Kauf der Lieberöder Brauerei verhandelte. Im «Inside», dem Gerüchteblatt der Getränkebranche, wurde darüber offen spekuliert. Wie wollte der junge Blattner so einen Deal denn finanzieren?

Gerne hätte Falk bei seinen Recherchen ein Glas Rotwein getrunken, um sich in Stimmung zu bringen, doch noch Marie anzurufen. Seit über zwei Tagen hatten sie nicht mehr miteinander telefoniert. Das war ungewöhnlich. Auch wenn Marie Spätschicht hatte, rief sie ihn eigentlich immer an – auch nachts. Der baldige Umzug schien sich wie ein grauer Schatten zwischen sie geschoben zu haben. Falk wusste dies nur zu gut und Marie schien es auch zu spüren. Anstatt des Rotweins hatte Falk in der zugegeben bescheidenen Hausbar nur den Jubiläums-Gin 125 Jahre Braunschweig gefunden, den ihm sein alter Kumpel aus vergangenen Zeiten, Uwe Zimmermann, vorbeigebracht hatte. Im 1:1

Gemisch mit Goldmann Tonic, den er, ebenfalls von Uwes letztem Besuch, noch in einer Ecke aufgetrieben hatte, schmeckte das Ganze recht annehmbar. So annehmbar, dass Falk gegen 22:30 Uhr selig und leicht beduselt auf dem Gartensessel einschlief.

Kapitel 19: Donnerstag

Am nächsten Morgen wachte Falk in dem Sessel mit einem steifen Nacken und einem gehörigen Kater gegen 5:00 Uhr auf. Zu spät oder besser zu früh, um Marie zurückzurufen, die laut Anrufliste des Handys es gegen 23:30 Uhr zweimal versucht haben musste, ihn zu erreichen. Er war schon versucht, sich wieder hinzulegen, doch stattdessen gönnte er sich einen richtig guten doppelten Espresso mit White Perl, seiner Lieblingssorte. Weil dieser Kaffee extrem wenig Säure hat, konnte Falk ihn so stark trinken, dass er selbst Tote hätte auferwecken können, ohne dass er sich den ganzen Tag mit Sodbrennen quälen musste. Falk liebte es frühmorgens mit einer Tasse Espresso an der Alten Aller, einem stehenden Gewässer, das unmittelbar vor seinem Haus lag, auf und ab zu gehen. Jüngst hatte er hier Eisvögel entdeckt, die auch diesen Morgen schon auf den frühen Wurm aus waren. Eine malerische Szenerie im Morgennebel, die so schön war, dass Falk fast alle Sorgen vergaß.

Die frische Luft und der Espresso taten ihre
Wirkung und er legte sich seinen Plan für den
neuen Tag zurecht. Zunächst würde er versuchen,
etwas beim Notar der Blattners
herauszubekommen.

Warum war Eva Blattner ohne ihren Bruder dort
gewesen und warum war Arne darüber so
erzürnt? Wenn es um das Testament gegangen
wäre, dann hätten doch beide anwesend sein
müssen, selbst wenn Arne nur den Pflichtteil
geerbt hätte, wie viele in Verden mutmaßten.
Danach würde er Arne Blattner einen Besuch
abstatten. Falk konnte ihn nicht vorladen, dazu
reichten allein die Unstimmigkeiten seiner
Aussagen nicht aus. Aber Falk wollte sehen, wie
Arne wohnte. Häufig sagt die Wohnung eines
Menschen mehr über ihn aus, als sie in Verhören
verraten wollen.

Zurück im Haus duschte Falk ausgiebig und
schwang sich anschließend auf sein Bugatti, um
für seine Verhältnisse gemütlich zum Notar zu
radeln. Diesen Morgen wollte er genießen. Es war
immer noch sehr warm und die Feuchtigkeit
bildete kleine Nebelbänke über den Wiesen und
verzauberte die Landschaft in eine märchenhafte

Stimmung. In Verden fuhr er direkt im Präsidium vorbei, wobei keiner aus dem Team so früh schon im Büro war. Nachdem Falk kurz die Post durchgeschaut hatte, entschloss er sich zu einem weiteren Kaffee bei Niers, den er auch ausgiebig genoss, bevor er bei Dr. Claussen, dem Anwalt und Notar der Blattners, auftauchte.

Es war erst 8:00 Uhr, aber alle Türen der weißen Villa des Notars standen – wohl zum Lüften – schon sperrangelweit offen, so dass Falk bis zu Dr. Claussens Büro einfach durchmarschieren konnte, ohne aufgehalten zu werden. Der Anwalt saß an seinem Schreibtisch und blätterte in Akten, als Falk den Raum betrat. Claussen schaute gar nicht auf und sagte:

«Stell ihn einfach auf die Anrichte, ich nehme ihn mir dann gleich.»

Im selben Moment betrat ein jüngerer Mann mit einer Kanne Tee den Raum und schrie Falk an: «Was machen Sie hier? Wie kommen Sie hier rein? Ich rufe die Polizei!»

Dr. Claussen, ein gutaussehender gutsituierter Mann um die 70, schaute von seinen Unterlagen auf, fing an zu grinsen und sagte mit sonorer Stimme:

«Aber Phillip, die Polizei ist doch schon da.
Bring doch bitte unserem Herrn Kommissar
Osmers auch eine Tasse. Sie trinken doch eine
mit? Es lohnt sich, ich zelebriere meine Tasse Tee
seit meiner Zeit in Leer jeden Morgen nach
Menna Hennsmann. Dafür nehme ich mir die
Zeit. Ich liebe diesen Moment am Morgen.»
Claussen stand auf, nahm das Tablett mit dem
Stövchen und der dickbauchigen Kanne mit zu
dem Beistelltisch zwischen den beiden großen
Lehnsesseln und deutete Falk an, Platz zu
nehmen, als der junge Sekretär mit einer weiteren
dünnwandigen Teetasse mit der unverkennbaren
«ostfriesischen Rose», einem Sahnekännchen und
einem Kluntjepott mit Kluntjezange um die Ecke
bog.
«Was führt Sie denn heute so früh schon zu
mir?», fragte der Notar im väterlichen Ton, als er
den dampfenden Tee in Falks Tasse goss, der sie
ihm fordernd entgegenhielt. Falk, selbst kein
Teetrinker, probierte direkt einen Schluck, bevor
er antwortete:
«Sie sind doch seit Jahren der rechtliche Beistand
der Familie Blattner, wenn ich richtig informiert
bin. Können Sie mir sagen, ob es

Ungereimtheiten beim Testament von Hasso Blattner gibt oder warum war Eva Blattner zuletzt bei Ihnen?»

Der Notar schaute verblüfft über seinen goldenen Brillenrand, während er zwei Löffel Kluntje in seine Tasse gab und sich ebenfalls genüsslich den dampfenden Tee eingoss.

«Ja, nein, nein,» enteignete Dr. Claussen trocken.

«Wie? Ja, nein, nein», fragte Falk und nahm sich auch Kluntje in die Tasse.

«Ja, ich bin seit langem der Anwalt der Blattners und habe ein sehr enges Verhältnis zur Familie und doppelt nein, ich sage Ihnen weder etwas zum möglichen Testament und schon gar nicht, warum ein Klient diese Räume hier betritt. Ich denke das werden Sie verstehen, wenn nicht, müssen Sie es trotzdem akzeptieren.»

«Aber Entschuldigung, es geht hier um einen Mordfall. Ein Nachlass von nicht unerheblichem Ausmaß, wie der vom alten Blattner, kann ein Motiv sein.»

«Aber ebenfalls, Entschuldigung, Hasso Blattner war nicht nur ein Klient, sondern auch ein guter Freund. Nichts liegt mir mehr am Herzen, als dass die Umstände seines Todes aufgeklärt

werden. Aber glauben Sie mir, in der Familie
steht alles zum Besten», entgegnete der Notar
gelassen, während er genüsslich einen breiten
Löffel nahm, ihn in die fette Sahne tauchte, um
diese dann, ganz langsam an den Tassenrand in
seinem Tee zu halten, so dass die Sahne in großen
Wolken in die Teetasse lief, ohne allerdings den
Löffel einzutauchen. Falk wusste nicht, wovon er
mehr irritiert sein sollte: von der Art, wie Dr.
Claussen seinen Tee trank oder von der
Behauptung, dass es in der Familie Blattner zum
Besten gestellt sein sollte.
Selbst wenn, oder gerade weil er mit Hasso
Blattner befreundet sein wollte, musste er doch
von dem Zerwürfnis zwischen Vater und Sohn
wissen. So platze es aus Falk heraus, als er sich
selbst aus dem Sahnekännchen eingoss und dann
den Tee umrührte:
«Aber, dass Vater und Sohn sich hassten, wussten
Sie schon?»
Dr. Claussen verzog das Gesicht zu einer
Grimasse und antwortete diesmal in einem ein
wenig angewiderten Ton:

«Ach in jeder Familie gibt es mal ein wenig
Streit. Hasso hat Arne geliebt, mehr als die
meisten ahnen.»
Dr. Claussen wurde rot, eine Regung, die Falk
diesem blutleer wirkenden älteren Herrn gar nicht
zugetraut hatte.
Als Falk die Anwaltskanzlei wieder verlassen
hatte, konnte er sich des Gefühls nicht erwehren,
dass er den Anwalt in die Ecke getrieben oder
beleidigt hatte. Der Rest des Gesprächs war
belanglos verlaufen und Falk hatte am Ende
seinen Tee, der ihm nicht wirklich geschmeckt
hatte, runtergekippt, aber die Stimmung war
irgendwie unentspannt. Falk hatte es im Urin, da
war irgendetwas, was den Anwalt beschäftigte
und mit dem Tod von Hasso Blattner zu tun
haben musste.
Falk schwang sich wieder auf sein Rad und fuhr
zur Villa Blattner. Er wollte doch mal sehen, ob er
diesmal Glück hatte und mit Arne sprechen
konnte. Olga öffnete ihm und machte nur eine
kurze Kopfbewegung nach oben, als Falk fragte,
ob Arne da wäre. «Dritte Tür links, er müsste da
sein.»
Falk stürzte die Treppe hoch, indem er immer

zwei Stufen auf einmal nahm. Die Tür konnte er
nicht verfehlen, denn an ihr stand ARNE
BLATTNER in großen silbernen Lettern. Falk
klopfte dreimal und noch bevor er das dritte Mal
angeklopft hatte, kam von drinnen ein gedehntes
«Jaaa». Falk öffnete und war nicht schlecht
überrascht, wie groß das Zimmer war, oder sollte
er sagen das Appartement? Es war zwar nur ein
Raum, und eine Küche konnte Falk auch nicht
entdecken, aber dieser eine Raum mochte seine
60-70 qm haben. Vor einem bodentiefen
Panoramafenster standen zwei original Cassina
Sessel, aus denen man einen fantastischen Blick
auf die Aller hatte. In einer Ecke war ein riesiger
Whirlpool, aber das dominanteste im Raum war
das Loft Designer Bett, welches mitten im Raum
stand, gesäumt von zwei B&W Natilus 802,
High-End Lautsprecherboxen, die Falk für sein
Leben gerne besessen hätte, die aber weder in
sein Budget noch in sein Brothaus gepasst hätten.
Arne drehte sich verwundert zu Falk um und es
war offensichtlich, dass er die Person war, mit der
Arne Blattner am wenigsten gerechnet hatte.

«Herr Osmers, was führt Sie denn zu mir? Sie wollen mir doch wohl nicht endlich Ihr Beileid aussprechen?»

Arne ging auf Falk zu und reichte ihm die Hand. Der hatte Stil, musste Falk zugeben. Arne trug einen leichten, hellblauen Leinenanzug, höchstwahrscheinlich ein Maßanzug, so gut wie er saß, dazu ein weißes Tom Ford-Hemd und braune Budapester. Der Bursche sah verdammt gut aus und seine Manieren ließen auch keinen Zweifel daran, dass er ein Mann von Welt war. Umso mehr verwunderten Falk die Poster von NSYNC an der Wand hinter dem Whirlpool. Die waren zwar aufwendig gerahmt, aber Boy-Group-Poster wollten so gar nicht in dieses Ambiente passen.

Bevor Falk antworten konnte, kamen von Arne schon zwei weitere Fragen:

«Haben Sie denn schon etwas herausbekommen wegen der beiden Morde? Sind Sie schon weiter in den Ermittlungen?»

Falk kratzte sich am Kopf und musste zugeben, dass er auf keine der Fragen eine vernünftige Antwort hatte, zumal ja auch sein Hauptverdächtiger gerade vor ihm stand. Das

Veilchen in Arnes Auge war jetzt nach oben gewandert, so dass es aussah, als hätte er Lidschatten aufgelegt. Mit diesen Augen und mit seinem Outfit hätte er locker Teil der Boy-Group an seiner Wand sein können.

Falk überlegte sich spontan, dass er hier und jetzt keine Befragung durchführen wollte. Es war einfach nicht der richtige Zeitpunkt, um auf Angriff zu gehen. Deswegen nahm er Arnes Hand und sagte:

«Herr Blattner, da irren Sie sich. Ich war schon einmal hier, um Ihnen mein Beileid auszudrücken, was ich zugegeben bei unserem ersten Aufeinandertreffen vergessen hatte. Verzeihen Sie, ich war ungehobelt. Mein tiefes Beileid für den Verlust Ihres Vaters. Es muss schwer sein, jetzt ohne den Patron der Familie auszukommen.»

Arne schüttelte kräftig Falks Hand und vergaß dabei, sie loszulassen. Noch immer die Hand schüttelnd senkte er den Kopf und sagte mit gebrochener Stimme:

«Ja, es ist wie in einem schlechten Film. Ich hätte ihm noch so viel sagen wollen und hätte noch so viele Dinge richtigstellen wollen.

Nun ist es zu spät.»

Falk war beeindruckt. Entweder war das jetzt eine hollywoodreife Vorstellung oder der meinte das tatsächlich ernst.

«Nochmal mein herzlichstes Beileid», entgegnete Falk daraufhin und zog seine Hand ruckartig weg, um dem permanenten Schütteln ein Ende zu machen.

«Wollen Sie verreisen?», fragte Falk und zeigte auf den Koffer, der auf dem Bett lag.

«Nein, ich probiere meine Geradrobe für die Beerdigung. Schwarz hätte Paps definitiv nicht gewollt. Das hatte er uns schon zu Mams Beerdigung untersagt. Das wäre allerdings einfach gewesen. So suche ich etwas Dezentes mit Stil.»

«Lassen Sie das an», sagte Falk und zeigte auf Arnes aktuelle Bekleidung, drehte sich um und verließ das Zimmer. Beim Rausgehen fiel sein Blick auf die Schlüsselkommode. Dort lagen mehrere Wettscheine der Trabrennbahn Bremen sowie etwas, das aussah wie Jetons einer Spielbank. Also war an der Spielleidenschaft des jungen Blattners doch was dran, dachte Falk, als

er von weit hinten noch ein «Danke» von Arne
hörte, bevor er die Tür hinter sich schloss.
In Gedanken versunken schwang sich Falk
wieder auf das Rad und war gerade beim
Lennon-Denkmal um die Ecke als sein Handy
klingelte. Es war von Rottemöller.
«Ah, Herr Osmers, habe ich auch mal die Ehre,
dass Sie persönlich ans Telefon gehen. Sonst
durfte ich ja nur mit Ihrer zwar netten, aber völlig
inkompetenten Polizeianwärterin
vorliebnehmen», säuselte er ironisch, um dann
laut zu werden.
«Mensch Osmers, was ist da bei Ihnen eigentlich
los? Wie deutlich muss ich denn noch werden,
damit Ihr Team in Wallung kommt. Was meinen
Sie, was die Presse hier mit mir macht – Mensch
reißen Sie sich doch zusammen und bringen Sie
Ergebnisse! Apropos Ergebnisse:
Haben Sie was Neues?»
Der Rottemöller und seine olle Presse, dachte
Falk. Geschieht ihm doch recht. Wer so
mediengeil ist, muss die Suppe dann auch selber
auslöffeln, die er sich eingebrockt hat. Das dachte
Falk, sagte aber etwas diametral anderes:
«Herr von Rottemöller, wir sind nicht ganz

untätig hier und haben auch schon mehrere
Spuren. So scheint beim Nachlass der beiden
Mordopfer etwas nicht zu stimmen. Außerdem
verstrickt sich der Sohn des ersten Opfers in
Widersprüche.»

Zu Falks Verwunderung war von Rottemöllers
Antwort völlig unerwartet:

«Ja, dann mal los Osmers, nageln Sie den
Sohnemann im Kreuzfeuer fest, am besten im
Präsidium und ich kümmere mich um die
richterliche Verfügung zur Testamentseinsicht.
Wir müssen Gas geben Osmers. Machen Sie
mal.»

Und dann legte von Rottemöller auf, wie es seine
charmante Art war. Falk starte noch einige
Sekunden auf das Handy. War das Rottemöllers
Ernst? Tja, wenn der Herr mal unter Druck kam,
schien dann doch einiges zu gehen.

Falk schwang sich auf das Rad und fuhr grinsend
ins Präsidium.

Keine zwei Minuten nachdem er sich mit einem
Kaffee gemütlich in sein Büro gesetzt hatte –
Falk mochte den Kaffee im Büro nicht, aber er
brauchte das jetzt wie ein Ritual zum Nachdenken
– klingelte das Telefon. Es war Torge, der seinem

Freund vom Abend mit Lena berichten wollte.
Eigentlich hatte Falk dafür jetzt gar keinen Kopf,
denn die Ermittlungen schienen gerade wieder
Fahrt aufzunehmen, aber er wusste, dass es
seinem Freund sehr wichtig war, sich mitzuteilen.
So hörte er sich die Geschichte vom ersten
Rendezvous mit Lena trotzdem in Ruhe an. Doch
Torge erzählte sie anders, als sie tatsächlich
abgelaufen war - völlig emotionslos -, so dass
Falk am Ende vermuten musste, dass es
kompletter Reinfall gewesen war. Folglich
versuchte Falk seinen Freund auch zu trösten:
«Das tut mir leid, dass es wieder eine
Enttäuschung mehr für Dich gewesen ist, aber
vielleicht kommt doch noch irgendwann die
Richtige, glaub mir, wenn sie es ist, dann merkst
Du es bestimmt sofort.»
Torge reagierte – völlig untypisch – wütend:
«Das sagt ja wohl der Richtige! Bei Marie merkst
Du die Einschläge ja auch nicht, mein lieber
Beziehungsexperte! Lena ist eine super Frau und
die lasse ich mir nicht von Dir madig machen!»
Dann kappte Torge das Telefonat. Hätte er einen
Hörer auf eine Gabel schmeißen können, hätte er
es hier das erste Mal in seinem Leben getan. So

konnte er sich nur das Headset vom Kopf wischen. Torge war über seine Reaktion selbst erstaunt. Was war das denn gerade eben bitte? Torge war völlig aufgewühlt und musste sich förmlich zwingen, in den «Torge-typischen» Analytik-Modus zu kommen. Solche Gefühle kannte er nicht von sich. Nachdem er sich ein wenig beruhigt hatte, dachte er noch mal über seine Schilderung des gestrigen Abends nach. Er musste Falk tatsächlich den Eindruck vermittelt haben, dass es, nachdem man sich zuvor beim ersten gemeinsamen Treffen sogar schon geküsst hatte, jetzt ein krasser Rückschritt gewesen war. Er hatte seine Gefühle, die an diesem Abend zwischen ihm und Lena entstanden waren, Falk nicht schildern können. Aber warum? Konnte er sie sich selbst nicht eingestehen? Er war doch sonst ein grenzenloser Optimist. War er in Hinsicht auf Lena jetzt zum Pessimisten mutiert? Torge wusste die Antwort, wollte sie aber nicht wahrhaben: Ihm war Lena einfach zu wichtig, als dass er zu hoffen wagte, dass die Gefühle wirklich auf Gegenseitigkeit beruhten. Konnte man – respektive sie – ihn lieben? Einen Menschen, der sein Leben für immer im Rollstuhl verbringt und der immer auf Assistenz angewiesen sein wird? Einen Menschen, der weder reich noch berühmt ist? Würde Lena ihn trotzdem so nehmen, wie er war? In den Kreisen, in denen Torge unterwegs war, gab es natürlich die feste Überzeugung, dass jeder Mensch wertvoll und liebenswert ist. Aber war das nicht nur ein Ausdruck sozialer Erwünschtheit? Torge hatte sonst mit sich kein Problem, woher kamen dann nun diese Zweifel? So kam er zu dem Schluss: Lieben heißt am Ende auch wertschätzen. Und wertschätzen ist in der Liebe eben eine knallharte Taxierung des Wertes eines Menschen, ohne jegliche Rücksicht. War er dazu bereit, sich tatsächlich wertschätzen zu lassen? Die Schmetterlinge im Bauch stießen Torge auf einmal ziemlich bitter auf.

Währenddessen saß Falk in seinem Büro und war völlig irritiert. Natürlich hatte Torge Recht mit dem, was er ihm über Marie an den Kopf geknallt hatte, aber so kannte er seinen Freund überhaupt nicht. Er wollte doch nur nett sein und ihn trösten, wobei er auch wusste, dass sein Spruch von eben eher ins «Phrasen-Schwein» gehörte.

Er musste sich jetzt aber wirklich wieder auf den Fall konzentrieren. Er war sich sicher, dass er bei Arne als Hauptverdächtigem richtig lag. Irgendetwas stimmte bei dem Burschen nicht, irgendwas verheimlichte er und das war bestimmt der Schlüssel zur Aufklärung des Falls. Brinkmann konnte sich zwar nicht von der fixen Idee loseisen, dass Eva Blattner irgendetwas mit dem Mord zu tun hätte, aber für Falk war Arne ganz klar die heißeste Spur. Außerdem hatte er von oberster Stelle jetzt einen Freifahrtschein für die Ermittlungen gegen Arne bekommen. Aber so schön das im Prinzip war, so gefährlich war es auch. Sollte sich sein Verdacht gegen Arne als Flop herausstellen und er ohne Ergebnisse aus der Vernehmung kommen, würde ihm Rottemöller den Kopf abreißen, das war sicher. Als Falk gerade noch über seine nächsten Schritte sinnierte, riss Monika Müller seine Bürotür auf: «Chef, das kam gerade per Fax aus Hannover. Eine einstweilige richterliche Verfügung zur vorzeitigen Testamentseinsicht bei den Blattners! Haben Sie davon gewusst? Das nenne ich aber mal prompt, eben sind Sie noch bei Claussen abgeblitzt und jetzt haben wir freie Hand.»

Falk bekam große Augen. Rotemöller musste die Presse ja mächtig im Nacken sitzen. Das machte ihm schon fast Angst, aber diesen kleinen Triumph gegenüber Monika wollte er irgendwie schon auskosten. Deswegen grinste er nur wissend und wies sie jovial an, es direkt an die Kanzlei weiterzuleiten. Es dauerte dann auch keine 20 Minuten, da rief ihn Claussen schon an. «Hören Sie, Herr Osmers, ich weiß ja nicht, wie Sie das so schnell hinbekommen haben, aber ich versichere Ihnen, dass im Testament nichts wirklich anderes stehen wird, als Sie eh schon vermuten. Aber eine vorzeitige Testamentseinsicht würde in diesem Fall Folgen haben, die ich gern vermeiden möchte und damit meine ich nicht nur die Pietätlosigkeit, den letzten Willen eines Freundes zu übergehen, dass diese Zeilen für den Fall seines Ablebens ausschließlich für die Familie gedacht waren. Hören Sie zu, ich biete Ihnen an, dass wir unser Treffen von heute früh nochmals wiederholen. Dann werde ich Ihnen Rede und auch Antwort stehen, aber verhindern Sie die vorzeitige Testamentseinsicht. Ich gebe Ihnen mein Ehrenwort, dass das, was ich Ihnen zu erzählen habe, deutlich aufschlussreicher für Sie sein wird als der Inhalt des Testamentes. Glauben Sie mir. Sie werden es verstehen, wenn ich mit Ihnen gesprochen habe, bitte.»

Claussen so flehen zu hören, ging Falk nahe, denn für ihn war der Rechtsanwalt und Notar einer der honorigsten Menschen, die er je kennengelernt hatte. Insbesondere imponierte Falk, was Torge ihm einmal erzählte, nämlich dass Claussen sich schon in den 80er Jahren zu seiner Homosexualität bekannt hatte. Eine Eigenschaft, die in den damaligen Zeiten für einen jungen Anwalt auch das Karriere-Aus hätte bedeuten können. Zumindest war ihm damit damals eine Karriere als Richter in Verden verwehrt geblieben. Offiziell hatte das natürlich nie jemand gesagt, aber ein schwuler Richter in einer niedersächsischen Kleinstadt war damals undenkbar. Claussen hatte sich dann fernab der Heimat in Ostfriesland als brillanter Rechtsanwalt einen Namen gemacht, bevor er doch kurz nach der Jahrtausendwende zurück in seine Heimatstadt kam. Offensichtlich galt bei den Ostfriesen Leistung mehr als gut gepflegte Vorurteile. Claussen war dann in Verden mit seiner Homosexualität ganz offen umgegangen und hatte sich auch sehr für Diversität in allen Bereichen engagiert. Das brachte ihm zunächst nicht nur Freunde ein und die Kanzlei verlor den ein oder anderen Kunden. Meist wurde sie dann später aber ganz bewusst von den jeweiligen Gegenparteien dieser suspekten Kunden engagiert und hat dann – so erzählte es ihm zumindest Torge – all diese Prozesse ausnahmslos gewonnen.

Schön, dachte Falk, dass sich zumindest hier Haltung auch einmal ausgezahlt hatte. Mit diesem eindeutigen Sympathie- und Vertrauensvorschuss willigte Falk auf Claussens Vorschlag ein, auch wenn er sich denken konnte, dass er so den Ärger mit Rottemöller regelrecht heraufbeschwor. Ihm würde schon eine Ausrede einfallen, redete er sich ein und wusste doch, dass es nicht stimmte.

«Okay, aber dann muss ich Ihre Informationen schnell bekommen. Können Sie in einer halben Stunde im Präsidium sein?», fragte Falk.

«In Ordnung, die Zeit nehme ich mir, aber wenn Sie nichts dagegen haben, würde ich Sie lieber hier in der Kanzlei empfangen. Wenn ich bei Ihnen auftauche, weiß es doch gleich die ganze

Stadt. Mein Assistent kocht übrigens einen ausgezeichneten Café gourmand, den sollten Sie sich nicht entgehen lassen. Und noch was: Es wäre schön, wenn Sie wieder das Rad nehmen könnten, das fällt weniger auf. Bis gleich, ich erwarte Sie.»

Claussen legte auf, ohne das Falk antworten konnte. Er war es sichtlich gewohnt, Anweisungen zu geben, denen man nicht zu widersprechen hatte. Falk musste trotzdem in sich hineinschmunzeln. Dass ihm der Tee nicht gemundet hatte, war wohl sehr offensichtlich gewesen, da hatte Claussen definitiv Recht. Aber dass sein Rad nicht auffallen würde, da hatte Claussen wohl eher Unrecht.

Keine zehn Minuten später servierte Philip ihnen zwei ausgezeichnete Cafés Gourmand. Falk kannte diese französische Art des Espressos mit den drei kleinen Makronen nicht. Wie Claussen ihm erklärte, müsst ein echter Gourmand immer aus 100 % Robusta bestehen, denn nur diese Kaffeebohne habe man in den französischen Kolonien anbauen können. Außerdem sei die Sorte weitaus besser als ihr Ruf. Das konnte Falk nur bestätigen, wobei er besonders das feine

Zusammenspiel aus der Süße der Makronen und des extrem starken, aber sehr cremigen Kaffees genoss.

«Hören Sie», fing Claussen an, «ich weiß durchaus, dass meine Bitte ungewöhnlich war und ich muss Sie auch bitten, dass das, was ich Ihnen nun anvertrauen werde, nicht nach außen getragen wird.»

Na, das würde ja ein komischer Deal werden, dachte Falk, der sich weigerte, Claussen irgendwelche Versprechen zu geben, bevor er nicht im Bilde war, was Claussen ihm anvertrauen wollte.

«Nun gut, dann lasse ich es mal darauf ankommen», setzte Claussen fort.

«Sie, wir beide, ja vielleicht die ganze Stadt wussten, dass Hasso und Arne Blattner nicht immer das innigste Verhältnis zueinander hatten. Dass der Senior seine Tochter in die Firma geholt hatte, war ja nicht verwunderlich, immerhin hatte sie aus diesem Grund Architektur studieren müssen. Aber Arne sollte, wenn es nach dem ursprünglichen Plan der Familie gegangen wäre, als Betriebswirt den anderen Part in der Geschäftsführung übernehmen. Dies hatte der

Vater nach dem tragischen Tod seiner Frau aber dann verhindert. Die Beweggründe von Hasso sind dabei vielfältig gewesen und ich will darauf nicht eingehen, denn einiges ist dabei auch für mich nur reine Spekulation. Selbst mir gegenüber hat sich mein alter Freund dahingehend nie wirklich anvertraut. Ich hatte ihm zwar häufig ins Gewissen geredet, es doch zumindest mal mit seinem Sohn zu versuchen, aber der Riss zwischen Vater und Sohn war sehr groß und spiegelte sich eben auch in einem eindeutigen Testament wider.»

So weit, so gut, dachte Falk, das waren jetzt aber keine großen Neuigkeiten. Worum ging es Claussen denn nun wirklich, dass er nur mit Androhung der vorzeitigen Testamentseröffnung seine Verschwiegenheitspflicht verletzte?

«Jetzt ist es allerdings so», fügte Clausen an, «dass mich Hasso Blattner vor nicht ganz drei Wochen mit der Bitte anrief, sein Testament doch noch einmal zu ändern. Ich habe mich dann mit dem alten Knötterkopf – und das konnte er wahrlich sein – getroffen. In diesem Gespräch teilte er mir mit, dass sein Sohn Arne nun doch an der Firma beteiligt werden sollte. Er gab mir

genaue Instruktionen, wie ich Passagen
entsprechend ändern und ihm dann zur
Unterschrift vorlegen sollte. Mich hatte die
Meinungsänderung des Alten sehr gefreut, denn
Arne ist im Grunde seines Herzens ein guter
Junge. Er ist einfach nicht mit der
Erwartungshaltung fertig geworden, die alle an
ihn hatten. Da wäre er bei weitem nicht der
Einzige, dem das passiert ist. Das ganze englische
Königshaus ist voll solch gescheiterter
Hoffnungsträger. Ich denke, Hasso hatte das auch
erkannt, selbst wenn es ihn mit seinen subjektiven
und selbstherrlichen Ansichten enttäuscht haben
musste. Ich denke, er wollte ihm eine echte
Chance geben.»
«Wusste Arne davon?»
«Ja, denn Hasso hat mir anvertraut, dass er seine
Entscheidung von einem letzten klärenden
Gespräch abhängig machen wollte. Dieses muss
wohl sehr gut verlaufen sein, jedenfalls konnte
ich in unserem Telefonat, in dem er mir sein
endgültiges «go» gab, seinen eindeutigen und
unumstößlichen Entschluss förmlich mit Händen
greifen. Das macht ja mein Dilemma auch so
groß, denn das geänderte Testament hätte

eigentlich schon längst unterschrieben sein sollen. Aber genau an dem Tag, an dem Hasso bei mir zur Unterschrift vorbeikommen wollte, musste ich wegen einer wichtigen gerichtlichen Terminsache kurzfristig absagen. Zum Nachholtermin kam es dann nicht mehr, so dass ich jetzt in einer Zwickmühle bin. Ich weiß vom wahren letzten Willen meines Freundes, aber wenn das alte, unterschriebene Testament rechtskräftig wird, dann wird dieser sicher nicht umgesetzt. Eine weitere Besonderheit ist, dass ich zwar das bislang gültige Testament damals beglaubigt habe, Hasso Blattner dieses aber in seinen Besitz genommen hatte. Ihre Verfügung hätte ich also gar nicht selbst erfüllen können, sondern nur Eva Blattner. Denn ich vermute, dass sie die einzige Person ist, die an das alte Testament kommen kann, welches laut Hasso im Firmentresor verwahrt wird. Das war auch der Grund für meinen Termin mit Eva. Ich wollte mit ihr besprechen, wie wir vorgehen wollen. Ich kann mir nicht vorstellen, dass sie den letzten Willen ihres Vaters ignorieren will, indem sie das alte, aber unterschriebene Testament rechtswirksam werden lässt. Das hätte aber geschehen können, wenn Ihre Verfügung zur Einsicht gegriffen hätte. Jetzt können Sie vielleicht verstehen, warum ich Sie um diese Unterredung gebeten habe?»

Falk war sichtlich irritiert. War der alte Blattner doch altersmilde geworden? Dann machten die Kaufverhandlungen mit Lieberöder auch wieder Sinn, denn mit dem Erbe hätte er das nötige Kleingeld gehabt. Claussen hatte Falk gerade das entscheidende Motiv geliefert, warum Arne wohl seinen Vater hatte umbringen wollen. Denn Erben kann man nur, wenn einer stirbt!

Kapitel 20

Arne Blattner saß nun schon seit acht Stunden im kleinen Verhörraum im Polizeipräsidium in Verden, als Falk und Brinkmann gemeinsam auf den Flur gingen, um sich und ihm einen Kaffee zu holen. Falk war der Kaffee aus dem Automaten nach wie vor ein Graus, aber er brauchte jetzt dringend Koffeinnachschub. Sie hatten Arne mit allen belastenden Ungereimtheiten konfrontiert. Aber als sie ihn gleich am Anfang mit den Blitzerfotos konfrontierten, wurde Arne schlagartig blass und verstummte. Er saß nun schon geschlagene fünf Stunden mit verschränkten Armen auf seinem Stuhl und stierte vor sich hin, ohne auf eine der Fragen zu antworten, die ihm das Team «Auf Sand gebaut» abwechselnd stellte. Der zunächst scherzhaft von Monika Müller gewählte Name hatte sich im gesamten Kommissariat inzwischen durchgesetzt. Nicht zuletzt deswegen, weil man so herrlich drüber herziehen konnte, sobald niemand aus dem Dreamteam im Raum war. Einerseits schwang dabei natürlich ein wenig

Neid der anderen Polizeianwärter mit, andererseits gab das Team durch die aktuelle Erfolglosigkeit auch geradezu eine perfekte Vorlage für Lästereien. Sie hatten alles versucht. Mal alle zusammen, dann in verschiedenen Zweier-Konstellationen. Auch das gute alte «good guy - bad guy – Spielchen», das Brinkmann und Falk versuchten, hatte keinen Erfolg gehabt. Arne blieb stumm. Selbst als Monika Müller es mit den «Waffen einer Frau» versucht hatte, reagierte Arne mit keiner Faser seines Körpers, was selbst Brinkmann hinter der Scheibe nicht geschafft hatte und Reißaus nehmen musste. Selbst Falk war Monika Müller mit diesem Ansatz ein wenig zu weit gegangen, aber sie machte ihre Sache verdammt gut, das musste man ihr lassen. Sie konnte echt verführerisch sein, wenn sie einen mit ihrem sinnlich-tiefen Blick so anblinzelte und einem dabei einen ebenso tiefen Einblick in ihr wohlgeformtes Dekolleté gewährte. Insgesamt hatte Polizeianwärterin Müller Rundungen zu bieten, die einen Mann nicht kalt ließen und dass sie das auch wusste, erklärte ihre Art, wie sie meinte, mit Falk turteln zu können.

Die Kaffeepausen des Teams wurden zunehmend länger, aber sie waren auch schier verzweifelt: Als ob sie versuchten, mit einem Fisch zu diskutierten. Das Letzte, was Arne zu Brinkmann gesagt hatte, war:

«Wie oft wollen Sie mich eigentlich noch fragen, ob ich einen Anwalt will? Und wie oft soll ich Ihnen noch sagen, dass ich keinen Anwalt brauche?»

Ab diesem Zeitpunkt hatte Arne auf diese Frage nur noch mit dem Kopf geschüttelt. Nun standen Brinkmann und Falk draußen am Kaffeeautomaten, während Monika Müller versuchte, eine Zelle im kleinen alten Innenstadtgefängnis von Verden zu organisieren. Die Arrestzelle im Kommissariat war viel zu neu und sauber. Es war Brinkmanns Idee, Arne mit einer theatralischen Überführung in diesen fast historischen, aber extrem gut gesicherten Knast – und ein anderes Wort wäre hier fehl am Platze – weich zu klopfen. Formal war das für einen Untersuchungshäftling nicht vorgesehen, denn diese Einrichtung war eher für die Schwerverbrecher vor der Urteilsverkündung gedacht, denen im Amtsgericht Verden, das auch landesgerichtliche Strafsachen, also die ganz schweren Fälle behandelte, der Prozess gemacht wurde. Aber irgendwas mussten sie doch tun, um diesen sturen Verdächtigen zu brechen. Nun sollte Monika dort ihre weiblichen Reize einsetzen, um für Arne Blattner eine Ausnahme zu erwirken. Dass dieser Plan vom sonst so gradlinigen und verordnungsliebenden Brinkmann kam, bewies schon, wie sehr selbiger von Blattners Verhalten genervt war.

«Und Chef, was machen wir hier jetzt noch mit unserm Freund?»

Das wusste Falk selbst nicht so recht, sonst hätte er dem Plan mit der Verlegung ja auch nicht zugestimmt. Eigentlich konnte sich Falk nach dem Fall Esswein kein Abweichen von der Norm mehr leisten, aber sie standen unter enormem Erfolgsdruck. Er wollte sich gar nicht erst ausmalen, wie von Rottemöller reagieren würde, wenn sich Falks Verdacht als haltlos erwies. Dabei hatte er es im Urin: Da war was faul. Falk fand, dass dieses sture Verhalten bei gleichzeitiger Verweigerung des anwaltlichen Beistandes seines Hauptverdächtigen seine These

auch gewaltig stützte. Trotzdem kamen sie nicht
weiter. Falk erwischte sich dabei, dass er
wünschte, man könne Arne mit Gewalt zum
Reden bringen, dabei verabscheute er jegliche Art
von Gewalt.
«Chef? Cheeeef?» Brinkmann rüttelte an Falks
Schulter, um ihn aus dessen Tagträumen zu holen.

«Ach, lassen wir ihn ein wenig schmoren. Sie
glauben doch selbst nicht, dass der heute seine
Meinung noch ändert und redet? Warten wir auf
Frau Müller und lassen ihn mit sich allein. Ich bin
gespannt, was unser Greenhorn bei den sonst so
verschlossenen Kollegen aus dem Strafvollzug
erreichen konnte.»
Wie auf das Stichwort stolzierte ihnen Monika
mit weitem Hüftschwung entgegen und machte
mit einem breiten Grinsen den langen
Linoleumflur zu ihrem Laufsteg. Puh, dachte
Falk, weil er unwillkürlich an Sandra Bullocks
Paraderolle in Miss Undercover erinnert wurde.
Nur hier musste mit Sicherheit keiner Monika
Müller anbrüllen, dass sie «gleiten» sollte, denn
sie glitt in Perfektion den Flur entlang und Falk
wusste natürlich sofort, dass sie drüben im Knast

erfolgreich gewesen war. So wurde Arne noch in
der gleichen Stunde mit der Grünen Minna in die
knapp anderthalb Kilometer entfernte
Verwahranstalt gebracht.

Kapitel 21: Freitag

Im Präsidium warteten am nächsten Morgen Brinkmann und Monika Müller schon geraume Zeit darauf, dass Falk endlich auftauchte. Brinkmann hatte mindestens ein halbes Dutzend Mal bei Falk auf die Mailbox gesprochen, aber der war einfach nicht ans Telefon gegangen. Wäre disziplinarisch Falk nicht Brinkmanns Chef, hätte er sich auf eine ordentliche Standpauke vorbereiten können, so sauer war Brinkmann inzwischen, weil nun irgendwas passieren musste. Arne Blattner war schon seit 7:00 Uhr wieder in das Kommissariat überstellt worden, da die Zelle frei gemacht werden musste. Inzwischen war es 9:30 Uhr und eigentlich wollten sie schon um 8:00 Uhr die Vernehmung fortgesetzt haben.

«Mensch, wo bleibt er denn?», fragte Monika Müller Brinkmann, der sich schon zum dritten Mal aus seiner Thermoskanne einen Kamillentee nachgeschenkte, mit den Achseln zuckte und die Augenbrauen hochzog.

«Dann müssen Sie das jetzt übernehmen, noch länger können wir unseren Verdächtigen nicht mehr grundlos schmoren lassen», raunzte Monika Brinkmann fast schon an. Brinkmann wusste das selbst nur zu gut. Es war jetzt schon gegen die Vorschrift, das Verhör eines Untersuchungshäftlings ohne ersichtlichen Grund so weit hinauszuzögern. Aber er hatte noch nie ein offizielles Verhör allein verantwortet und hatte deswegen schon ganz feuchte Finger, so dass es auch nicht sehr verwunderte, dass ihm das Handy aus der Hand fiel, als die kurze Nachricht von Falk lesen wollte:

«Sorry wird später, fangen Sie bitte schon mal ohne mich an.»

«Und?», fragte Monika Müller wieder und starrte Brinkmann an, als dieser völlig unbeholfen das Handy vom Boden hob.

«Tja, Herr Osmers kommt wohl nicht, wie es aussieht.»

Brinkmann wirkte ein wenig paralysiert.

«Ja, UND?» Monika war fassungslos vor Wut. Es musste doch nun mal langsam weitergehen. Was war denn mit Brinkmann los?

«Ich bringe jetzt Arne in den Verhörraum, okay
Chef?» Monika Müller ging an Brinkmann
vorbei, salutierte zum Spaß
und verließ das Büro.
Hatte sie da Chef gesagt? So hatte ihn hier noch
nie jemand genannt. Aber aus ihrer Sicht hatte sie
natürlich Recht. Er war jetzt der
Dienstranghöchste und musste handeln. Er konnte
ja schließlich kaum eine Polizeianwärterin ein
Verhör leiten lassen. Wie sollte er vorgehen? Wie
sollte er Arne Blattner knacken? Mit diesen
Gedanken betrat Brinkmann etwa zehn Minuten
später den Verhörraum, in dem man Arne Blattner
schon platziert hatte.
Brinkmann erinnerte sich an die Worte seines
alten Ausbilders:
«Wenn Sie in einem Verhör mal nicht
weiterkommen, fangen Sie einfach immer wieder
von vorne an, aber immer mit dem Wissen, das
Sie bis dahin erfahren haben. Dabei ist es auch
ein Wissen, wenn Sie nichts erfahren haben.»
Brinkmann fand diesen Satz damals völlig
unverständlich, denn was für ein Wissen sollte die
Erkenntnis über das Nichtwissen denn sein? Aber

jetzt schwante ihm so langsam, was damit
gemeint sein könnte.

«So, Herr Blattner, dann fangen wir mal wieder
ganz von vorne an.

Fakt 1: Sie haben behauptet, dass Sie in
Hannover gewesen wären. Das ganze
Wochenende bis zum Donnerstag. Dabei haben
wir Ihnen ganz klar nachweisen können, dass Sie
zumindest am Donnerstagabend mit Ihrem
Sportwagen irgendwo von Oldenburg Richtung
Verden gefahren sind.»

Nach diesen Worten war Brinkmann
aufgestanden und ging im Raum auf und ab,
während er die Arme hinter dem Rücken
verschränkt hatte. Arne hatte seine Arme wie am
Tag zuvor vor sich verschränkt und somit wieder
seine bockige Verweigerungshaltung
eingenommen. Das machte Brinkmann jetzt so
richtig fuchsig, denn nach seiner Erfahrung von
gestern konnte diese Haltung nun die nächsten
Stunden anhalten und dann würden es sehr lange
Stunden werden, für Arne, aber auch für ihn.

«Also, dann fangen wir doch mal ganz am
Anfang dieser rasanten Fahrt an. Von wo sind wir
denn gekommen, Herr Blattner? Das werden Sie

mir doch zumindest mal verraten können. Hannover war es ja wohl sichtlich nicht.»

Arne schien die Frage nicht zu berühren, denn er bewegte sich kein Stück.

«Herr Blattner, wir können das Spielchen wie gestern den ganzen Tag fortsetzen. Ich will jetzt wissen, wo Sie in Oldenburg oder umzu gewesen sind.»

Arne Blattner regte sich noch immer nicht. Brinkmann wurde jetzt, entgegen seiner sonstigen sprichwörtlichen Gelassenheit, sogar ein wenig lauter.

«Herr Blattner, mir reicht es mit Ihnen hier bald. Diese Haltung ist doch zwecklos. Früher oder später müssen Sie mit uns zusammenarbeiten, wenn Sie den Kopf aus der Schlinge wieder rausbekommen wollen!»

Arne Blattner verzichtete auf Bewegung und Antworten. Brinkmann ging inzwischen im Raum so schnell auf und ab, dass er einem wilden Raubtier im Käfig glich. Gerade als er Arne Blattner den Rücken zugekehrt hatte, drehte er sich blitzschnell um und schlug mit der flachen Hand auf den Tisch vor Arne, der sich zu

Brinkmanns Erleichterung wenigstens ein wenig
erschrak.

«Mensch, ich habe die Faxen jetzt aber dicke!»,
sagte Brinkmann, der inzwischen dem Schreien
näher war als einem gelassenen Ton.

«Verdammt noch mal, ich bin in Oldenburg
aufgewachsen. Glauben Sie mir, wenn das einer
rausbekommt, woher Sie gekommen sind, dann
bin ich das. Ich drehe jeden Stein dort um. Ich
setze alle Kollegen darauf an. Jetzt verraten Sie
mir wenigstens das.»

Arne Blattner blieb eisern bei seiner
Verweigerungshaltung. Da platzte Monika Müller
in das Verhör und holte mit einem Fingerzeig
Brinkman aus dem Raum.

«Was ist denn?», zischte Brinkmann Monika an.

«Haben Sie das gesehen?»

«Was soll ich gesehen haben?»

«Die Reaktion von Arne natürlich!»

«Was für eine Reaktion, der macht doch den
beleidigten Fisch – so wie gestern!»

«Nein, ich habe das auf der Gesichtskamera ganz
genau gesehen. Als Sie ihm gedroht haben,
herauszufinden, woher er gekommen ist, haben
sich seine Pupillen vergrößert und die

Wärmekamera zeigt einen nicht gerade geringen Temperaturanstieg!»

«Sagen Sie nicht, Sie haben illegal diesen Schnickschnack aus Hannover eingeschaltet, den die uns da letztens zu Versuchszwecken eingebaut haben? Das ist ohne die Einwilligung des Befragten hochgradig illegal, und außerdem völlig unbewiesen, ob das überhaupt funktioniert!»

«Aber das ist doch egal! Wenn das System jetzt nicht völlig hirnverbrannt ist, wissen wir zumindest, dass Arne die Frage, wo er in Oldenburg war, nicht gänzlich unberührt lässt. Da liegt garantiert der Schlüssel zum Geheimnis.»

«Aber Frau Müller, das dürfen wir doch gar nicht verwenden.»

«Was dürfen wir nicht verwenden? Der hat doch noch gar nichts gesagt. Ich schalte das jetzt einfach wieder ab, Sie bohren genau da weiter und gut.»

Gar nicht so doof, dachte Brinkmann. Sollte da etwas dran sein, könnte es tatsächlich der Schlüssel zum Erfolg sein, vielleicht das Motiv für den Mord an de Vries?

«Na, gut, versuchen wir es: Sie gehen wieder hinter die Scheibe und schneiden das Verhör mit und machen den Zeugen, aber vorher schalten Sie gefälligst diese Teufelsapparatur aus.»

Monika drehte sich zufrieden mit einem Ruck um, wobei sie Brinkmann das Ende ihres Pferdeschwanzes ins Gesicht klatschte, so dass der mit dem Kopf nach hinten zuckte.

Zurück im Verhörraum stellte Brinkmann beide Arme auf den Tisch vor Arne Blattner und sagte in einem lässig-coolen Ton, den ihm Monika nie zugetraut hätte:

«So, Herr Blattner, Sie scheinen ja zu glauben, dass ich es nicht ernst meine. Nein, nein, nein, da irren Sie gewaltig. Ich werde Sie jetzt einfach mal zur Fahndung in Oldenburg ausschreiben. Da wollen wir doch mal sehen, ob sich nicht irgendjemand an Sie erinnern kann. Wenn Sie mir nicht sagen, wo Sie wann warum waren, haben wir auch andere Methoden, das irgendwie herauszubekommen!»

Das war ein Wirkungstreffer. Arne Blattner war kalkweiß geworden und seine Arme waren wie leblos auf den Tisch gefallen.

«Nein, das können Sie doch nicht tun. Ich bin doch hier, warum lassen Sie mich nicht in Ruhe?»

«Weil wir verdammt noch mal die Wahrheit wissen wollen», sagte Falk, der in diesem Moment die Tür zum Verhörzimmer mit einem Schwung aufriss und eintrat. Er war gerade eingetroffen, als Brinkmann wieder ins Verhörzimmer gegangen und von Monika gerade noch abgefangen worden war.

«Was ist denn da so Geheimnisvolles in Oldenburg, was verdammt noch mal verschweigen Sie uns? Was aus in Ihrem Doppelleben haben Sie zu berichten, Herr Blattner?»

Jetzt klappte Arne die Kinnlade nach unten.

«Woher wissen Sie das?», fragte er.

Falk wusste gar nichts, außer dem, was Monika ihm auf die Schnelle gesteckt hatte und das war nur die Info, dass der Schlüssel wohl darin lag, was Arne in Oldenburg gesucht hatte. Aber Falk spielte jetzt einfach mit. «Mensch Arne», nannte Falk ihn bei Vornamen, «wir wissen alles, aber ich will es von Ihnen hören.»

Arne stierte mit versteinerter Miene vor sich hin und begann zu erzählen. Er hatte seit über fünf

Jahren in Oldenburg einen Freund. Falk hatte
Recht gehabt, das Dandy-Image war nur Fassade.
Sicher, er hatte einige der hübschesten Töchter
Verdens als Freundin gehabt, aber sie haben ihm
alle nicht viel bedeutet. Lange hatte er gedacht,
dass er nur die Richtige treffen müsse und hatte
probiert und probiert, aber nie den wahren Kick
verspürt. Wie hätte er auch ahnen können, dass es
nicht die Richtige, sondern der Richtige war,
nachdem er suchte. Obwohl ihn Dr. Claussen
schon damals bei seiner Firmung darauf
angesprochen hatte. Aber es konnte doch nicht
sein. Er war doch Vaters Sohn und sein ganzes
Streben galt immer, dessen Erwartungshaltung
gerecht zu werden. Einen schwulen Sohn konnte
Hasso Blattner tatsächlich nicht akzeptieren. Das
war auch der Grund, warum Vater und Sohn so
zerstritten waren.
Doch Arne war so glücklich, seitdem er bei einer
Grundsteinlegung Felix Kaufmann kennengelernt
hatte. Felix war Regionalpolitiker in Oldenburg.
Alleinstehend und verdammt gutaussehend. Felix
Kaufmann galt als Workaholic. Damit
entschuldigte ganz Oldenburg auch den Umstand,
dass der erfolgreiche Geschäftsmann und

Politiker immer noch keine Frau an seiner Seite hatte. Kaufmann war es wir Arne gegangen. Obwohl über vierzig, war er immer noch der Meinung, dass nur die Richtige um die Ecke kommen musste, dann würde er auch wahre Gefühle entwickeln. Doch die Richtige kam nicht. Angebote gab es reichlich, aber zuletzt war er nur noch angewidert von Frauen, die ihm nachstellten. Als er Arne das erste Mal sah, wusste er sofort, dass er nicht auf eine Frau, sondern auf diesen einen Mann gewartet hatte. Es war Liebe auf den ersten Blick. Beide konnten es nicht fassen, als sie noch am gleichen Abend im Bett in Felix' Anwesen gelandet waren. Völlig selig wachten sie Arm in Arm morgens auf, als die Haushälterin an die Tür klopfte. Damit nahm dann auch das Versteckspiel seinen tragischen Lauf. Arne flüchtete über die Terrassentür und seitdem praktisch vor sich selbst. Ein Leben hinter einer Fassade begann, wobei er zu Beginn versucht hatte, nichts zu verheimlichen.

Noch in der ersten Woche war er den schwierigen Schritt gegangen und hatte es seinem Vater «gebeichtet». Hasso Blattner war schier ausgerastet. Für ihn brach eine Welt zusammen.

Sein Sohn war schwul? Nein, das konnte nicht sein, das durfte nicht sein. Er weigerte sich, das Outing anzunehmen. Außerdem verbot er ihm, auch nur mit einer Menschenseele über diese «neue Flause», wie er die sexuelle Neigung seines Sohnes nannte, zu sprechen. Immer noch der Sohn, der seinem Vater gefallen wollte, hielt sich Arne an dieses Gebot. Nicht einmal mit seiner Schwester hatte er danach über seine Neigung gesprochen. Im Gegenteil, er baute seine Fassade immer mehr auf. Deswegen auch der Lamborghini. Genutzt hatte es Arne nichts, denn der Vater wandte sich immer mehr vom Sohn ab, schmiss ihn aus der Firma, enterbte ihn und sprach mit ihm nur noch das Nötigste. Trotzdem waren Arne und Felix glücklich, sobald sie in ihrer Welt waren. Denn so wie sich Arne nicht outen konnte, war es auch für Felix bequem. Er wusste nicht, wie die Wähler, wie die Geschäftsfreunde, seine Familie reagieren würden. Wenn er ehrlich war, wollte er es aber auch nicht herausfinden.

Sicherlich war es anstrengend, aber sie hatten sich organisiert. Arne besuchte immer nur Felix, nie umgekehrt. Wenn Arne mit dem Sportwagen

kam – häufig nahm er auch einen Leihwagen –
parkte er immer in der Tiefgarage des Anwesens.
Dafür hatte Felix extra den 54er Mercedes 300
SL seiner Mutter verkauft, um in der Garage Platz
zu schaffen. Diese gemeinsamen Tage waren das
reine Glück, doch sie mussten vorsichtig sein. So
meinten sie zumindest.

Irgendwann hatte dann Hasso Blattner seinen
Sohn um ein Gespräch gebeten. In diesem
Gespräch, vor dem Arne mächtig Angst hatte,
hatte sich sein alter Herr dann doch milde gezeigt.
Der Vater hatte seinen Sohn aus der Entfernung
beobachtet und festgestellt, dass diese «Flause»
wohl doch keine war. Nicht zuletzt die
Freundschaft zu Dr. Claussen und dessen
unermüdliches Drängen, doch das Testament
noch einmal zu überdenken, hatte ihn zu diesem
für beide Seiten schweren Gespräch bewegt.
Klar passte es nicht in das Weltbild eines Hasso
Blattners, aber es waren die 20er Jahre des 21.
Jahrhunderts. Er war sich bewusst, dass es dumm
war, Arne für seine sexuelle Neigung zu
verurteilen. Arne, der sich nichts sehnlicher
wünschte, als von seinem Vater akzeptiert zu
werden und endlich dieses Versteckspiel zu

beenden, war in dem Gespräch dann auch sehr
offen. Er erzählte ihm im Vertrauen von seinem
Partner. Zu Arnes Überraschung kannte sein Vater
Felix Kaufmann sogar. Er hatte einmal ein
Bauvorhaben, das wohl nicht so ganz, ja sagen
wir mal «normal» war, über die Privatbank der
Kaufmanns abgewickelt.
«Ein ordentlicher und gewiefter Kaufmann», wie
sich Hasso Blattner ausdrückte. Arne wusste, das
war das größte Lob, das sein Vater aussprechen
konnte. Was hätte er dafür getan, hätte sein Vater
so über ihn gesprochen. Am Ende dieses
reinigenden Gesprächs bat Hasso Blattner Arne
darum, einmal mit ihm und seinem Freund
gemeinsam zu sprechen. Zu diesem Gespräch war
es dann auch gekommen und es war wunderbar
gewesen. Felix hatte gekocht, was er vortrefflich
beherrschte und anschließend hatte man sich im
Kaminzimmer noch einen Suntory AO World
Blended Whiskey gegönnt, den Hasso Blattner,
der für seinen Geiz bekannt war, zur
Verwunderung seines Sohnes mitgebracht hatte.
Hasso Blattner war an diesem Abend froh, seinen
Sohn so glücklich zu sehen. Mussten die
Enkelkinder nun von der Tochter kommen – egal.

An dem Wochenende, an dem Hasso Blattner gestorben war, hatte Arne sich wieder unter dem Vorwand der Verhandlungen zu Felix gestohlen. Doch diesmal war ihre Auszeit anders verlaufen, als er es sich erhofft hatte. Felix wusste von der ausgeprägten Schwäche Arnes für das Glücksspiel. Um ihn auf die Probe zu stellen, lud er ihn zum Abschluss ins Apicius nach Bad Zwischenahn ein, einem Gourmet-Restaurant. An einem Donnerstag war dort erwartungsgemäß nie sehr viel los und wenn, dann meist auswärtiges Publikum. Trotzdem setzte Arne eine seiner Perücken auf, die er nutzte, damit nicht auffiel, dass Felix immer mit dem gleichen «Geschäftsmann» unterwegs war. Als Felix beim Verlassen des Restaurants nun vorschlug, noch gemeinsam in die Zwischenahner Spielbank zu gehen, kam es zum allerersten Streit zwischen den beiden, denn Arne musste zugeben, dass er Hausverbot hatte. Also hatte er dort doch wieder gespielt, obwohl er Felix versprochen hatte, nie wieder allein eine Spielbank zu betreten. Natürlich war Arne sauer, dass Felix ihn auf die Probe stellen wollte, aber er war auch beschämt, dass er sie nicht bestand. Ein Wort gab das andere und am Ende hatte Arne ihm eine gelangt und zu Arnes Verwunderung hatte Felix zurückgeschlagen. Danach war Arne wutentbrannt in seinen Wagen gestiegen und hatte Felix an der Spielbank stehenlassen. Es folgte die wilde Raserei, die Arne die Erinnerungsfotos eingebracht hatte.

«Und wo sind Sie dann hingefahren?,» fragte Falk. Immerhin bestand rein theoretisch noch die Möglichkeit, dass Arne an dem Abend doch noch de Vries zu Tode gestoßen hatte. Wobei, welchen Grund sollte er gehabt haben?

Doch nun fing Arne tatsächlich an zu schluchzen.

«Ich Idiot bin direkt zum Casino nach Bremen gerast und habe neben dem Rest meines Geldes auch meinen Restanstand verspielt!»

Falk ging zu Brinkmann und flüsterte ihm mit vorgehaltener Hand zu.

«Geht das denn überhaupt? Ich dachte, wenn man in einem Casino Hausverbot hat, hat man es in allen.» Aber Brinkmann nickte und sagte tonlos:

«Doch, wenn Sie das Bundesland wechseln und dort ein anderer Betreiber ist, kann das sein. Aber ich werde mir sicherheitshalber die

Überwachungsvideos geben lassen. Ich glaube ihm, er ist nicht unser Mörder, Chef.»
Noch nie hatte Brinkmann das Wort Chef so gerne benutzt wie in diesem Moment.

Kapitel 22

Wo Brinkmann Recht hatte, hatte er Recht. Die Überprüfung der Kameras im Spielcasino ergab für Arne das perfekte Alibi. Die zeigten ihn in voller Größe und mit dem da noch ganz frischen Veilchen, wie er zunächst gewann, und dann, in bester Zocker-Manier, alles verlor. Sie zeigten auch, dass er mit Sicherheit nicht mehr hätte fahren dürfen und Falk konnte gerade noch verhindern, dass Brinkmann dazu eine Anzeige schrieb. Arne hatte gerade seinen Vater verloren, da gebot es ja wohl der Anstand, mal alle Fünfe gerade sein zu lassen, immerhin kann man seinen Führerschein auch nur einmal abgeben. Der Ansicht war Brinkmann allerdings nicht, so dass Falk hier ein Machtwort sprechen musste.

Der Fall war aber auch zu verzwickt. Alle Spuren wurden zunächst immer heißer, um dann schlagartig zu erkalten. Somit musste Falk, wenn er bei seiner Gewohnheit bleiben wollte, bei jedem Verdächtigen ein neues Moleskine anzufangen, nun schon das zweite Notizbuch in das Regal in seinem Büro stellen und ein Neues anfangen. Er hatte sich vor Jahren angewöhnt, immer ein Moleskine je Hauptverdächtigen zu nutzen, beim Fall aber immer die gleiche Farbe zu nutzen. Sobald ein Fall erfolgreich abgeschlossen war, wurde dann die Farbe gewechselt. Diesmal hatten sie die Farbe braun oder wie der Hersteller die Farbe bezeichnete «erbbraun». Das kleine Regal in seinem Büro war auch schon recht voll mit den kleinen bunten Notizbüchern und machte sich recht dekorativ. Weil die Bücher zumeist nicht lange im Einsatz gewesen waren und auch nie ganz vollgeschrieben wurden, sahen sie alle recht neu aus. Na ja, vielleicht außer das Moleskine von Falks erstem Fall in Verden, bei dem ihn ein Verdächtiger mehr als sechs Monate beschäftigt hatte. Falk kaufte immer einige Notizbücher auf Vorrat, man konnte ja nie wissen … aber von den braunen Exemplaren hatte er nur zwei gekauft, so dass er nun extra in die Stadt musste, um ein weiteres zu kaufen. Er hätte es auch bei einem Versandhandel bestellen können, aber erstens musste nach diesem abrupten Wechsel der Verdächtigen sofort ein neues Buch her und zweitens genoss Falk den Besuch in dem kleinen Buchhandel in der Verdener Innenstadt. Es roch dort immer so herrlich nach Papier und die beiden alten Damen, die ihn betrieben, waren so rührig, dass es eine Freude für Falk war, dort einzukaufen. Also machte sich Falk zum Verdener Marktplatz auf. Als Falk im Laden von den beiden alten Damen – sie mussten über 80 Jahre alt sein – gefragt wurde, wie viele er denn von den «erbbraunen» nun bräuchte, machte es gedanklich bei Falk «KLICK» – ERBBRAUN, Erbe… da war doch noch was.

Falk wusste natürlich, dass Eva Blattner damit unweigerlich wieder in den Fokus der Ermittlungen rückte. Nicht zuletzt aufgrund der Informationen, die Monika Müller über sie zusammengetragen hatte, war sie nun zur Hauptverdächtigen aufgestiegen. Trotzdem wollte Falk nicht so recht daran glauben, dass sie ihren Vater und dessen Kontrahenten ermordet hatte. Sein Instinkt sagte ihm, dass sie es nicht sein konnte. Vielleicht war sein Gefühl aber auch davon getrübt, dass er eine gewisse Sympathie für Eva Blattner nicht verhehlen konnte. Am besten wäre es, wenn er die Recherche delegieren würde, um zu objektiven Ergebnissen zu kommen.

So passte es, dass sich Marie für das Wochenende angesagt hatte. Normalerweise hasste er es, wenn sie mitten in den Ermittlungen ihr Kommen ankündigte, weil er dann nie richtig bei der Sache war. Diesmal war er aber regelrecht froh, denn er hoffte, dadurch auf ganz andere Gedanken zu kommen und anschließend alles in einem anderen Licht sehen zu können. Eigentlich war das nicht möglich, das wusste er auch, aber vielleicht würde durch ein heißes Wochenende mit Marie zumindest seine Sicht auf Eva Blattner wieder ein wenig neutraler. Außerdem hatte er sich auch schon wieder dabei erwischt, dass er versucht war, Monika Müllers Flirtereien nachzugeben. Was war nur los mit ihm? Liebte er Marie denn nicht? Sie war die ideale Frau für ihn: rücksichtsvoll, intelligent, gebildet, wunderschön und verrückt nach ihm. Es konnte doch nicht sein, dass er in seinem Alter Angst davor hatte, eine enge Beziehung einzugehen. Die wilden Jahre waren doch schon längst vorbei. Marie wollte das Wochenende nutzen, um schon nach einem Haus oder einer Wohnung Ausschau zu halten. Groß genug, damit sie sich beide auch mal aus dem Weg gehen könnten. Komfortabel genug, damit Falk sein geliebtes Brothaus verlassen würde und vielleicht auch mit so vielen Zimmern, dass Maries Wunsch nach Kindern in dieser Wohnung möglich wäre. Schlau war sie schon, das musste er zugeben. Denn so griff sie direkt seiner Argumentation vor, dass bei ihren stressigen Jobs und den unterschiedlichen Arbeitszeiten eine gemeinsame Wohnung nicht die ideale Lösung wäre. Es sollten nach Maries idealer Vorstellung zwei Schlafzimmer mit zwei Vollbädern werden. Wohnzimmer und Küche könnte man sich teilen. Außerdem sollte Falk ein Arbeitszimmer bekommen, damit war auch sein zweites Argument, dass er auch einmal ungestört über Fälle zu Hause nachdenken müsse, außer Kraft gesetzt. Aber Falk liebte sein altes Brothaus, er liebte die Ruhe und die wunderschöne Lage. Die Sicht über die alte Aller, wenn sich morgens der Nebel über dem Wasser sammelte und eine märchenhafte Stimmung ausstrahlte. Oder im Winter, wenn sich die Fischreiher an der Stelle sammelten, die noch nicht zugefroren war. Für sie beide zusammen war das Brothaus auf Dauer

definitiv zu klein. Ein langes Wochenende war
okay, aber dauerhaft auf engstem Raum zu
wohnen würde nicht gutgehen. Falk war hin- und
hergerissen von seinen Gefühlen. Die Vernunft
sagte ihm, dass er das Wochenende mit Marie
genießen und sich ruhig mit ihr die eine oder
andere Wohnung anschauen sollte. Aber wie
sollte man sich mit Vernunft auf das gemeinsame
Wochenende freuen, wenn einem im Innersten
davor graute. Trotzdem hatte er ihr zugesagt.
Sollte doch Brinkmann die Spur zu Frau Blattner
dieses Wochenende verfolgen.

Kapitel 23: Samstag

Falk stand auf Gleis 2 des Verdener Bahnhofs und
wartete in sengender Hitze auf den Zug aus
Hannover, in dem hoffentlich Marie saß. Die Luft
flimmerte über den Bahnhofsvorplatz. Es war
nach der leichten Abkühlung der letzten Tage
wieder heiß geworden und Falk erwischte sich
dabei, dass er lieber bei einem Kaltgetränk vor
seinem Brothaus gesessen und die
Ermittlungsergebnisse von Monika Müller über
Eva Blattner gecheckt hätte. Darum hatte er nun
Torge gebeten. Klar, das war nicht die feine und
schon gar nicht die korrekte Art, aber nun konnte
er nicht mehr zurück und Torge, so schien es ihm,
war ganz begierig gewesen, diesen Job zu
übernehmen. Der Regionalexpress rollte ein und
schob eine Dunstwolke vor sich her, der ein
warmer Windstoß folgte. Falk spähte in jeden
Ausstieg, der an ihm vorbeirollte, aber er konnte
Marie nicht entdecken. Irgendwie hatte er es noch
nie geschafft, dass er Marie direkt beim
Aussteigen in die Arme nehmen konnte. Meist
stieg sie in dem zwar nicht sehr langen, aber doch

nicht wirklich überschaubaren Zug an einer ganz anderen Stelle aus. Er hatte sich abgewöhnt, hektisch am Zug entlangzulaufen, als sie beide sich einmal dabei gewissermaßen aus dem Weg gelaufen waren. Das war in Hannover. Er hatte sie beim Einfahren des Zuges an den Türen nicht gesehen und lief dann den Zug hinunter, weil er annahm, dass sie doch an irgendeiner Tür stehen musste, die noch nicht an ihm vorbeigerollt war. Marie hingegen hatte kurz vor der Ankunft gemerkt, dass sie ihr Buch am Platz vergessen hatte, war zurückgelaufen und stand folglich nicht an einer Tür. Am Ende war Falk dann für Marie nicht mehr zu sehen und sie verließ über die Treppen den Bahnsteig, um zum Bahnhofsgebäude zu gelangen. Erst 45 Minuten später hatten sich beide dann völlig genervt auf dem Parkplatz getroffen, weil Falk dummerweise auch noch sein Handy im Auto vergessen hatte. Das sollte ihnen nicht noch mal passieren, also wartete Falk einfach ab, wo Marie aussteigen würde. Gerade als bei Falk die Vorfreude auf Marie in Sorge, dass sie doch nicht im Zug gesessen hatte, umzuschlagen drohte, konnte er seine Freundin am Ende des Zuges entdecken. Sie

hatte das wunderschöne hellblau-gestreifte
Sommerkleid an, das sie immer mit einem weißen
Pork-Pie Strohhut kombinierte. Falk liebte diese
Kombination, denn in ihr sah Marie auf sehr
lustige Art und Weise ein wenig wie ein Matrose
auf Landgang aus. Dieser Eindruck wurde auch
noch durch ihren runden blauen Rucksack in
Seesackform verstärkt. Man mochte meinen, sie
wäre gerade mit dem Schiff nach Verden
gekommen. Dann fuhr der Zug auch schon
wieder an. Mit ihm fegte ein warmer Windzug
über den Bahnsteig, so dass Maries Sommerkleid
flatterte, als Falk sie entdeckte und von ihr
förmlich umgehauen wurde. Besuchte dieses
wunderschöne Geschöpf tatsächlich ihn? Als
auch Marie ihn entdeckte, konnte sie vor Freude
nicht anders, als ihm jauchzend in die Arme zu
laufen. Es war eine Szene, die jedem
Kitschroman gut zu Gesicht gestanden hätte.
Normalerweise war Falk so eine Situation mehr
als peinlich, aber in diesem Moment war die
Umarmung einfach perfekt!

Brinkmann hatte sich in seinem Büro
eingeschlossen. Warum musste ausgerechnet er

Eva Blattner zugewiesen bekommen? Er hatte zwar das untrügliche Gefühl, dass mit dieser Frau etwas nicht stimmte, gleichzeitig glaubte er an die Intuition seines Chefs in Bezug auf Verdächtige, obwohl er das niemals zugeben würde. Doch all diese Dinge galt es jetzt auszublenden und objektiv die Fakten zu betrachten. Also rollte er sich mit seinem Drehstuhl vor ein leeres Flipchart. Sein Netz um Eva Blattner würde er allerdings erst im zweiten Schritt spannen. In einem ersten Schritt drittelte er das Blatt. In die erste Sektion wollte er die Fakten schreiben, die Eva Blattner entweder belasteten oder zumindest als Täterin möglich erscheinen ließen. In einer zweiten Sektion sollten sich die Fakten finden, die gegen eine Täterschaft Eva Blattners sprachen. Schließlich sollten im letzten Bereich des Blattes die Fakten aufgelistet sein, die nicht eindeutig zuzuordnen waren. Dabei konnte sich dann auch ein mögliches weiteres Vorgehen für ihn ergeben. Brinkmann öffnete eine Schublade und griff nach verschiedenfarbigen Stiften und einem Schokoriegel. Für diese Aufgabe brauchte er Energie und Konzentration. Also begann er mit dem Feld, von dem er glaubte, dass es sich am

einfachsten und ausführlichsten füllen lassen
würde. Was sprach für Eva Blattner als Täterin?
In die erste Zeile schrieb er «Zugang zum
Rollstuhl». Es folgten die Punkte «Treffen mit
Frau de Vries (offensichtlich waren die beiden
besser miteinander bekannt)»,
«Besitz und Geschäftsführung einer Firma, die sie
eigentlich nicht so recht wollte»und schließlich:
«Der Vater redete trotzdem noch mit und gängelte
sie ständig.»
Nicht unbedingt viele, aber doch sehr
schwerwiegende Fakten. Zumal sich auf der
entlastenden Seite nicht viel finden ließ, außer
vielleicht die Tatsache, dass sie einiges zu
verlieren hatte und ihr doch klar sein musste, dass
sie und ihr Bruder als eine der ersten in den
Fokus der Ermittler rücken würden, zumindest für
den Mord an Hasso Blattner. Was war aber das
Motiv für den zweiten Mord, oder gab es da keine
Verbindung? Offensichtlich gab es aber zwischen
ihr und Frau de Vries eine Beziehung, die es
näher zu untersuchen galt. Also schrieb er das in
das letzte Feld und schrieb gleich zwei Fragen
dazu. Woher und wie lange kennen die sich?
Denn zwei Dinge konnte Brinkmann mit an

Sicherheit grenzender Wahrscheinlichkeit ausschließen. Diese Begegnung im Allerpark war weder eine freundliche Kondolenzbekundung zwischen zwei Menschen gewesen, die gerade einen geliebten Angehörigen verloren hatten, noch ein Höflichkeitstreffen zwischen zwei wichtigen Persönlichkeiten derselben Branche. Endlich hatte Brinkmann einen Ansatzpunkt, an dem er sich festbeißen konnte. Zum ersten Mal war er froh, dass er allein arbeitete, denn das hieß auch, dass ihn niemand daran hindern würde, wirklich tief zu graben. Je länger er darüber nachdachte, umso besser gefiel es ihm. Also legte er den Stift weg und rollte vom Flipchart, das wahrscheinlich nicht einmal halb fertig war, zurück an seinen PC.

Wie fand man heute am besten heraus, wann und wo sich Menschen kennengelernt hatten? Und wie kam man an diese Information? Brinkmann grinste. Während Generationen von Polizisten vor ihm sich die Hacken wundgelaufen haben mussten und anschließend doppelt und dreifach überprüfen mussten, ob die so mühsam zu Tage geförderten Informationen denn auch der Wahrheit entsprachen, machten es einige

Personen der Polizei heute leichter. Während er noch darüber sinnierte, tippte Brinkmann Eva Blattners Namen in der Suchliste bei Facebook. Da Treffer in der Nähe zuerst angezeigt wurden, hatte er die Gesuchte schnell gefunden. Nur der Treffer der Bauunternehmung Blattner wurde über dem privaten Account von Eva Blattner angezeigt. Er öffnete beide Accounts in separaten Fenstern und wiederholte den Vorgang mit dem Namen de Vries. Auch hier hatte er Glück und fand sowohl das Unternehmen als auch den privaten Eintrag von Frau de Vries. Das Internet ist eine wahre Goldgrube, dachte Brinkmann und überlegte schon, ob er Monika Müller mit in die Recherche einbeziehen sollte, als ihm einfiel, dass er ja noch auf Fotoplattformen nach den beiden suchen konnte. Auch hier hatte Brinkmann Glück und fand sie dort. Zudem hatten die beiden Frauen nur wenige Beiträge mit einschränkenden Privatsphäreeinstellungen versehen, so dass Brinkmann fast alle Beiträge einsehen konnte. Dennoch würde ihn das Ergebnis seiner Suche eine Weile beschäftigen. Da verließ Brinkmann allerdings das Glück, denn eine direkte Verbindung zwischen den Accounts der

Bauunternehmungen oder der Personen gab es nicht. Zwar hatte Brinkmann auch nicht wirklich damit gerechnet, denn es wäre ja seltsam gewesen, wenn zwei öffentlich in Konkurrenz stehende Unternehmerinnen in den sozialen Netzwerken die besten Freundinnen gewesen wären und ihre Beiträge gegenseitig geliked hätten. Trotzdem war Brinkmann enttäuscht. Deswegen machte er sich mit Eifer daran, die Beiträge zu durchsuchen. Er fand eine bunte Mischung aus geschäftlichen und privaten Einträgen, die dann zum Teil auch noch auf das jeweils andere Profil verlinkt worden waren, aber die aktuellsten Einträge befassten sich erwartungsgemäß mit den Trauerfällen in den Familien. Klang irgendwie alles nach Pressemitteilungen und war bestimmt auch mit den Firmenanwälten abgestimmt, so dass Brinkmann entschied, diese Beiträge sowie alle damit in Zusammenhang stehenden Kondolenzbekundungen zu überspringen. Vor den Vorfällen gab es interessanterweise auf beiden Accounts über mehrere Wochen keine Einträge. Die Einträge, die Brinkmann fand, befassten sich mit aktuellen Entwicklungen und Projekten der beiden Firmen, umfassten aber auch private Urlaubsfotos der Familien.

Nach einer Stunde brauchte Brinkmann eine Pause und war frustriert, dass seine anfänglich so vielversprechend scheinende Idee zu keinem Ergebnis geführt hatte. Also wechselte er auf die Fotoplattform. Zunächst durchforstete er den Account von Eva Blattner. Hier gab es deutlich weniger Baugewerbe, aber viel mehr Privatfotos. Er öffnete den Account von Frau de Vries und teilte den Bildschirm so, dass er die Fotostreifen nebeneinander betrachten konnte. Obwohl es sich um private Fotos handelte, wirkte alles sehr seriös und irgendwie unpersönlich. Brinkmann scrollte lustlos durch die beiden Bilderreihen und hatte auch hier schon die Befürchtung, nichts zu finden, als er plötzlich innehielt. Anfang Januar hatten sowohl Eva Blattner als auch Frau de Vries das Foto einer Urlaubshütte gepostet, die sehr ähnlich aussah. Beide hatten zudem Anfang April das Foto eines Iglus geteilt und mit den Hashtags #moorblick #urlaub #ostern #schöneferien versehen. Das Foto auf dem Account von Eva Blattner war am 3. April hochgeladen worden. Das ähnliche Foto auf dem Account von Frau de

Vries stammte vom 7. April. Brinkmann war wie
elektrisiert. Das konnte kein Zufall sein.
Er öffnete ein weiteres Fenster und suchte nach
der Ferienanlage. Die Internetseite hatte
Brinkmann schnell gefunden und tatsächlich war
er sich nun sicher, dass beide Aufnahmen dort
entstanden sein mussten. Brinkmann überlegte
kurz, ob er nur anrufen sollte, um seine online
Recherche zu verifizieren oder lieber vor Ort zu
checken, was es mit den Urlaubshütten auf sich
hatte. Er entschied sich für die direkte Methode
und nahm seine Jacke vom Haken. Er wollte jetzt
unangemeldet zu der Ferienanlage fahren und
schauen, was er herausbekam. Er klopfte kurz bei
Monika Müller, erklärte ihr, dass er im Rahmen
der Ermittlungen länger unterwegs sei und bat
sie, nach gemeinsamen Bauprojekten oder
anderen Gemeinsamkeiten zwischen Blattner und
de Vries zu suchen. Ein Ausflug war jetzt genau
das richtige, denn er hatte schon eckige Augen
von der Online-Recherche. Die knapp 70
Kilometer würde Brinkmann auch ohne Blaulicht
in etwa einer Stunde zurücklegen können.
Obwohl er kurz den Reiz spürte, das Blaulicht zu
benutzen, siegten seine Vernunft und seine

Korrektheit. Schließlich ging es bei diesem
Einsatz weder um das Abwenden von Gefahren
noch standen Menschenleben auf dem Spiel. Statt
des Blaulichts legte Brinkmann seine
Lieblings-CD ein und fuhr gemütlich über die
Landstraße nach Bahrenborstel. Tatsächlich
erreichte er das Ziel exakt 68 Minuten, nachdem
er in Verden losgefahren war, und ging zielstrebig
zur Rezeption. Bevor er das Büro in Verden
verlassen hatte, hatte sich Brinkmann die beiden
Fotos auf dem Rechner gespeichert und
ausgedruckt. Die freundliche Dame, die ihn an
der Rezeption empfing, bekam ziemlich große
Augen, denn selbstverständlich war Brinkmann
auch zu diesem Anlass in Uniform gekleidet.
Frau Schneider, wie ihr Namensschild sie
auswies, stotterte etwas unbeholfen:
«Die P-P-Polizei b-b-bei uns? Was ist passiert?»
Die Frage war der erste Satz, den Frau Schneider
ohne Zittern in der Stimme artikulieren konnte.
«Ganz ruhig, Frau Schneider, es ist alles in
Ordnung. Ich bin nur hier, weil ich in einem Fall
aus Verden ermittle und zwei Personen, die in der
Ermittlung eine Rolle spielen, offenbar Gast in
Ihrer Ferienanlage waren.»

Frau Schneider seufzte vor Erleichterung, bekam aber trotzdem große Augen.

«Um wen geht es denn?», fragte sie mit unverhohlener Neugier in der Stimme.

Brinkmann musste jetzt vorsichtig sein, denn die Stimme von Frau Schneider wirkte plötzlich, wie die eines Krimilesers, der glaubt, er könne das entscheidende Detail zur Überführung des Täters selbst beitragen. Eine gefährliche Kombination, denn auf der einen Seite wollte Brinkmann möglichst unverfänglich viel erfahren, dennoch durfte er natürlich nicht selbst so viel preisgeben, dass die Geschichte für die nächsten vier Wochen den Dorfklatsch bestimmen würde und dabei sicher um die eine oder andere Fantasie erweitert worden wäre. So entschied sich Brinkmann zunächst einmal nur für die Namen der beiden Opfer.

«Es geht um die Familien Blattner und de Vries.» Frau Schneider blickte ernst, ihr Blick verriet aber auch, dass sie keine weiteren Details benötigte, um zu wissen, um wen es ging.

«Schreckliche Sache, dass beide ums Leben gekommen sind», sagte sie mitfühlend und ergänzte «Ja, das stimmt. Die beiden Familien

waren hier und haben sich am Wochenende
zumindest auch gleichzeitig in der Anlage
aufgehalten. Mehr darf ich Ihnen aber aus
Datenschutzgründen nicht sagen. Und selbst,
wenn ich mehr wüsste, ist uns die Diskretion
heilig.»
Brinkmann musste sich beherrschen, nicht mit
den Augen zu rollen. Es war doch immer das
Gleiche. Anstatt der Polizei bereitwillig zu
helfen, versteckte man sich hinter Diskretion und
Datenschutz. Obwohl er sein mildestes und
freundlichstes Lächeln aufsetzte und alles
versuchte, war mit Frau Schneider nicht weiter zu
verhandeln. Je länger Brinkmann versuchte, ihr
die Wichtigkeit ihrer Aussage vor Augen zu
führen, umso deutlicher ließ Frau Schneider ihn
wissen, dass sie allein mit der Auskunft, dass die
beiden Gäste zeitgleich da waren, eigentlich
schon die Grundregeln des Hauses verletzt habe.
Brinkmann versuchte etwas anderes. «Können
Sie mir denn wenigstens verraten, wo die beiden
gewohnt haben?»
«Nein, auch das fällt unter den Datenschutz,
eigentlich habe ich Ihnen schon viel zu viel

gesagt, wenn Sie keine richterliche Verfügung haben.»

Brinkmann steckte den Lageplan ein, ärgerte sich kurz über die leider guten Kenntnisse von Frau Schneider und verließ die Rezeption. Als er in der Einfahrt stand, blickte er noch einmal auf den Lageplan. Wenn er schon mal hier war, dann konnte er sich auch gleich die Iglus einmal ansehen. Sah schon cool aus, diese Anlage in der norddeutschen Pampa. Als er den ersten Iglu erreichte, staunte er nicht schlecht, denn ganz in seiner Nähe befanden sich offenbar eine große Terrasse und ein riesiger Wellnessbereich. Auf der Terrasse war gerade eine Dame damit beschäftigt, die Tische zu wischen und die Sitzpolster in den Loungesesseln zu richten. Brinkmann sprach die Frau unverhohlen an. Freundlich stellte sie sich als Beata vor und ihre Stimme klang angenehm warm und konnte einen osteuropäischen Akzent nicht verbergen. Brinkmann wollte gerade zu seiner ersten Frage ansetzen, als Beata unvermittelt hinterherschob: «Ich bin so etwas wie die gute Seele des Hauses. Wenn ein Gast irgendetwas möchte, dann muss er es mir nur sagen und ich kümmere mich darum.»

Brinkmann wurde hellhörig. Vielleicht würde er über Beata die Informationen bekommen, die Frau Schneider mit Verweis auf den Datenschutz verweigert hatte. Schnell googelte er nach Fotos von Heike de Vries und Eva Blattner und zeigte sie Beata:

«Kennen Sie diese beiden Frauen? Haben Sie sie schon mal gesehen?»

«Klar, an die kann ich mich aber so was von erinnern», sagte Beata mit einem leichten Glucksen des Überschwanges.

«Die waren die Osterwoche da. Die Erste, die Sie mir gezeigt haben, hatte das Iglu «Balto», die zweite das Iglu «Blizzard».

Brinkmann machte sich eilig Notizen, denn jetzt hatte er zum ersten Mal einen konkreten Ort, an dem sich Eva Blattner und Frau de Vries länger begegnet waren. Beata fuhr ungerührt fort.

«Beide hatten für eine Woche gebucht und so etwas habe ich noch nicht erlebt, seit ich hier arbeite. Während das Iglu «Balto» nach dieser Woche aussah, als hätte dort ein Schneesturm getobt, war das Iglu «Blizzard» beinahe unberührt. Es schien, als hätte man darin nur geschlafen. In der Woche hatten wir auch zwei

Beschwerden über Ruhestörungen nach Mitternacht. Auch darum musste ich mich kümmern, weil ich im Gegensatz zu unserem Hausmeister während der Hauptsaison selbst in der Anlage wohne. Normalerweise lausche ich ja nicht, aber in diesem Fall musste ich zuhören, ob ich wollte oder nicht. Zwei Männer und zwei Frauen brüllten sich ständig an. Es ging um Ehrenworte unter Männern. Die Frauen haben sich an einem der beiden Abende herausgeschlichen, offenbar weil sie das Geschrei ihrer Gatten nicht mehr aushielten. Eine von ihnen trug eine Magnum-Flasche Champagner auf die Terrasse. Ich konnte noch hören, wie eine der beiden sagte, die Flasche solle eigentlich für den Vertragsabschluss sein, aber jetzt bräuchten sie sie, um das hier auszuhalten.»

Brinkmann kam gar nicht hinterher mit dem Schreiben und wartete gespannt, was Beata als Nächstes berichtete.

«Ich fragte die beiden Damen, ob ich ihnen Gläser bringen sollte, doch statt einer Antwort setzte die größere der beiden die Flasche einfach an den Hals und fragte mich, ob ich auch mittrinken wollte.»

Beata schüttelte bei der Erzählung immer noch angewidert den Kopf.

«Solch ungehobelte Gäste haben wir wirklich selten und in den Tagen zuvor machten die beiden auch nicht den Eindruck, als könnte ich mich so in ihnen getäuscht haben. Ich lehnte den Champagner ab, drehte mich um, um zu gehen, und hörte die beiden Männer aus dem Iglu schreien. Es fielen Schimpfwörter, die ich hier nicht wiederholen möchte, und offenbar wurde ein Koffer oder ein schwerer Gegenstand gegen die Wand geworfen. Der fiel dann so laut zu Boden, dass ich am Iglu anklopfte. Eine solche Ruhestörung können wir einfach nicht hinnehmen. Während ich darauf wartete, dass die Tür geöffnet würde, hörte ich nur von drinnen: «Wir haben eine Abmachung! Das habe ich in dreißig Jahren Berufsleben noch nie erlebt, dass jemand so feige nicht zu seinem Wort steht.» Als die Tür mit einem Ruck schließlich aufging, musste ich schnell zur Seite springen, um nicht die Faust ins Gesicht zu kriegen.»

Brinkmann machte große Augen. Was war hier bloß passiert, fragte er sich und hatte gleichzeitig das Gefühl, dass sie jetzt in diesem Fall endlich

einen entscheidenden Schritt weiter waren:
Offenbar wurde hinter den Kulissen an
irgendetwas gearbeitet, dass so komplex war, dass
man sich eine Woche gemeinsam zurückzog, um
die Details zu klären. Dabei kam es offenbar zu
einem derart heftigen Streit, dass mehr als einer
der Beteiligten die Beherrschung verloren hatte.
Mehr wusste Beata aber auch nicht zu berichten,
außer dass das Trinkgeld am Ende der Woche
ausgesprochen großzügig ausgefallen war.
Brinkmann bedankte sich bei Beata, schrieb ihr
noch seine Telefonnummer auf den Lageplan, den
er ihr überreichte mit der Bitte, sich doch bei ihm
zu melden, wenn ihr noch etwas einfallen sollte.
Als er zurück im Auto war, schaltete er sein
Handy ein, drückte die Kurzwahl für Monika
Müller und erreichte sie nach dem zweiten
Klingeln. Völlig außer Atem berichtete er ihr,
was er herausgefunden und erfahren hatte. Die
Nachfrage von Monika Müller, ob diese Beata
denn eine glaubwürdige Zeugin sei, wischte er
mit dem Kommentar beiseite, dass sie sich sogar
an die Marke des Champagners habe erinnern
können.

«Alles klar», entgegnete Monika Müller, «dann kommen Sie mal schnellstmöglich nach Verden zurück, denn auch ich habe Interessantes herausgefunden.»

In kurzen Sätzen berichtete sie ihm, dass es tatsächlich ein gemeinsames Projekt der beiden Firmen gegeben habe. Gemeinsam hätten Blattner und de Vries ein Projekt für Pflegewohnungen in einem benachbarten Landkreis angestoßen und hier wäre neben Eva auch noch der alte Hasso Blattner einflussreich gewesen. Die Realisierung des Projektes scheiterte aber – so berichtet es jedenfalls die Presse – weil der alte Blattner seiner Tochter völlig unvermittelt die Befugnisse entzogen habe. Der habe wohl herausgefunden, dass auch de Vries im Projekt beteiligt sei und er nicht wollte, dass seine Firma irgendwo mit seinem alten Widersacher zusammenarbeite. Brinkmann war so verwirrt, dass er fragte, ob er das richtig verstanden habe.

«Ich denke schon, aber ich erkläre Ihnen das gerne genauer, wenn Sie wieder hier sind. Von Olga, der Pflegekraft vom alten Blattner, habe ich übrigens auch Neuigkeiten: Die ist aus dem Schneider, die war am besagten

Donnerstagabend, als de Vries ermordet wurde, auf einer Kirchenratssitzung mit mindestens zwölf vertrauenswürdigen Zeugen!»
«Alles klar», sagte Brinkmann, «ich mache mich auf den Weg» und legte auf. Diesmal konnte er nicht anders und schaltete das Blaulicht ein.

Kapitel 24

Um den Tag abzurunden, lud Falk Marie an diesem Abend in Verden zum Essen in sein Lieblingsrestaurant ein, das sein Clubfreund von den «Rotary Kulinari» betrieb. Nicht nur das Konzept des Restaurants mit frischer, nachhaltiger, regionaler Küche gefiel ihm, sondern auch die Tatsache, dass er mit Richard Rade befreundet war. Rade, ehemaliger Sternekoch, hatte seinerzeit die Idee zu «Rotary Kulinari». Für Torge und Falk war es eine Ehre, Mitglied in dieser illustren Runde sein zu dürfen. Richard begrüßte den Kommissar und seine Freundin sehr herzlich, musste Falk allerdings sagen, dass er restlos ausgebucht sei. Er könne ihm aber im Garten eine Ecke freiräumen und wenn er es nicht an die große Glocke hängen würde, würde er ihnen dort ausnahmsweise auch die Gerichte aus dem Restaurant servieren. Normalerweise tat er dies nicht, da er dort nicht den vollen Service bieten konnte. Deswegen war

es immer wieder zu Beschwerden gekommen.
Marie war das sogar lieber, denn der romantische
Garten passte so richtig zu ihrer aktuellen
Hochstimmung. Und so dauerte es keine 45
Minuten, bis Falk sein Lieblingssteak, ein Tri-
Tip vom heimischen Bio-Weiderind, perfekt
gegrillt vor sich auf dem Teller hatte. Diesmal
gab es ausnahmsweise auch keine Diskussion mit
Marie, die sich über Falks Fleischeslust immer
herrlich aufregen konnte, denn sie hatte sich zu
einem Wasserbüffel Carpaccio von der Aller
überreden lassen. Marie konnte sich nicht
vorstellen, dass es Wasserbüffel an der Aller
geben würde. Als Richard aber bei der Bestellung
mit einer entsprechenden Käseauswahl aufwartete
und verriet, dass er der Einzige sei, der ab und an
ein wenig Wasserbüffel-Fleisch von dem Bio-Hof
anbieten könne, war sie doch zu sehr auf dieses
Geschmacksabenteuer gespannt.
Der laue Abend war so fantastisch und die
Stimmung so gut, dass man sich eine Flasche
Ahrwein «US DE LA MENG» zu viel gönnte und
mit dem Taxi zurück ins Brothaus gondeln
musste.

Sonntag

Als Marie gegen 9:00 Uhr morgens bei strahlendem Sonnenschein vor dem Brothaus den Frühstückstisch deckte, während Falk sein berühmtes gefülltes Omelett zubereitete, hatte er tatsächlich über zwölf Stunden nicht mehr an die Mordfälle gedacht. Und genau das wollte er trotz des jetzt schon schlechten Gewissens auch mindestens weitere zwölf Stunden nicht tun. Aus diesem Grund hatte er am Abend zuvor bereitwillig zugestimmt, Marie bei den Wohnungsbesichtigungen zu begleiten. Heute früh ärgerte er sich aber über diese Zusage. Zum einen, weil sie sich jetzt beeilen mussten, denn Marie hatte den ersten Termin auf Punkt 10:00 Uhr in Achim gesetzt, zum anderen, weil er trotz eines berauschenden Abends und einer darauffolgenden ebenso fantastischen Nacht schon wieder so ein beklemmendes Gefühl der Enge verspürte. Er wollte, aber konnte es nicht abschütteln. Doch Marie durfte er das nicht spüren lassen, nicht nach dieser Nacht. Aus diesem Grund schob er seine leichte

Verstimmung beim Essen auf den Umstand, dass sie jetzt so hetzen mussten, als Maries Handy klingelte. Während Marie telefonierte, ging Falk ins Haus, um ihnen einen frischen Kaffee zu machen. Bei bestimmten Dingen, die Falk Freude machten, bestand er auf Luxus. Neben seinem Fahrrad fiel auch seine Kaffeemaschine in diese Kategorie. Für den Preis der Bezzera hätte man bestimmt auch sein ganzes Leben lang italienischen Espresso im Café trinken können. Falk liebte diese Maschine. Marie hasste sie. Sie war laut, man musste die Chromteile ständig polieren und das Schlimmste war, dass sie außer Falk keiner richtig bedienen konnte. Zugegeben, der Espresso, den man mit ihr zaubern konnte, war Weltklasse. Aber eine Stufe drunter hätte für Marie auch genügt, wenn das Ding doch nur nicht so umständlich wäre. So kam Falk mit frischem und wunderbar duftendem Kaffee wieder nach draußen, als Marie das Telefonat beendet hatte. Sie strahlte Falk über alle Backen an.

«Unser 10:00 Uhr Termin fällt aus», begrüßte sie ihn freudestrahlend. «Nun haben wir Zeit, den Morgen in Ruhe zu genießen und außerdem war das eh nicht mein Favorit. Die Wohnung war nur

zum Warmlaufen gedacht. Der richtige Knaller
kommt erst danach.»

Wie sie gestern Falk schon voller Vorfreude
erzählt hatte, war das eine Penthouse Wohnung
am Badener Berg mit Blick über die
Weserwiesen. 120 qm mit genau dem Zuschnitt,
den sie sich für sie beide gewünscht hatte. Dazu
war sie auch noch bezahlbar, denn der Vermieter
war ihr neuer Chefarzt, dem es angeblich
wichtiger war, gute Mieter zu haben, die er
kannte, und, wie Falk gestern Abend scherzhaft
sagte, auf die er ungehindert Einfluss nehmen
konnte.

Das war Falk alles viel zu …, ja wie sollte er das
ausdrücken? Spießig? Das war nicht die richtige
Bezeichnung. Was war denn spießig daran, wenn
zwei erfolgreiche Mittdreißiger in eine
Traumwohnung ziehen? Er dachte, am ehesten
würde er das als «clean» titulieren. Es war zu
sauber, es hatte keine Ecken, keine Kanten. Der
Chefarzt, der natürlich auch um die Ecke wohnte,
mochte ja obendrein noch ganz nett sein. Aber da
brauchte Falk ja nur noch in den örtlichen
Golfclub eintreten, der tatsächlich auch zu einem
der besten in Norddeutschland gehörte. Mit

vernünftigen Argumenten konnte er dagegen kaum punkten, aber trotzdem alles war so clean, so perfekt.

«Falk? Was hast Du?», fragte Marie. Erst jetzt merkte Falk, dass er gar nicht auf Maries tolle Nachricht eingegangen war, sondern gedankenversunken vor sich hingestarrt hatte.

«Marie, ich kann nicht», stammelte er, «ich muss heute Mittag zur Beerdigung von de Vries.»

«Davon hast Du gestern nichts gesagt», setzte es von Marie direkt und vielleicht auch etwas zu laut zurück, «kann da nicht Brinkmann hingehen und überhaupt, Du glaubst doch nicht in Wirklichkeit, dass der Mörder sich da auch blicken lässt. Was ist mit Deinem Vorsatz, den Kopf freizubekommen? Wenn Brinkmann nicht kann, dann soll doch Deine kleine neue Assistentin ihren hübschen Hintern am Wochenende mal dahin bequemen!»

Da hatte sich Marie, die inzwischen auch puterrot angelaufen war, für ihre Verhältnisse aber mal richtig echauffiert. Falk war verblüfft. Nicht darüber, dass sich Marie sichtlich aufregte, nein, dazu hatte sie doch jegliches Recht und endlich hatte sie auch mal eine klare Meinung gezeigt.

Falk war verblüfft darüber, dass Marie Monika Müller wohl tatsächlich als Nebenbuhlerin ansah. Sie hatte sie doch nur einmal gesehen und Falk vermied es auch ganz bewusst, viel von ihr zu erzählen. Aber vielleicht war es auch genau dieses Verhalten, das eigentlich auch völlig idiotisch war, das Marie stutzig machte. Frauen hatten dafür einen siebten Sinn – aber was für ein Nonsens, da war doch nichts! Falk ärgerte sich darüber, dass er den tollen Vormittag versaut hatte, ärgerte sich, dass er nicht wusste, was er wirklich wollte, ärgerte sich, dass er wieder an den Fall gedacht hatte und ärgerte sich, weil er gegenüber seinen Kollegen des Teams «auf Sand gebaut» doch ein schlechtes Gewissen hatte. Marie war das erste Mal, seitdem sie zusammen waren, richtig verärgert. Und das erste Mal gab sie auch nicht klein bei. Sonst lebte sie immer nach dem Motto, das Leben sei viel zu kurz, um sich über Lappalien zu ärgern. Aber das war für sie sichtlich keine Lappalie. Hätte Falk tatsächlich zwingend dienstlich zu dieser Beerdigung gemusst, dann hätte er es ihr schon gestern gesagt und nicht eingewilligt, zu den Wohnungsbesichtigungen mitzukommen.

Marie spürte, dass Falk nicht mitwollte, um nicht
Gefahr zu laufen, sich entscheiden zu müssen. Sie
dürfte darüber keinen Augenblick weiter
nachdenken, sonst würde sie platzen. So
schwiegen sie sich den Rest des Frühstücks an.
Wobei, Frühstück konnte man es auch nicht
nennen, denn beiden war der Appetit mächtig
vergangen. Nach zwanzig Minuten räumte Marie
die Teller mit dem Omelett, das beide kaum
angerührt hatten, vom Tisch und warf es weg. Sie
warf es weg wie ihre Hoffnung, in dieser
Traumwohnung zusammen mit Falk ein neues
Kapitel in ihrem Leben schreiben zu können.
Dann nahm sie die Schlüssel vom Board und
sagte:
«Ich nehme den Bus, hole das Auto und fahre
dann allein zur Besichtigung. Du kannst ja Dein
Rad nehmen.»
Der Ton in ihrer Stimme war bei diesen Sätzen so
ruhig und bestimmend, dass Falk sich nicht
traute, zu widersprechen.

Es war wieder ein heißer Spätsommertag, wie er
im Buche stand und das Thermometer streifte um
12:00 Uhr die 30 Grad Marke. Zum Glück ging

ein leichter Wind, der den zahlreichen Trauergästen auf dem Domfriedhof in ihren schwarzen Trauerkleidern die Abschiedsreden erträglicher machte. Neben der üblichen Rede des Pastors hatten es sich auch der Vorsitzende des örtlichen Rotary-Clubs, dem de Vries selbstverständlich angehörte, und sogar der Bürgermeister Verdens nicht nehmen lassen, etwas über das Wirken und Schaffen des Verstorbenen zum Besten zu geben. Dabei entstand allerdings ein wenig der Eindruck, als gelte die Rede weniger dem Verstorbenen, als vielmehr den anwesenden Mitgliedern der High Society.

Falk war nicht in die Kapelle gegangen, weil er keine Aufmerksamkeit auf sich ziehen wollte und mit seiner kurzen Hose und dem blauen Leinenhemd auch nicht angemessen gekleidet war. Deswegen drückte er sich lieber am historischen Goldmann Grab herum und beobachtete aus sicherer Entfernung das Treiben, als ihn von hinten etwas am Hintern streifte und ansprach:

«Na, glaubst Du auch, der Mörder ist hier auf dem Friedhof?» Falk war so in Gedanken

versunken, dass er sich fast zu Tode erschreckte. Damit hatte Torge nicht gerechnet, was wiederum bei ihm vor Schreck eine Spastik auslöste, so dass beide zitternd voreinander standen. Wobei Torge natürlich saß. Als sich Falk wieder beruhigt hatte, beugte er sich zu Torge herunter und flüsterte: «Wenn ich mir angucke, wer hier heute alles erschienen ist, dann dürfte es leichter sein, in Verden den Mörder unter denen ausfindig zu machen, die heute nicht hier sind. Aber um Deine Frage zu beantworten, mein Freund: nein, ich glaube nicht an all diese Krimi-Phrasen.»
«Ich schon», sagte Torge, «und ich glaube, ganz Verden denkt wie ich und hofft auf einen Hinweis.»
«Ja, aber so blöd kann nicht einmal der Dümmste sein, sich hier jetzt auffällig zu verhalten. Apropos Spur. Hast Du schon checken können, ob die Recherche von Mo richtig war?»
Mo?, dachte Torge, jetzt hatte diese listige Müller Falk etwa doch reingelegt? Torge mochte Marie und das beruhte auf Gegenseitigkeit. Er konnte es nicht ausstehen, wenn irgendetwas zwischen den beiden stand. Er wusste eh nicht, warum Falk Marie nicht schon längst geheiratet hatte. Aber

das hier war nicht der richtige Zeitpunkt, um auf das «Mo» näher einzugehen, deswegen überging es Torge einfach.

«Frau Müller hat weitestgehend Recht. Es gab tatsächlich mal ein Projekt, das die beiden Firmen gemeinsam stemmen wollten. Im Landkreis Osterholz. Geplant waren dreiunddreißig vollständig seniorengerechte und barrierefreie Appartements der Luxusklasse mit Pflegedienstanbindung. Eigentlich waren die Verträge auch schon fast unterschrieben, als Eva Blattner völlig überraschend abberufen wurde. Sie hätte die Ansprechpartnerin vor Ort sein sollen und war damit beauftragt, einen passenden Pflegedienst als Kooperationspartner zu finden. Die Wohnungen sollten in etwa fünftausend Euro den Quadratmeter kosten und das in naturnaher Lage. Du kannst du dir also vorstellen, was das Projekt für ein Gesamtvolumen hatte. Darüber hinaus sollten die Bewohner auch noch eine monatliche Gebühr für den angebotenen Service entrichten, die zum Teil auch an die eigens für das Projekt gegründete Firma der beiden geflossen wäre. Der Stadtrat hatte dem Projekt schon zugestimmt und auch eine großflächige

Plakatkampagne gestartet. Offenbar sind bis heute noch nicht alle Wohnungen verkauft. Ich habe selbst dort angerufen und so getan, als würde ich mich für eine Wohnung interessieren. Einige hübsche Wohnungen sind tatsächlich noch frei, allerdings hat man mir mitgeteilt, dass man derzeit immer noch auf der Suche nach jemandem ist, der das Projekt weiterführt. Diese Suche zieht sich nun schon eine ganze Weile hin – genauere Details hat man mir nicht geben wollen – und im Vertrauen hat man auch die Befürchtung geäußert, dass man statt der erhofften «Seniorenwohnungen für mehr Lebensqualität im Herzen der Natur» eine Bauruine geschaffen hat, die ungeklärte Zukunft des Projekts ist zumindest in jeder Bauausschusssitzung der Gemeinde immer wieder Hauptthema. »

«Woher weißt du das alles? Und wie hast Du das am Wochenende rausbekommen?», fragte Falk zurück.

Torge grinste.

«Rollstuhlfahrer sein ist ein bisschen wie Motorradfahrer sein. Man kennt sich eben. Ich habe einfach den Behindertenbeauftragten der Gemeinde gegoogelt und dort angerufen. Ich habe so getan, als hätte ich vor einiger Zeit mal einen der Flyer des Projektes über einen Makler erhalten und ihm meine persönliche Situation geschildert. Er wirkte angesichts der aktuellen Entwicklung ziemlich enttäuscht, da die Knappheit an barrierefreiem Wohnraum nun noch später behoben wird, gab aber zu, dass er auch ein wenig erleichtert sei, dass das Projekt nun nicht in der geplanten Form realisiert werde. Offenbar hat er – und hier zitiere ich meinen Kollegen – den Eindruck, dass hier eher an golfspielende Rentner mit hohem Einkommen und geringem Pflegebedarf gedacht wird als an tatsächlich bezahlbaren Wohnraum für behinderte Menschen.»

Falk runzelte die Stirn.

Dieses Projekt wirkte jetzt auch auf ihn reichlich dubios. Sollte Hasso Blattner aus dem Projekt ausgestiegen sein, weil er es unehrlich fand? Zumindest war das eine Möglichkeit, die es jetzt wieder in Betracht zu ziehen galt. Falk bedankte sich erstmal bei Torge für seine Recherche und war erleichtert, dass die Aussage von Monika Müller nun nicht nur gestützt, sondern sogar noch ergänzt worden war. Jetzt sah Torge ihn nachdenklich an.

«Du hast übrigens ganz schön Glück gehabt. Ich brauchte ziemlich viel Zeit, um bei der Recherche Lena außen vor zu lassen. Sicher hätte sie auch Kontakte zu den Kollegen in der Nachbargemeinde gehabt. Aber ich möchte ja nicht, dass der Eindruck entsteht, ich würde mich nur bei ihr melden, wenn ich Informationen brauche.»

Falk lächelte Torge milde an.

«Nach der Beerdigung lade ich Dich noch schnell auf einen Kaffee ein und du erzählst mir mal von Deiner Gefühlswelt rund um Lena. Hier ist das nicht die richtige Umgebung dafür.»

«Abgemacht», antwortete Torge. Den Rest der Trauerfeier verfolgten sie schweigend. Aber auch als die Trauergäste wieder aus der Kapelle kamen, um am Grab zu kondolieren, offenbarten sich keine dunklen Geheimnisse. Die Anzahl der Trauergäste ließ zwar darauf schließen, dass hier Verdener Prominenz beigesetzt wurde, Hinweise auf einen Mörder, der der Trauerzeremonie zuschaute, fanden aber weder Torge noch Falk.

Eine halbe Stunde später saßen die beiden auf dem Domplatz, hatten sich aber aufgrund der Hitze lieber für einen Eiskaffee entschieden. Jetzt war es Falk, der neugierig das Gespräch eröffnete:

«Nun erzähl schon. Ich sehe Dir doch an der Nasenspitze an, dass Du im Moment nur noch an Lena denken kannst. Hat sie Dich derart um den Finger gewickelt, oder was?»

Torge schaute verschämt auf seine Füße und seufzte.

«Bin ich so leicht zu durchschauen? Wenn Du Recht hast, weiß Lena längst, was los ist und wundert sich.»

Falk lachte und versuchte, Torge zu beruhigen.

«Wie lange kennen wir uns jetzt? Garantiert über fünf Jahre, oder? Wenn man Dich so lange kennt wie ich, dann bist Du tatsächlich leicht zu durchschauen. Aber ich kann Dich beruhigen, auf Deiner Stirn ist kein bin verknallt tätowiert.»

Jetzt war es an Torge, herzhaft zu lachen.

«Na, Gott sei Dank, denn Du weißt ja, wie sehr ich Tattoos hasse. Aber Du hast schon Recht, mich hat es erwischt und ich kann im Moment an wenig anderes denken. Insofern war ich ganz froh über Deinen Rechercheauftrag, denn er hat mich doch zumindest für ein oder zwei Stunden von Lena abgelenkt. Unser Dinner war in Wirklichkeit traumhaft schön und ich habe das Gefühl gehabt, dass auch sie den Abend genossen hat. Du weißt ja, ich bin der Zweifler vor dem Herrn, wenn um meine Person geht. Ich bin mir deswegen allerdings gerade nicht sicher, wann ich sie wieder anrufen soll. Ich habe ehrlich gesagt Angst, dass ich das zarte Pflänzchen, was sich zwischen uns entwickelt haben könnte, sozusagen übergieße und damit zerstöre.»

Falk dachte einen Moment nach, bevor er antwortete. Er konnte die Gedanken seines Freundes nachvollziehen und wollte ihm auch nichts Falsches erzählen.

«Ich glaube, dass das tatsächlich etwas schwierig ist, denn wenn Du zu schnell wieder anrufst, machst Du Dich vielleicht uninteressant, wartest Du aber zu lange, ist es auch doof. Ich glaube allerdings nicht, dass die Gefahr des Übergießens jetzt schon besteht, denn wenn ich Dich richtig verstanden habe, sind da Gefühle auf beiden Seiten. Sicher musst Du aufpassen, dass Ihr dann nicht irgendwann aneinander klettet, aber jetzt darfst Du Dir die Freiheit nehmen, die Situation so zu genießen, wie sie ist. Gedanken an Lena kann Dir sowieso niemand verbieten. Vielleicht schreibst Du ihr einfach eine kurze SMS und erkundigst Dich nach ihrem Befinden. Wenn ich die Situation richtig einschätze, telefoniert Ihr noch am selben Abend. Ich würde mich jedenfalls sehr für Dich freuen.

Aber noch mal kurz zurück zu meinem Fall. Ich habe das Gefühl, dass wir tatsächlich in Richtung Eva Blattner denken müssen, aber mein Bauch und mein Kopf lassen sich noch nicht in Einklang bringen. Mein Bauch sagt mir, dass Frau Blattner es nicht gewesen sein kann. Mein Kopf sagt mir hingegen, es bleiben nicht mehr viele andere potenzielle Täter außer Eva Blattner übrig. Alle anderen Alibis erweisen sich als hieb- und stichfest und jeder von ihnen hat Zeugen oder es gibt Videoaufnahmen. Die Lage ist echt verzwickt. Sollte mich mein Bauch derart täuschen?»

«Ob er Dich in diesem Fall täuscht, kann ich natürlich nicht sagen. Was ich aber weiß, ist, dass Du Dich bisher auf Dein Bauchgefühl immer verlassen konntest. Ich bin sicher, Ihr werdet den

richtigen Täter finden und ich bin auch sicher,
dass Dein Bauchgefühl und Dein Kopf
irgendwann in Einklang kommen. Wenn es hilft,
treffen wir uns nochmal auf meiner Terrasse und
gehen alle Fakten, auch die, die wir gerade erst
gesammelt haben, noch einmal von Anfang an
durch.»

«Danke für das Angebot. Ich weiß aber nicht, ob
wir noch die Zeit haben, denn mir sitzt
Rottemöller immer noch im Nacken. Im Prinzip
weiß ich auch so, was die Faktenlage sagt, aber
mein Gefühl ist eben anders.»

Falk wirkte auf Torge verstört, wenn nicht sogar
ein wenig resigniert. Torge kannte Falk nur als
tatkräftigen Polizisten, der seine Leidenschaft für
Gerechtigkeit zum Beruf gemacht hatte und aus
dem Dienen für die Gerechtigkeit eine enorme
Motivation zog. Deswegen schaute Torge Falk
lange an und fragte dann vorsichtig:

«Dich beschäftigt aber mehr als nur der Fall,
oder?»

Falk nickte, blockte aber ab:

«Du hast Recht, ist eine etwas längere
Geschichte, die ich Dir vielleicht mal ein anderes
Mal erzähle. Ich bin mir da selbst noch nicht ganz

im Klaren. Jetzt muss ich aber zurück nach
Hause. Ich befürchte, Marie ist schon jetzt
stinksauer, dass ich doch wieder arbeite. Drück
mir mal die Daumen, dass ich mich mit diesem
Fall nicht bis auf die Knochen blamiere. Dieses
ständige Hin und Her. Immer wenn wir glauben,
wir sind auf der richtigen Spur und dann löst sich
alles in Luft auf.»

Falk erhob sich und wollte schon bezahlen. Torge
stellte sich ihm in den Weg und verspürte
plötzlich das Bedürfnis, diesen
Zwei-Meter-Hünen in freundschaftlicher
Verbundenheit zu umarmen. Torge äußerte das
auch und Falk entsprach dem Wunsch. Allerdings
ging er diesmal nicht in die Knie, wie er es sonst
tat, sondern beugte sich nur zu Torge hinunter, so
dass dieses Bild für Außenstehende
ausgesprochen seltsam aussehen musste.

Als Falk zurück im Brothaus war, war Marie
noch nicht zurück. Komisch, dachte Falk. Eine
Wohnungsbesichtigung konnte doch nicht länger
als zwei Stunden dauern. Aber was sollte es, dann
konnte er sich wenigstens endlich mit dem
Laptop nach draußen setzen und nochmals alle
Hinweise von Torge gegenchecken. Keine

fünfzehn Minuten später saß Falk frischgeduscht
mit einem herrlichen Mojito und dem Laptop vor
dem Brothaus.

Als Falk neunzig Minuten später alles geprüft
hatte, war Marie immer noch nicht wieder da.
Falk versuchte, Marie auf dem Handy zu
erreichen, doch dies klingelte aus dem
Schlafzimmer. Na toll, dachte er, sie hat es in dem
Ärger vergessen. Inzwischen machte sich Falk
schon Sorgen, aber er konnte ja schlecht die
Kollegen in Achim alarmieren und mit dem Rad
wollte er bei der Hitze auf Verdacht auch nicht
los. So war aus dem entspannten Arbeitseinsatz
ein ziemlich unentspanntes Warten geworden.
Gegen 18:00 Uhr war Falk nicht nur noch
nervöser, sondern bekam auch langsam
mächtigen Hunger. In der Hoffnung, dass Marie
doch gleich und ebenfalls hungrig um die Ecke
kommen würde, ging er in die Küche und
bereitete belgische Waffeln vor. Er hatte noch ein
wenig Eis und wollte eine Birnen-Zimt-Sauce
dazu machen. Als er gerade die Birnen
schnippelte und die erste Waffel schon im Eisen
duftete, hörte er den alten Passat auf den Hof
rollen. Wie zum Teufel kann man sich sechs

Stunden lang eine Wohnung anschauen, dachte
Falk. Aber Marie schien sie gefallen zu haben,
jedenfalls kam sie mit bester Laune zurück. Jetzt
hatten sie nach Falks Erinnerung nur noch eine
Stunde Zeit und dann folgte die nächste
Besichtigung, um die sich Falk zwar auch gerne
gedrückt hätte, was er aber jetzt wohl nicht
bringen konnte.

Marie kam in die kleine Küche des Brothauses
und fiel Falk zur Begrüßung um den Hals. Aber
anstatt sich zu freuen, dass der Ärger von heute
früh bei Marie verflogen war, raunzte er Marie
nur an:

«Wo kommst Du denn jetzt endlich her? Kannst
Du Dir nicht vorstellen, dass ich mir so langsam
Sorgen gemacht habe?»

«Ach ja, sorry, aber es war herrlich! Die
Wohnung ist ein Traum, Du wirst sie lieben. Und
Hans-Bernd ist so nett, ich freue mich schon
richtig darauf, mit ihm zusammenarbeiten zu
können», tirilierte Marie.

«Hans-Bernd also? So weit seid Ihr auch schon?
Na dann waren das ja recht erfolgreiche Stunden
mit … Hans-Bernd», antwortetet Falk mit einem
nicht zu überhörenden sarkastischen Unterton.

«In der Tat war ich erfolgreich», entgegnete Marie nun aber nicht mehr ganz so fröhlich und klimperte vor Falks Augen mit einem Schlüsselbund. Jetzt würde Falk wütend und reagierte völlig über. Er knallte das Messer ein wenig zu laut auf das Schneidebrett und sagte in einem ein wenig zu lautem Ton:
«Du hast doch wohl nicht etwa von Deinem Hans-Bernd die Wohnung gemietet, oder?»
«Wie, oder?», jetzt wurde auch Marie lauter.
«Und wenn? Aber offen gesagt: mir reichts! Eigentlich hat mir Hans-Bernd», und dabei dehnte sie den Namen genauso, wie es zuvor Falk getan hatte, «nur die Schlüssel gegeben, damit der Herr auch mal schauen kann, ob es ihm genehm wäre, dort einzuziehen. Aber wie ich Dich hier so sehe, wird Dich doch nichts aus DEINEM GELIEBTEN BROTHAUS rausbringen.» Marie sagt`s, dreht sich auf den Hacken um, um ihre schon heute früh gepackten Sachen zu schnappen und direkt wieder in den Passat zu steigen. Als Letztes rief sie ihm noch zu:
«Den Wagen kannst Du Dir am Bahnhof abholen», knallte die Wagentür zu und fuhr mit durchdrehenden Reifen von dannen.

Kapitel 25: Montag

Als Falk an diesem Montag aufwachte, hätte er sich am liebsten eingegraben und versteckt. Das Wochenende mit Marie war nun ganz und gar nicht so verlaufen, wie er sich das erhofft hatte. Seine Stimmung war entsprechend. Selbst die sonst übliche Vorfreude auf den ersten Morgenkaffee wollte sich nicht so richtig einstellen. Vielleicht würde ihm die Fahrt in das Polizeipräsidium helfen. Er musste ja das Rad zu nehmen, da sein Wagen noch am Bahnhof stand. Als er knapp dreißig Minuten später im Präsidium ankam, erwartete ihn Brinkmann schon. Falks übliches «Moin» geriet eher zu einem undefinierbaren Brummen als zu einer Begrüßung, was Brinkmann dazu veranlasste, eine Augenbraue zu heben. Trotzdem empfing Brinkmann Falk mit einem Wortschwall, noch bevor sich dieser gesetzt hatte.

«Chef, nun sehen Sie sich doch mal die Beweislage an. Wir müssen Eva Blattner unbedingt zum Verhör einbestellen oder gar festnehmen. Sie ist die Einzige, die noch ein

Motiv hat, insbesondere nach dem, was Monika Müller und ich herausgefunden haben.»
Mehr als ein undeutliches Brummen war von Falk erneut nicht zu vernehmen und wie auf das Stichwort kam Monika Müller herein. Obwohl sie Uniform trug, ging sie wieder, als würde sie sich auf dem Laufsteg und nicht im Büro befinden. Ihr Make-Up und ihre Wimpernverlängerung machten deutlich, dass sie sich wieder im Flirtmodus befand. Als sie ihren Gang dann auch noch mit extrem ausladendem Hüftschwung versah, explodierte Falk.
«Frau Müller, wir sind hier nicht bei «Germanys next Top-Model» und auch nicht im Puff. Wenn Sie sich dazu berufen fühlen, dann sind Sie hier definitiv am falschen Ort. Und nur für Sie zur Information, die Tour kommt bei mir nicht besonders gut an!»
«Aber Falk...»
Falk unterbrach sie schroff:
«Nix aber und wenn Sie so weitermachen, hat sich das mit Falk auch bald erledigt!»
Monika Müller stemmte die Hände in die Hüften und lief puterrot an. Doch statt zu antworten, machte sie auf dem Absatz kehrt und stapfte mit

laut klappernden Absätzen aus dem Büro, nicht
ohne die Tür so heftig hinter sich zuzuschlagen,
dass die beiden auf dem Tisch stehenden
Kaffeetassen fast übergeschwappt wären.
Brinkmann, der diese Szene stumm beobachtet
hatte, rutschte auf dem Stuhl etwas nach unten
und begann zaghaft von Neuem.
«Chef, was ist denn jetzt mit den Beweisen gegen
Eva Blattner?»
Bevor Falk antworten konnte, klingelte das
Telefon auf seinem Schreibtisch. Er nahm ab,
ohne dass er die Nummer auf dem Display eines
Blickes gewürdigt hätte. Ein Fehler, wie er
wenige Sekunden später feststellen sollte.
«Osmers», brüllte es ihm aus dem Hörer
entgegen. «Was machen Sie da eigentlich? Seit
einer Woche ermitteln Sie in dem Fall, ohne dass
ich irgendwelche neuen Ergebnisse von Ihnen
bekomme und wenn Sie mich nicht gerade
hinhalten, werden die Spuren schneller kalt, als
Sie auf der Reservebank.»
Auch das noch, dachte Falk, der langsam das
Gefühl hatte, dass dieser Montag eigentlich nicht
hätte schlimmer beginnen können, doch er sollte
sich gewaltig täuschen. Von Rottemöller brüllte:

«Osmers, die heißeste Spur, die Sie haben,
scheinen Sie allenfalls halbherzig zu verfolgen.
Was brauchen Sie noch, um Eva Blattner in die
Mangel zu nehmen? Wenn ich es nicht besser
wüsste, könnte ich glauben, Sie wären befangen.»
Woher wusste Rottemöller das? Falk sah dann
aber, dass Brinkmann blass wurde und konnte
sich den Rest denken. Er wollte zu einer
Erwiderung ansetzen, kam aber nicht dazu, da
von Rottemöller schon fortfuhr.
«Ihr Kollege Brinkmann war so freundlich, mir
am Wochenende noch einen aktuellen Bericht zu
senden. Ich weiß also alles und wenn Sie mich
fragen, haben Sie mehr als genug, um die schöne
Eva vorzuladen.»
Mit diesen Worten und ohne jede weitere
Verzögerung legte von Rottemöller auf. Falk
starrte noch einige Sekunden ungläubig auf
seinen Hörer, dann legte auch er den Hörer auf
die Gabel. Falk wollte gerade ein ernstes
Wörtchen mit Brinkmann wechseln, der
inzwischen jegliche Gesichtsfarbe verloren hatte,
als sein Telefon erneut schrillte. Da er zunächst
daran dachte, dass Rottemöller seine Tirade
fortsetzen wollte, schaute er diesmal auf das

Display. Es war eine Rufnummer aus Verden, die Falk nicht zuordnen konnte. Er atmete tief durch, sammelte sich einen Moment, nahm den Hörer ab und antwortete mit der größten Freundlichkeit, die ihm jetzt möglich war:

«Kriminalhauptkommissar Osmers.»

«Herr Osmers, gut dass ich Sie erreiche.» Jetzt erkannte Falk die distinguierte Stimme, die ihm gar aus dem Hörer entgegen sprach.

«Herr Dr. Clausen, was kann ich für Sie tun?»

«Nun ja, es ist mir ein wenig unangenehm, aber Sie waren bei unserem letzten Gespräch so ehrlich zu mir und wir hatten versprochen uns gegenseitig über aktuelle Entwicklungen zu informieren. Eine solche ist nun eingetreten.»

«Inwiefern?», fragte Falk zurück, dessen Neugier nun geweckt war.

Dr. Clausen räusperte sich hörbar am anderen Ende der Leitung.

«Sie erinnern sich, dass Hasso Blattner sein Testament ändern wollte und dass diese Änderung nicht zustande kam, weil ich den Termin nicht wahrnehmen konnte?»

Falk nickte, erinnerte sich aber dann daran, dass sein Gegenüber ihn ja nicht sehen konnte, deshalb schob er hastig ein «Ja» hinterher.

«Nun, ich habe Eva Blattner über die geplante Testamentsänderung ihres Vaters informiert. Sie hat aber rundheraus abgelehnt, auf Basis dieses Testamentsentwurfs die unterschriebene und beglaubigte Fassung verschwinden zu lassen, damit ihr Bruder wieder vom Erbe profitieren kann.»

Falk pfiff durch die Zähne.

«Sie wissen, was das bedeutet, oder?», fragte Clausen aus dem Telefonhörer.

«Ja, das weiß ich», antwortete Falk.

«Um ehrlich zu sein, war es das Dümmste, was Eva Blattner in dieser Situation hätte tun können. Jetzt hat sie nämlich zumindest für einen Mord ein Motiv und jetzt kann ich auch nicht mehr anders, als sie direkt zu verhaften.»

Mit der Reaktion hatte Clausen offenbar nicht gerechnet, denn er sagte nun gar nichts mehr.

«Halten Sie sich besser bereit, denn ich gehe davon aus, dass Eva Blattner in Kürze nach Ihnen verlangen wird. Dann vielleicht bis später.»

«Ist gut, aber ich muss in diesem Fall ein Mandat
ablehnen», stammelte Claussen gerade noch als
Antwort.

Falk sprang auf, drehte sich zu Brinkmann um
und sagte:

«Kommen Sie, wir nehmen Eva Blattner jetzt
fest!»

Brinkmann schaute seinen Chef mit großen
Augen an.

«Jetzt auf einmal?»

«Wieso, das wollten Sie doch immer und jetzt
kommen Sie schon.»

Völlig perplex eilte Brinkmann Falk hinterher
und griff seine Jacke vom Haken. Die beiden
rannten zum Dienstwagen und in dem Moment,
in dem Falk sich hinter das Steuer setzte,
klemmte Brinkmann seine Jacke im Gurt ein.
Falk, der das nicht mitbekommen hatte, schaltete
das Blaulicht ein und drückte auf das Gas.
Brinkmann fingerte noch immer mit dem Gurt
herum, als sie in die Straße der Blattner-Villa
einbogen. Falk, der jetzt erst mitbekommen hatte,
in welchem Dilemma Brinkmann steckte, drehte
den Kopf zu ihm und sagte:

«Jetzt brauchen Sie das auch nicht mehr, wir sind doch gleich da.»

Brinkmann tat wie ihm geheißen als der alte Passat auf die Kiesauffahrt rollte. Das Tor stand sperrangelweit offen, beide konnten dort ein weiteres Fahrzeug ausmachen. Der offensichtliche Lärm hatte die Haushälterin Olga vor die Tür getrieben. Sie rannte den beiden Polizisten entgegen. Noch bevor diese ein Wort sagen konnten, fragte sie:

«Haben Sie sie gefunden?»

Brinkmann und Falk sahen sich einen Moment verwirrt an. «Wen sollen wir gefunden haben?», fragte Brinkmann, der seine Sprache als erster wiedergefunden hatte.

«Na, Eva Blattner und ihren Mann Sebastian.» Die beiden Polizisten schüttelten den Kopf. Olga seufzte schwer.

«Die beiden hatten mir das Wochenende freigegeben, was zwar selten, aber doch ab und zu vorkommt. Als ich heute Morgen in die Villa zurückkehrte, fand ich keinen von ihnen. Auch die Autos standen nicht wie gewohnt vor der Villa, sondern waren fein säuberlich in der Garage abgestellt und abgeschlossen. Das

machen die beiden eigentlich nie, es sei denn, sie
haben vor, länger wegzubleiben. Aber davon
weiß ich nichts. Jetzt bin ich in großer Sorge.»
Beim letzten Satz wurden Olgas Augen sogar ein
wenig feucht.
«So ein Scheiß!», entfuhr es Falk und er eilte
zurück zum Wagen, um das Funkgerät zu
betätigten.
«KHK Osmers für Zentrale, bitte kommen.»
Es knackte und knisterte im Funkgerät. Nach
einem ohrenbetäubenden Rauschen meldete sich
Monika Müller.
«Hier Müller, was ist los?»
«Ich brauche sofort eine Ringfahndung, nach Eva
Blattner und ihrem Mann. Die beiden sind weg.
Die Information muss unbedingt auch an alle
Bahnhöfe und Flughäfen in der Nähe
weitergegeben werden.
Offenbar sind die beiden geflüchtet.»
«Wird erledigt», hörte Falk aus dem Funkgerät
und Monika Müllers Ton klang, als hätte sie den
Ernst der Lage erkannt.
Falk beendete den Funkspruch direkt, weil er
Olga noch ein paar Fragen stellen wollte.
Zielstrebig ging er auf sie zu.

Olga konnte inzwischen gar nicht mehr gegen
ihre Tränen ankämpfen.
«Was haben Sie denn?», fragte Falk.
Olga schluchzte.
«Ach wissen Sie, die Familie Blattner mag ihre
Eigenheiten haben, aber mir waren sie all die
Jahre ein guter Arbeitgeber, der mir auch in
schweren Zeiten geholfen hat. Und jetzt der Tod
von Hasso, dann die Sache mit Arne, der jetzt
sang- und klanglos zu seinem Freund gezogen ist.
Alles geht den Bach runter …»
Falk nickte verstehend.
«Dann können Sie jetzt vielleicht Familie
Blattner und uns helfen, wenn Sie mir ein paar
Fragen beantworten.
Hatten Sie, als sie am Freitag das Haus verließen,
den Eindruck, dass Eva Blattner und ihr Mann
Sebastian anders waren als sonst?»
Olga schüttelte den Kopf.
«Eigentlich nicht, nur gestresst wirken beide, aber
so richtig ungewöhnlich ist auch das nicht, bei
dem, was zuletzt alles passiert ist.»
Falk, der inzwischen wieder sein Notizbuch
gezückt hatte, machte sich Notizen.

«Konnten Sie feststellen, ob etwas fehlt?
Reisetaschen, Koffer, Kleidung oder
Ausweispapiere zum Beispiel?»
Olga machte große Augen.
«Sie meinen, die beiden könnten ins Ausland
verreist sein?»
Die letzten beiden Worte dieser Frage konnte
Falk unter dem erneut einsetzenden Schluchzen
von Olga nur erahnen.
«Ich meine gar nichts, sie scheinen aber ja
offenbar verschwunden zu sein.»
Olga sprang auf und sagte im Gehen:
«Ich werde sofort nachsehen, wenn Sie möchten,
kommen Sie doch mit.»
Falk hatte Mühe, mit Olga Schritt zu halten, die
nun beinahe rannte. Offenbar war sie froh, trotz
ihres augenblicklichen Kummers, eine sinnvolle
Aufgabe zu haben. Erst als Olga mit zitternden
Händen den Schlüssel in das Schloss der Villa
steckte, konnte Falk sie einholen. Wenig später
standen beide im Schlafzimmer des Ehepaars
Blattner und staunten nicht schlecht.
Die Kleiderschränke standen offen, die Laptops
fehlten und auch sonst fehlten einige persönliche
Sachen.

So ein Sch ... hätte Falk beinahe ein zweites Mal gerufen, doch dann fiel ihm ein, dass Olga ja noch neben ihm stand. Sie hatte sich inzwischen zu einer Schublade im Nachtschrank begeben.

«Auch Schmuck fehlt», rief sie Falk entgegen. In Falks Kopf formte sich allmählich ein Horrorszenario: Je mehr andere Spuren erkaltet waren, umso deutlicher musste Eva geworden sein, dass sich die Schlinge langsam zuzog.

Als Olga wenige Minuten später festgestellt hatte, dass auch Ausweise und Reisepässe der beiden verschwunden waren, schien die Sache völlig klar zu sein. In diesem Moment klingelte Monika Müller auf Falks Handy durch.

«Was gibt's?», fragte Falk ohne jede Begrüßung.

«Die beiden sind aufgetaucht.»

«Wo?», fragte Falk aufgeregt.

«Am Bremer Flughafen. Die beiden haben einen Flug nach Buenos Aires über Frankfurt mit der Lufthansa um 11:05 Uhr gebucht.»

Falk klappte die Kinnlade herunter.

«Die Kollegen von der Bremer Flughafenpolizei sollen sie unbedingt aufhalten. Die dürfen auf keinen Fall in den Flieger steigen, wir sind sofort da.»

Er packte Brinkmann, der die Szene als stummer
Beobachter verfolgt hatte, am Arm und sagte:
«Los, los! Wir müssen uns beeilen. Die beiden
wollen sich nach Argentinien absetzen.»
Mit Vollgas und Blaulicht rasten die beiden in
Richtung Bremer Flughafen. Als sie dort
eintrafen, hatten die Kollegen von der
Flughafenpolizei die Blattners schon in die
Wache gebracht. Kaum hatte Falk die Tür zum
kleinen Vernehmungsraum geschlossen, polterte
Sebastian Blattner auch schon los:
«Was soll diese Freiheitsberaubung hier? Meine
Frau und ich wollen nach den anstrengenden und
fordernden letzten Tagen nur in den Urlaub und
jetzt werden wir hier festgehalten wie
Schwerverbrecher. Was soll das? Was wird uns
überhaupt vorgeworfen? Ich will sofort meinen
Anwalt sprechen!»
«Beruhigen Sie sich, Herr Blattner. Ihnen wird
überhaupt nichts vorgeworfen. Sie können auch
jederzeit gehen. Anders sieht die Sache allerdings
bei Ihrer Frau aus.»
«Was werfen Sie denn meiner Frau vor? Das ist
doch wohl eine Frechheit, haben Sie überhaupt
kein Taktgefühl?»

Den letzten Satz hatte Sebastian Blattner
geschrien. Falk wollte gerade zu einer Antwort
ansetzen, als Brinkmann ihm auf die Schulter
tippte und auf Sebastians Schuhe deutete. Falk
sah Brinkmann zunächst verständnislos an und
antwortete auf Blattners Frage.
«Ihre Frau steht im Verdacht, ihren Vater und
Herrn de Vries umgebracht zu haben. Sie ist
hiermit vorläufig festgenommen.»
Sebastian sprang von seinem Stuhl auf und für
einen Moment schien es, als wolle er den Raum
kurz und klein schlagen. Die beiden Kollegen von
der Flughafenpolizei hatten sich schon in Stellung
gebracht, um den wütenden Ehemann
zurückhalten zu können. Doch statt der
befürchteten Prügelattacke sank Sebastian
Blattner im nächsten Moment in seinen Stuhl
zurück und begann hemmungslos zu weinen. Falk
legte Eva Blattner Handschellen an, aber
Brinkmann drängte ihn, den Raum zu verlassen.
Auf dem Gang des Flughafens fuhr Falk
Brinkmann vielleicht eine Spur zu laut an.
«Was gibt's denn?»,
«Chef, haben Sie die Schuhe von Sebastian
Blattner gesehen?»

«Was ist denn nun schon wieder mit den Schuhen?», entgegnete Falk etwas genervt.

«Erinnern Sie sich noch an unseren ersten Besuch bei Blattners?»

«Sie meinen, als Sie mich alleine gelassen haben und sich lieber draußen die Schuhe geputzt haben?»

«Genau, darum geht es ja», beschwichtigte Brinkmann, ohne das Falk verstand.

«Erinnern Sie sich daran, dass ich versucht habe, den Schlamm vom Tatort von meinen Schuhen zu bekommen? An dem Schuhputzer, der vor der Villa Blattner steht. Und dass meine Schuhe am Ende schlimmer aussahen als vorher?»

«Worauf wollen Sie denn hinaus Brinkmann?» Falk nervte es jetzt kolossal, dass Brinkmann wieder mit seinen Schuhen anfing.

«Sebastian Blattner hat unter seinen Schuhen genau dasselbe Zeug wie ich damals. Jedenfalls sah es verdammt danach aus. Und da hat es bei mir «Klick» gemacht.»

«Ja, und?», erwiderte Falk gereizt, der offensichtlich immer noch nicht verstand.

«Chef», das Wort Klang aus Brinkmanns Mund jetzt wie bei einer Mutter, die ihrem Kind etwas erklären wollte, «ich habe meine Schuhe damals ins Labor gegeben, um zu wissen, um welche Substanz es sich handelt, damit ich sie gegebenenfalls reinigen kann oder es zumindest für die Versicherung angeben kann. Die Dinger waren nämlich mal verdammt teuer.»

«Und, was sagt das Labor?», fragte Falk zurück, der immer noch nicht verstand, aber inzwischen doch wissen wollte, wo das Ganze hinführte.

«Es könnte sich um eine Art Schmierfett handeln, möglicherweise Hydrauliköl.»

«Ja und?»

Jetzt rollte auch Brinkmann mit den Augen.

«Als Sie mit Ihrem externen Beraterteam aus Rollstuhlfahrer und Imbissbesitzer den Rollstuhl untersucht haben, da kamen Sie am nächsten Morgen ganz aufgeregt ins Büro und erzählten, dass sich Ihr Berater», bei diesem Wort malte Brinkmann Anführungszeichen in die Luft, «bei der Inspektion seine Jeans versaut habe und Sie ihn deshalb gefragt hatten, ob er sie aufbewahren könne.»

Falk schlug sich mit der Hand vors Gesicht, denn nun verstand er, wohin Brinkmanns Gedanken führten.

«Brinkmann, Sie sind genial!»

Der so gelobte wurde rot im Gesicht und
stammelte:

«Nun ja, soweit würde ich nicht gehen, aber ich
bin schon ziemlich gut, glaube ich.»

«Sie sind mehr als das», lobte Falk Brinkmann
überschwänglich. «Sollten Sie mit ihrer
Vermutung Recht haben, könnten wir vielleicht
nachweisen, dass Sebastian Blattner sich am
Rollstuhl zu schaffen gemacht hat. Haben Sie die
Schuhe noch?»

«Was denken Sie denn?», antwortete Brinkmann.
Falk zückte sein Handy und rief das Labor in
Hannover an.

«Ich brauche so schnell wie möglich den
Vergleich von Substanzen, die sich auf drei
Kleidungsstücken befinden. Zwei Fragen sind
dabei von zentraler Bedeutung: Erstens, handelt
es sich um dieselbe Substanz? Und zweitens,
könnte es sein, dass es sich dabei um Hydrauliköl
eines Rollstuhls handelt? Und ja, ich brauche die
Analyse tatsächlich wieder wie immer bis
gestern. Diesmal ist es aber kein Scherz, denn
Rottweiler erwartet Ergebnisse.»

«Alles klar, wenn Sie die Sachen gleich
vorbeibringen lassen, erledigen wir das bis
morgen früh, notfalls mit einer Nachtschicht»,
lautete die Antwort des Labors.
Falk ging zurück in den Verhörraum und
Sebastian sah auf.
«Herr Kommissar», stammelte er, «ich glaube,
ich muss Ihnen etwas sagen.»
«Ich Ihnen auch», entgegnete Falk kühl.
«Auch Sie sind vorläufig festgenommen.»
Sebastian Blattner nickte und sagte tonlos:
«Ja, das habe ich mir gedacht.»

Kapitel 26

«So, nun erzählen Sie uns doch noch einmal in Ruhe, wie sich das Ganze wirklich abgespielt hat», sagte Falk, während er sich entspannt auf seinem Stuhl nach hinten lehnte. Brinkmann saß neben ihm und versicherte sich, dass das Diktiergerät eingeschaltet war, während Monika Müller mit Eva Blattner hinter der Einwegsichtscheibe saß. Falk hatte Eva und Sebastian Blattner in seinem alten Passat vom Bremer Flughafen nach Verden ins Präsidium gefahren. Obwohl Brinkmann dagegen war, hatte Falk den Verdächtigen die Handschellen abnehmen lassen, so dass Eva Blattner weinend ihrem Mann die Hand halten konnte, während er seine Frau tränenreich um Verzeihung bat.

Jetzt saß Sebastian Blattner schon ein wenig gefasster im Verhörraum des Polizeireviers Verden vor Falk und Brinkmann und fing mit den Worten an, die beide wohl schon hundert Mal gehört hatten:

«Ich habe das alles so nicht gewollt, das müssen Sie mir glauben. Mein Schwiegervater war ein

Tyrann. Dass ich in seinen Augen nichts zählte, war mir immer klar und es interessierte mich auch nicht. Aber er hat keine Gelegenheit ausgelassen, Eva zu schikanieren. Dabei hat er nicht einmal registriert, was sie wirklich alles aushalten musste und was sie schon geleistet hatte. Er hat sie krank gemacht, es hat mich krank gemacht. Ich kann es nicht anders beschreiben. Und so habe ich, haben wir den total bescheuerten Plan gefasst …»

Eva und Sebastian Blattner hatten erkannt, dass es so nicht weitergehen konnte. Eva hatte seit mindestens drei Jahren nicht mehr auch nur eine Nacht durchgeschlafen. Einschlafen ging nur noch mit entsprechenden Mittelchen und das Aufstehen nur mit den passenden Gegenmitteln. Es war ein Teufelskreis aus psychischer Belastung und Drogen, der inzwischen zu massiven gesundheitlichen Folgen bei Eva geführt hatte.

Zunächst hatte Sebastian darauf gehofft, dass sein Schwiegervater doch irgendwann sterben müsse oder zumindest die Kraft verlieren würde, seine Frau so zu malträtieren. Aber Hasso Blattner

schien eine unendliche Willenskraft zu haben und
es hatte fast den Anschein, dass er aus seinen
Gehässigkeiten immer wieder neue Kraft
schöpfen konnte. Die einzige Lösung war, dass
sich Eva aus der aktiven Geschäftsführung
zurückziehen musste. Aber sie hatte irgendwann
einmal ihrer Mutter versprechen müssen, dass sie
die Firma nie verlassen würde. Denn die Mutter
wusste, dass das Problem ihres Sohnes Arne nicht
seine sexuelle Orientierung ist, sondern seine
Spielsucht. Deswegen war es der Mutter auch so
wichtig, Eva damals darauf einzuschwören, sich
um die Firma und ihren Bruder zu kümmern.
Nach dem tödlichen Unfall der Mutter hatte Eva
beschlossen, dass dieses Versprechen für sie so
bindend wäre, als hätte sie es ihrer Mutter auf
dem Sterbebett gegeben. Sebastian hatte
vergeblich versucht, ihr diesen «Wahn»
auszureden. Es war ein Dilemma, das weder Eva
noch Sebastian lösen konnten, was aber beide
extrem belastete.
Da schien es wie die Lösung all ihrer Probleme,
als Frau de Vries Eva Blattner eines Abends im
Pferdestall abpasste und ihr den Plan darlegte, die
Rivalität zwischen beiden Firmen bei Seite zu

legen und lieber gemeinsame Sache zu machen.
Die Idee war es, im Rahmen erster gemeinsamer
Projekte Vertrauen aufzubauen, um auf dieser
Basis die beiden Firmen am Ende zu fusionieren.
Die so neu entstandene Firma wäre so groß
gewesen, dass Fremdgeschäftsführer sie hätten
leiten können. Eva Blattner und Hauke de Vries
wären in den Aufsichtsrat gewechselt und aus der
aktiven Geschäftsführung ausgetreten. Damit
hätte de Vries sein Problem mit der
Steuerfahndung gelöst und Eva Blattner wäre
endlich aus den Fängen ihres Vaters. Leider hatte
Hasso Blattner von den gemeinsamen
Bewerbungen für die Ausschreibungen Wind
bekommen und Eva auf mieseste und
hinterhältigste Art zur Rede gestellt, woraufhin
sie einknickte und die Bewerbungen zurückzog.
So konnte kein Vertrauen aufgebaut werden.
Trotzdem gab es auf Initiative von Sebastian, der
seiner Frau helfen wollte, und Frau de Vries, die
mit ihrem Mann fest nach Rumänien übersiedeln
wollte, dieses Meeting-Wochenende in dem
Iglu-Dorf. Dabei hatten die beiden Familien sich
zunächst sehr gut verstanden. De Vries drängte
allerdings auf eine baldige Lösung, nicht zuletzt,

weil er das Problem mit der Steuer zeitnah lösen musste. Allen war unausgesprochen klar, dass ihrem Glück nur Hasso Blattner im Wege stand. Wobei, ausgesprochen hatte dies Hauke de Vries schon, und zwar als Eva Blattner mit seiner Frau draußen auf der Terrasse den Champagner geköpft hatten. Vor Eva Blattner wollte er es wohl nicht aussprechen, aber gegenüber Sebastian sprach er Klartext. Sebastian war das ja auch klar und er beging einen tragischen Fehler: nämlich de Vries zu sagen, dass er sich um dieses Problem kümmern würde. In seiner Verzweiflung hatte Sebastian Blattner den Entschluss gefasst, dem Schicksal ein wenig auf die Sprünge zu helfen, indem er die Software von Hasso Blattners E-Rollstuhl manipulierte. Kaum hatte er die Manipulation vorgenommen, realisierte er, zu welch einer Tat er sich hatte hinreißen lassen und wollte umgehend die Software wieder zurückstellen. Doch als er zwei Tage später wieder die Gelegenheit bekam, unbemerkt an den Rollstuhl zu kommen, wurde er von Olga dabei erwischt. Um zu erklären, was er da machte, löste er eine Schraube beim Rollstuhl für eine «Alibi-Reparatur». Kaum hatte er die Schraube gelöst, lag eine Abdeckung vor seinen Füßen und Öl tropfte herab. Olga hatte den Vorfall inzwischen dann auch völlig vergessen, aber so kam das Getriebeöl auf die Schuhe von Sebastian und schließlich auch auf den Fußabtreter. Noch am selben Tag musste es dann am Allerufer vor der Villa Blattner zu Hasso Blattners Tod gekommen sein, als er mit dem getunten Rollstuhl verunglückte und in der Aller versank, ohne dass ihn einer dabei gesehen hatte und hätte retten können. Zwei Tage später konnte am alten Hafen nur noch seine Leiche gefunden werden. Sebastian war sofort klar, was er angerichtet hatte, als seine Frau ihren Vater an diesem Freitagabend vermisste. Aber er konnte sich ihr nicht anvertrauen. Als er dann die Nachricht von der angeschwemmten Leiche flussabwärts im Hafenbecken erhielt, wollte er seine Manipulation am Rollstuhl wenigstens jetzt wieder zurückstellen, um keinen Mordverdacht aufkommen zu lassen. Dabei wurde er von dem Feuerwehrmann überrascht, so dass das Schicksal weiter seinen Lauf nahm. Denn als Hauke de Vries vom Tod Blattners erfuhr, konnte der sich denken, was Sebastian Blattner damit gemeint hatte, dass er sich um das Problem Hasso Blattner kümmern würde. Da de Vries ein knallharter Geschäftsmann war, wollte er die Situation ausnutzen und verabredete sich mit Sebastian. De Vries dachte, es wäre schlau, sich mit Sebastian auf einer seiner Baustellen zu treffen, denn so würde kein Mensch Verdacht schöpfen, würde man sie dort sehen und noch wichtiger: Sebastian würde nicht gleich ahnen, was de Vries wirklich von ihm wollte. Zunächst hatte de Vries tatsächlich Sebastian Blattner die Baustelle gezeigt. Sie waren auf dem Gerüst in jede Ecke geklettert, bis de Vries dann fast nebensächlich mit der Sprache herauskam und er den Ballon steigen ließ:

«Hör mal, mein Lieber, was Du unter Problemlösung verstehst, würde ich Mord nennen.»

Erschrocken hatte Sebastian die Augen weit aufgerissen und überlegte, was er wohl auf diese Unterstellung antworten sollte. Doch de Vries hatte seiner Reaktion längst angesehen, dass er richtig lag und schob nach.

«Für so skrupellos habe ich Dich gar nicht gehalten, Respekt! Aber damit ich die Klappe

halte, wirst Du Deine Frau überzeugen müssen,
mir nicht 50 Prozent der neuen Firma zu
überlassen, sondern» – und dabei grinste de Vries
wie einst Larry Hackman als JR in Dallas –
«sagen wir mal 60 Prozent!»
«Wie kommst Du auf diese infame
Unterstellung», schrie Sebastian, doch de Vries
grinste nur über sein vermeintliches Glück, dass
er hier genau ins Schwarze getroffen hatte. Er
schwang sich ganz lässig auf die Leiter, um aus
dem zweiten Stock herunterzuklettern.
Sebastian, der noch auf dem Gerüst im zweiten
Stock stand, sah die Holzlatte und darin – im
Affekt – auch seine Chance, die erste Tat zu
vertuschen. Ohne auch nur einen Moment
nachzudenken, hieb er de Vries mit riesigem
Schwung die Holzlatte über dessen Schädel. Der
verlor das Gleichgewicht und stürzte in den Tod.
Seine Frau hatte übrigens später im
Terminkalender ihres Mannes zum
Todeszeitpunkt den Vermerk gefunden
«Staatsanwaltschaft B.» Die Polizei konnte nicht
wissen, dass de Vries mit B. nicht Baustelle,
sondern Blattner gemeint hatte. Frau de Vries war
sich ja selbst nicht sicher, ob B. für Blattner

gestanden hatte, als sie sich mit Eva Blattner im Allerpark verabredet hatte, um sie darauf anzusprechen. Die reagierte aber auch sofort überzeugend sauer ob dieser Unterstellung. Was wiederum auch kein Wunder war, denn sie war ja tatsächlich nicht da gewesen und wusste von dem Termin ihres Mannes selbstverständlich nichts.

«Sie können mir glauben, ich habe das alles nicht gewollt», schloss Sebastian Blattner sein Geständnis mit den Worten, mit denen er es begonnen hatte.

Eva Blattner war hinter der Glasscheibe blass geworden. Nie im Leben hätte sie geahnt, dass ihr Mann zu solchen Taten in der Lage gewesen wäre. Hatte sie sich all die Jahre so in ihm getäuscht? Wie sollte es jetzt weitergehen? Würde sie dies ihrem Mann je verzeihen können? Ja, sie hatte ihren Vater mehrfach zur Hölle gewünscht, aber doch nicht so. Für sie brach mehr als nur eine Welt zusammen. Sebastian, der ahnte, dass sie hinter der Scheibe saß, schaute verzweifelt um Verzeihung bettelnd in die Verspiegelung.

Falk stand auf und verließ das Verhörzimmer, während Brinkmann nickte, als Zeichen dafür,

dass er alles auf Band hatte. Im
Beobachtungsraum sah Falk die schluchzende
Eva in den Armen von Monika Müller. Er ging
stumm auf die beiden zu, legte seine Arme um sie
und sagte Eva leise ins Ohr:
«Verzeihung, dass es so enden würde, habe ich
auch nicht gewusst, sonst hätte ich Ihnen das hier
erspart.»

Kapitel 27

Nach dem Geständnis und den Szenen im Verhörraum wollte Falk nur noch eins: an die frische Luft. Die sonst übliche Erleichterung nach der Lösung eines Falles wollte sich nicht so recht einstellen. Im Gegenteil: Dieser Fall hatte zwei Verdener Unternehmen, zwei komplette Familien und zwei Menschenleben gekostet. Ein Glücksgefühl sah wahrlich anders aus. Zwar war der Gerechtigkeit genüge getan, doch zu welchem Preis? Falk würde mit Sicherheit nach diesem Fall erst mal eine Pause brauchen und beschloss, sich heute Abend mit Torge zu treffen, um auf andere Gedanken zu kommen.

Zunächst musste er allerdings Rottemöller noch die «frohe Botschaft» der Lösung des Falles überbringen, so dass er sich nach wenigen Minuten der Erholung im Sonnenschein vor dem Präsidium auf den Rückweg in sein Büro machte. Brinkmann war bereits dabei, die Flipcharts und die Notizen zu dem Fall abzunehmen und feinsäuberlich in Ordner zu heften. Monika

Müller hatte sich mit dem Kopfhörer vor ihren
PC gesetzt und war dabei, das Verhörprotokoll
bzw. das Geständnis von Sebastian Blattner
abzutippen.

Falk nahm den Telefonhörer ab und wählte von
Rottemöllers Nummer. Dieser meldete sich nach
dem zweiten Klingeln. Zur Begrüßung schallte es
Falk aus dem Telefonhörer entgegen:

«Was verschafft mir die besondere Ehre, dass der
Herr Hauptkommissar sich ganz ohne vorherige
Aufforderung bei mir meldet?»

«Ich wollte Sie nur davon in Kenntnis setzen,
dass wir den Fall gelöst haben!»

Das Schweigen am anderen Ende der Leitung
bereitete Falk eine gewisse Genugtuung.

Nachdem von Rottemöller sich wieder gefangen
hatte, fragte er:

«Wer war es?»

Falk fasst das Geständnis von Sebastian Blattner
in kurzen Worten zusammen, was von
Rottemöller tatsächlich zu einer einzigartigen
Lobeshymne auf die gute Arbeit des Teams
veranlasste und es schien, als habe es nie
Spannungen zwischen ihnen gegeben. Falk war
sich aber mehr als bewusst, dass Rottemöller

auch hier eher taktierte, als dass er seine ehrliche
Meinung kundtat. Dennoch tat ihm dieses
Gespräch unerwartet gut. Von Rottemöllers
Angebot, mit ihm gemeinsam eine
Pressekonferenz zur Lösung des Falles
abzuhalten, lehnte er mit dem Hinweis ab, dass es
Brinkmann gewesen war, der das entscheidende
Indiz entdeckt und in den richtigen
Zusammenhang gebracht hatte. Deshalb soll er
doch mit ihm vor die Presse treten. Nachdem die
lästige Pflicht erfüllt war, legte Falk den Hörer
auf, um gleich darauf ein hoffentlich erfreuliches
Gespräch zu führen. Er wählte Torges
Handynummer, da er nicht wusste, ob sein
Freund noch arbeitete oder schon zu Hause war.
Torge nahm das Gespräch an, bat ihn aber, auf
dem Festnetz zurückgerufen, da er das Gespräch
lieber mit seinem Headset führen wollte. Als die
Verbindung zwei Minuten später wieder stand,
fragte Torge, wie er Falk helfen könne.
«Am besten mit Deiner Zeit und mit einem guten
Essen.»
Torge irritierte diese Antwort, sodass er fragte:
«Was ist los?»

«Eigentlich nur, dass wir den Fall gelöst haben
und das ich das mit Dir ein wenig feiern will.
Dann kann ich Dir auch endlich in Ruhe erzählen,
was mich, wie Du ganz richtig bemerkt hast,
neben dem Fall zuletzt sehr beschäftigt hat.»
«Erst einmal herzlichen Glückwunsch zur Lösung
des Falles, auch wenn Du ganz und gar nicht
euphorisch klingst. Das mit dem Essen wäre mir
ein Vergnügen. Dann kannst Du mir auch
verraten, wer es war und wie Ihr den Fall, den ich
Dir ja gewissermaßen eingebrockt habe, gelöst
habt. Heute Abend gibt es bei mir eine
westfälische Spezialität, einen Pickert. Kennst du
das?»
«Nein», antwortete Falk, «aber wie Du weißt, bin
ich immer offen für Neues. Ich freue mich drauf.
Bis dann.»

Falk wollte jetzt nur noch nach Hause. Als er die
Tür zu seinem Haus öffnete, vibrierte sein Handy
mit einer SMS von Marie:
Lieber Falk, ich hatte wirklich gehofft, dass Du
Dich mit mir gemeinsam über die tolle Wohnung
freuen würdest und dass wir miteinander dort
glücklich werden. Ich liebe Dich und wünsche

mir noch immer nichts mehr als eine gemeinsame Zukunft mit Dir. Nach diesem Wochenende brauche ich aber erst einmal Zeit für mich und werde deshalb allein in die neue Wohnung ziehen. Den Schlüssel zu Deinem Haus gebe ich Dir dann auch erst einmal zurück. Bitte rufe mich erstmal nicht an. All das ist noch zu frisch. Ich melde mich, wenn ich so weit bin. Danke für alles. In Liebe, Marie.

Falk seufzte schwer, seine Gefühlswelt ließ sich allerdings schwer beschreiben. Auf der einen Seite war er traurig, dass es so weit gekommen war, aber, wenn er ehrlich zu sich selbst war, so spürte er auch eine gewisse Erleichterung, diesen Schritt nicht selbst tun zu müssen. Warum, wusste Falk selbst nicht genau.

Um 19:00 Uhr machte sich Falk auf den Weg zu Torge und kaufte vorher wie versprochen Bier ein, Verdinger Weiß von der kleinen Brauerei um die Ecke schien ihm passend. Währenddessen befand sich Torge mitten in den Vorbereitungen für das geplante Abendessen. Torge wollte heute mal eine deftige Variante ausprobieren und entschied sich, den Pickert in Speck und

Zwiebeln auszubacken und dazu Lachsscheiben
mit einer Kräutermeerrettichcreme zu reichen.
Das erste Bier tranken sie auf der Terrasse und
Falk erzählte Torge von der unverhofften Lösung
des Falls. Falk wunderte sich, dass Torge -
ähnlich wie er selbst - ein wenig nachdenklich
war, fast sogar traurig. Eigentlich hatte er seinen
Freund in einer anderen Stimmung erwartet.
Falk hatte gerade beiden das zweite Bier
eingeschenkt, als Torge herausplatzte, was sich
rund um Lena ereignet hatte.
«Weißt Du, wir haben uns, wenn ich nicht gerade
für Dich ermittelt oder gearbeitet habe, noch ein
paarmal getroffen und ja, es läuft wirklich gut
zwischen uns. Beinahe zu gut. Lena hat mich
gefragt, ob wir zusammenziehen wollen.»
Falk ließ beinahe vor Überraschung die Gabel
fallen und strahlte Torge an.
«Aber das ist doch super! In dieser neuen
Traumwohnung habt Ihr doch genug Platz für
zwei!»
«Ja, alles super und mit Lena ist es, als habe sich
ein lang gehegter Lebenstraum endlich für mich
erfüllt. Es ist nur so …», an dieser Stelle brach
Torge ab.

Falk, der eigentlich einen völlig euphorischen Torge erwartet hatte, sah seinen Freund mit hochgezogenen Augenbrauen an.

«Was ist das Problem?», fragte er.

«Na ja», antwortete Torge, «wenn wir zusammenziehen, dann hat Lena vielleicht ein Problem.»

Falk blickte Torge nur noch verständnisloser an.

«Gibt es irgendwelche dunklen Geheimnisse, die ich nicht kenne?», versuchte Falk die Situation mit einer scherzhaften Bemerkung zu entspannen. An Torges Blick konnte er allerdings sehen, dass ihm nicht wirklich zum Scherzen zu Mute war. Aber Torge wäre nicht Torge, wenn er nicht auch diesen Versuch freundlich hingenommen hätte und so antwortete er:

«Nein, nein. Dunkle Geheimnisse gibt es keine, da kannst du ganz beruhigt sein. Es ist nur so, weil ich so geboren bin, sind die meisten meiner Hilfen vermögensabhängig.»

«Ja, und?», fragte Falk, der immer noch nicht verstand.

«Das heißt, wenn ich mit Lena zusammenziehe, dann muss sie wahrscheinlich einen Teil meiner Assistenz bezahlen. Gerade dann, wenn sie,

wonach es derzeit aussieht, die Nachfolge von ihrer Chefin antreten kann und dann endlich den Posten bekommt, den sie sich so sehr wünscht und meiner Meinung nach auch verdient hat.»
Falk sah Torge entgeistert an.
«Aber sie braucht doch selbst Hilfe, oder nicht?»
«Das ist schon richtig. Nur ist es bei ihr so, dass die Kosten für die Hilfe zu einhundert Prozent aus der Versicherung des Unfallverursachers gedeckt werden. Wirklich sicher vor dem Zugriff des Staates ist damit nur ihr Schmerzensgeld. Alles, was kein Schmerzensgeld ist oder aus anderen Gründen nach deutschem Recht zum Schonvermögen gehört, müsste sie einsetzen. Eigentlich kann ich ihr das nicht zumuten. Und trotzdem möchte ich nichts mehr, als mit dieser Frau vierundzwanzig Stunden am Tag, sieben Tage die Woche zusammen zu sein.»
Falk grinste.
«Ich grinse nicht über das, was Du mir erzählt hast. Ich grinse, weil ich schon ewig niemanden mehr gehört habe, der so verliebt ist. Ich freue mich ganz wahnsinnig für Dich und hoffe sehr, dass Euer Glück noch ganz, ganz lange anhält. Irgendwie findet Ihr bestimmt auch eine Lösung

für Euer Wohnungsproblem. Bei mir ist es kurioserweise genau umgekehrt.»

Jetzt war es an Torge verwirrt dreinzublicken.

«Inwiefern?»

«Nun, wie soll ich anfangen? Ich vermute, Marie und ich sind wohl gerade in so etwas wie einer Beziehungspause.»

Torge, der gerade einen Schluck Bier getrunken hatte, verschluckte sich und hustete.

«Wie ist denn das passiert?», fragte er eine Spur zu laut. «Ihr beide wart doch für mich immer so etwas wie mein Vorbild. Marie und Du, ihr seid doch so ein traumhaft schönes Paar.»

Falk wurde rot und schaute verlegen zu Boden.

«Eigentlich dachte ich das auch immer, bis zu dem Moment, als Marie mit mir zusammenziehen wollte. Weil ich der Frage immer ausgewichen war, hatte sie nun das Heft in die Hand genommen und eine Wohnung für uns ausgesucht. Ich habe mich mehr als einmal ihr gegenüber dämlich benommen und nicht so reagiert, wie sie sich das erhofft hatte. Nun wird sie allein in die Wohnung ziehen. Das Ganze entbehrt aber nicht einer gewissen Komik. Jetzt sind wir erst einmal getrennt, aber gleichzeitig ist

Marie viel näher bei mir als früher. Ich weiß
selbst nicht, was ich gerade fühle, ich bin zwar
zutiefst traurig, aber eigentlich verdient Marie
einen Mann, der sie wirklich liebt.»
Torge hob eine Augenbraue.
«Heißt das, Du liebst sie nicht?»
Falk seufzte und sagte:
«Ach, wenn ich das nur so genau wüsste.
Offenbar ist die Sache mit den Frauen für uns
beide kompliziert.»

ENDE

Dank und Nachwort der Autoren:

Zunächst einmal möchten wir uns ganz herzlich bei unseren Leser*innen bedanken. Wir hoffen sehr, dass Sie genauso viel Spaß beim Lesen dieses Buches hatten, wie wir beim Erdenken und Schreiben der Geschichte.

Selbstverständlich sind alle Personen und Handlungen dieses Krimis frei erfunden und entspringen einzig und allein unserer blühenden Fantasie. Ähnlichkeiten zu realen Personen oder Ereignissen sind zufällig und ungewollt. Leider gilt das auch für die «Rotary Kulinari», aber vielleicht können wir ja Inspiration sein.

Real sind dagegen die Schauplätze der Handlung und Torges Erfahrungen und Gedanken als Rollstuhlfahrer.

In unseren kühnen Autorenträumen leistet dieser Kriminalroman einen sehr bescheidenen Beitrag zur Sensibilisierung der Gesellschaft für die täglichen Herausforderungen, mit denen Menschen mit Behinderungen konfrontiert sind.